U0013643

目錄

第三卷

乾坤

第一章 天涯海角

眼前是大片通透碧藍的顏色，漸漸迴旋匯聚成無垠的大海。粼粼水波延伸向天海相接的盡頭，雄渾壯闊如此，溫柔旖旎如許。

海邊懸崖上，不敗的鮮花在四季炎熱的天氣中無休綻放。花叢掩映中欄杆交錯，屋梁橫架，懸貼在懸崖上的是阿南扼住海峽的小屋。

如此美好的天氣，自然而然的，阿南又一次翻過欄杆，向著下方的海水撲去。

大海泛起細微的銀白浪花，一如既往輕柔地擁住她。

海灣上白鳥驚飛，無數白點在幽藍波光中一掠而過，消失在彼岸。

這亮得刺眼的海面，不知何時已經暗了下去，夜色來臨。

周圍一切迅速退卻，她的海灣、她的小屋、她常開不敗的花朵全都陷入了黯淡。

她茫然地在水中沉浮，看到公子離去的身影——他所要去的地方，與她隔了千山萬水，鴻溝巨塹。

「公子……」她喃喃囁嚅著，卻終究未能奔上前阻攔他。

或許是她內心深處早已知曉，公子是不會為她回頭的。

黑暗的大海吞噬了她，她沉入五歲那年的暗夜之中。

雙眼渙散的娘親緊抱著她，將滾燙的面頰與她貼了又貼，眼淚滾滾落在她的臉上。而她迷迷糊糊偎依在母親的懷裡，在斷斷續續哼唱的曲子中入睡。

直到疾風驟雨將她驚醒，屋頂漏下的雨與窗外的雷電讓她驚惶哭泣，爬起來到處尋找。

母親正站在礁石上，暴風雨鞭笞著她瘦弱的身軀。

她拚命喊著阿娘，拔足狂奔。

漲潮的巨大波濤淹沒了她的聲音，暴雨讓她重重摔在海灘上。她趴在地上抬起頭，透過雨簾和眼淚，看見阿娘模糊的身影墜落在海浪當中。

她急促地哭泣著，猛然間有聲音在她耳邊低喚：「阿南，阿南？」

一雙堅實有力的臂膀抱緊了她，擁住暴雨海浪中小小的她，將她從冰冷黑暗的夢中拉出，抽身回到人間。

她痙攣著，哭泣著，竭力睜開眼，從這糾纏了她十幾年的惡夢中抽身，恍惚地看向面前的世界。

搖曳的火光漸漸明亮，暈暈融融地包圍著她。比火光更為溫暖的，是將她擁在懷中的一雙臂膀。

她迷離渙散的眼神望著面前面容，火光下他散著淡淡光輝，一時分不清是夢是真。

喉嚨與嘴唇乾啞撕痛，她只能發出輕微的一些氣音：「阿言……是你啊……」

他衣衫滿是皺襞，鬢髮凌亂，再也沒有以往那種端嚴矜貴的氣度，可那灼灼如星的目光，在這一瞬卻比火光更讓她覺得明亮安心。

從冰冷惡夢中抽身後，她望見了烈烈火光，耀眼星辰。

他緊緊抱著她，將她擁在懷中，似乎永遠不會放開虛弱哭泣的她。

不知此地是何地，不知此時是何時，可因為他的手、他的眼、他的體溫，阿南那緊繃的身體慢慢地放鬆了下來。

「這是……哪裡？」

「一個荒島上。」朱聿恆緊擁著她，用自己的軀體替她擋住吹進來的寒風，往火堆旁湊近了些，低低道：「我們在地下水城被捲入漩渦後，漂流到了這裡，妳……燒得厲害，是不是很難受？」

阿南意識模糊，只依稀記得他在最後一刻放出日月，將他們牢牢纏縛在一起，沒有失散。

她渙散的目光看了看周邊，這是一個由幾塊大石頭靠攏而形成的洞穴，說是洞穴，其實四面石縫都在漏風，只是勉強遮蔽風雨而已。

月光斜照入內，也照亮了阿言一瞬不瞬盯著她的目光，那裡面，盛著比月光與暗海還要深邃幽深的一些東西。

她張了張唇，艱難對他說了些什麼。朱聿恆俯下頭，將耳朵貼近她的雙唇，聽到她依稀吐出「水」這個字來。

高燒讓她的臉頰帶上一抹滾燙的霞色，呼吸急促短暫，似是一條在岸上徒勞蹦跳的乾渴魚兒，起皮乾裂的嘴唇輕微翕動。

「等一下，我去找水。」他小心將她放置在火堆旁，在黑暗中跨出洞口，藉著殘破的「日月」光芒，用樹枝在沙地上挖掘起來。

下方不深處便是溼潤的沙子，朱聿恆抬手在沙中壓了壓，將打溼的指尖貼在唇上。

入口是一股鹹澀味，這個島太小了，並沒有能力過濾出淡水供阿南飲用。

他站起身，看向面前黑得幾乎成了虛空的大海，心裡湧起前所未有的恐懼不安。

他比阿南早一些醒來，已看過這座小島，亂石灘上只稀稀落落長著一些耐鹼的灌木，並無任何水源。

竭力讓自己鎮定下來，他努力回想當初在海上聽江白漣他們說起過的，海上失事的漁民們求生手段——吃什麼，生魚和海鳥；喝什麼，魚血和鳥血……

那時不過聊以消遣的奇聞，卻讓現在的他如抓住了救命稻草，不顧那伸手不見五指的黑暗，朝著海邊深一腳淺一腳奔去。

他以日月微光照亮海邊水窪，希望能找到一、兩條趨光的小魚。可惜夜明珠的光芒太過黯淡，他又毫無經驗，根本無法捕捉到水中的魚兒。

正當他如無頭蒼蠅之時，耳邊忽然響起迅疾風聲，空中傳來「嗚哇——嗚哇——」的叫聲，低沉嘶啞，如同猛虎怒號，令人毛骨悚然。

彷彿，半空中有什麼猛獸正在居高臨下，俯瞰著他。

朱聿恆警覺抬頭，可無星無月的海上，夜晚暗得伸手不見五指，完全看不出空中有什麼東西。

孤海荒島，森冷駭人的虎嘯聲自頭頂再度傳來，詭異至極。

毛骨悚然中，他立即轉身，疾步上岸。

只聽得淒厲風聲在耳畔響起，空中有巨大的羽翼撲扇而下。

無意識之中，他手中的日月已經迸射向空中。幽微螢光照亮了夜空，依稀現出一隻巨雕的身影，雙翼展開足有八尺，正伸出雙爪利喙，向著他俯衝而下。

這小島如此荒僻，居然棲息著這樣的猛獸。

朱聿恆反應極快，五指揮動，日月立即回轉，削向巨雕的眼睛。

可惜暗夜中只有夜明珠的幽光，海雕的行動又實在太快，他來不及測算擊打距離，只聽得叮叮錚錚連響，日月從雕頭上擦過，精鋼絲相互絞纏，在一片清脆聲響中，海雕已到了他面前。

他立即身體後仰，整個人重重墜入海水之中。浪花高激上半空，巨雕翅膀一扇，從水面一掠而過，滑向了前方。

他在水下向前游去，手指觸到一塊大礁石，才以石頭為遮蔽，雙手緊握日月，警覺地慢慢鑽出水面。

黑暗中風聲再度紊亂，雕影向他疾衝而來，似要趁著他剛出水分辨不清之時，將他撕扯吞噬。

朱聿恆後背抵住礁石，以免海雕從背後偷襲。這一次他算準了海雕的移動速度，而且玉片薄刃也不再與牠相撞，只以斜斜的角度從牠身旁一掠而過，迅疾回收。

黑暗中只聽得礁石上厲鳴聲與撲扇聲不斷，被削斷的殘破羽毛從空中零散飄落。那隻海雕被光點所擾，在空中左支右絀，再也無法向下撲襲他。

朱聿恆毫不手軟，知道自己採取的襲擊手法有效，礁石後華光更盛，打得海雕在半空中哀叫連連。而他躲在礁石之後，又隨時可以鑽入水中躲避，海雕奈何他不得，只能胡亂撲擊，爪子在礁石上撓出令人牙齒發酸的聲音。

終於，牠察覺到自己徒勞無功白白吃虧，在憤恨地幾聲嘶鳴後放棄了他，轉身向著島上飛去了。

朱聿恆鬆了一口氣，這才感覺到自己靠在礁石上的後背，被一些凹凸不平硌得生疼。

他轉過身，藉著手中日月的暗光，看見石頭上附著的，確實是一層密密麻麻的海蠣子。

從水中摸起一塊石頭，他匆匆砸了一捧海蠣子肉，用衣襟兜住。

暗夜中，他轉頭看見山洞透出的暗暗火光，腦中一閃念，脊背上的冷汗頓時冒了出來。

海雕看到日月的光芒才過來攻擊他，而如今，島上另一個亮處，是燃著火光的那個洞穴！

繫好下襬兜住海蠣子，他從礁石後躍出，立即向山洞奔去。

黑暗中看不清腳下，他腳步趔趄，急衝到洞穴下方，抬頭聽得風聲迅疾，巨雕果然正撲向洞穴。

日月縱橫間封住海雕的來勢，朱聿恆擋在洞口，以免牠衝入洞中傷害阿南。

剛剛在海上奈何他不得，如今他從藏身處跑出來自投羅網，巨雕頓時凶性大發，叫聲更尖更利，狠狠向他撲擊。

朱聿恆神智超卓，操控日月阻擋牠進洞之際，又分出一部分利刃打擊海雕。而這邊日月帶著巨雕在空中翻飛之際，他甚至還抽空回頭看了一眼阿南。

她燒得厲害，已經再度入睡，伏在火堆旁昏昏沉沉，即使外面聲響喧鬧，依舊一動不動。

他心中正在擔憂，不防那海雕三番兩次被他所傷，火光下鷹眼森冷凶狠，不顧一切向他迅疾猛撲。

朱聿恆一個閃身躲過，正要還擊之時，忽覺得肩上一陣抽痛——

不久之前被阿南剜出了毒刺的肩膀，此時血脈忽然牽動全身，驟然抽搐。

他身體陡震，一個站立不穩，猛然摔在地上。

空中日月陡然一鬆，巨雕已經突襲至他正面，他此時渾身都失去了力氣，唯有竭盡最後的力量將身一側，避開了要害。

劇痛襲來，鷹爪從他左肩臂上劃過，鮮血頓時湧出。

但就在牠近身之際，朱聿恆也拚著受牠一爪，手中日月驀然迸射。這一次日月貼身攻擊，力道絕非遠控可比，剎那間毛羽亂飛，在淒厲慘叫聲中，鷹眼被射瞎了一隻，一隻翅膀也被傷了翅根，失控撞在了上頭岩石上。

幾滴熱血灑在朱聿恆的臉上，巨雕帶傷逃離，融入了黑暗之中。

朱聿恆強忍肩臂的疼痛，支撐著坐起來，喘息片刻後，才慢慢扶牆回到山洞中。

阿南人事不知，甚至連蜷縮的姿勢都沒有變化。朱聿恆抬手探了探她的鼻息，依舊急促而灼熱。

他眼前暈眩發黑。山河社稷圖發作之後，他被漩渦捲入海底，又在水下潛行破陣，實在是耗盡了心力。而鷹爪造成的傷口不小，熱流正一股股向外湧出，讓他搖搖欲墜。

可，阿南情況如此，他如何能倒下？

朱聿恆強忍劇痛，跪坐在阿南身前，將她扶起靠在臂彎中，用顫抖的手解開自己繫著的下襬。

因為這一番波折，在他懷中的海蠣子已經壓爛了大半。但此時也顧不得了，他竭力擠出一些海蠣的汁水，滴在她唇上，滋潤她乾澀的雙唇。

灌下去的汁水順著阿南的嘴角流下，高燒令她失去了意識。

他艱難地托著她的頭扶正，將海蠣子汁水一點一點擠出來，餵到她口中。

終於，她那焦燙的雙唇感覺到清涼，無意識便微微張開了，費力地吞嚥著，在模糊意識中一口口喝下了汁水。

等到一捧海蠣汁喝完，她沉沉睡去。

而疼痛讓他渾身虛汗淋漓。他脫下衣服觀察傷口，左肩連同手臂被鷹爪深深扎出了幾道長口子，萬幸並未撕下血肉來。

朱聿恆用薄刃在衣袍上切開口子，撕下一條來草草包裹了傷口，因為半邊身子痛極了，他再也堅持不住，慢慢地扶著懷中阿南躺倒。

他的傷口劇痛，而她的呼吸灼燙。他無法控制地抬起戰慄的雙臂，自身後緊緊抱住了阿南。

緊貼著她滾燙的軀體，他將臉埋入她髮間。

苦。

彷彿，能與她靠一靠，貼一貼她的體溫，也能汲取一些力量，緩解一點痛

月光與波光覆照在他們身上，她就在他懷中，熱燙的身體如一團火。

半夢半醒，半昏半沉。

在這死寂的荒島暗夜之中，急促艱難的喘息漸漸平復，眼前的黑翳也終於慢慢退散。

在這一片迷亂之中，他的衣襟被微微牽動。

是睡夢中的阿南用手指扯住了他的衣衫，無意識地拉了拉。她依舊緊閉著眼睛，只有雙脣囁嚅，似在呢喃囈語。

朱聿恆低下頭，將耳朵附在她的嘴邊，聽到她喃喃的、低若不聞的夢囈：「阿娘，我好冷……難受……抱抱我……」

雖然不知道她能不能聽見，但朱聿恆還是用力收攏臂彎，將她抱得更緊一些：「阿南，妳睡吧，睡醒了就好了……」

她聲音虛浮，面容皺成一團，沉浮在夢中難以走出：「阿娘……唱首歌……給我聽……」

朱聿恆緊抿雙脣，聽她的聲音漸漸低下去，唯有低低呢喃不肯甘休：「要聽……好難受……」

篝火燃燒在洞中，搖曳的火光將他的面容與她的面容融化在了一起。

她就如當年那個茫然失措的孩子，明明已失了意識，依舊不肯甘心地囈語。

「難受……唱首歌吧……」

朱聿恆緊緊擁抱著她，在肩臂那抽搐的鑽心疼痛中，慢慢湊到她的耳畔，終於輕輕開了口——

「我事事村，他般般醜。醜則醜，村則村，意相投……」

自出生以來，朱聿恆從未給別人唱過歌。

他在鈞天廣樂中出生，在陽春白雪中成長。

二十年循規蹈矩的人生中，他謹言慎行，不苟言笑，年紀輕輕便博得滿朝文武的交口稱讚，認為他老成持重，是朝廷之幸，百姓之福。

可如今，那個沉穩整肅的皇太孫被徹底拋棄。他低頭湊在阿南的耳邊，輕輕為她唱著不正經的鄉野俚曲。

暗夜的火光令人迷失，他聽著她漸漸沉靜下來的呼吸，還有那終於鬆弛下來的眉心與唇角，將自己的聲音壓得更低更輕，似要伴著她入眠。

「則為他醜心兒真，博得我村情兒厚。似這般醜眷屬，村配偶，只除天上有……」

那一夜在順天的黑暗地底，從昏迷中醒來的他聽到她低低哼唱這首歌，心口激蕩悸動，至今不可淡忘。

那時他躺在她的膝上，望著上方的她，捨不得將目光移開須臾，奇怪自己在第一次見面的時候，為什麼會認為她長相普通。

而如今的他在火光中擁著她，看著她如今這副狼狽模樣，依舊覺得懾人心魄。

以至於，即使他的人生即將到達終點，即使與她一起待在這荒蕪孤島之上，可因為身邊人是她，讓他亦感到慶幸。

幸好在他身邊的是她。

幸好這個世上還有她。

孤島火光之中，她縮在他的胸前，他擁著她，沉沉昏睡。

太過勞累，傷口的疼痛亦阻擋不住沉睡，而他在淺薄夢境中，又看見了那隻黑貓。

牠從黑暗中現身，金色的迷人瞳眸中倒映著他的身影。

牠緩步走來，一躍而起撲入他的懷中，以熟稔又親暱的姿態，蹭了蹭他的臉頰。

於是，朱聿恆也無比自然地擁住了牠柔軟的身軀，忘卻了自己身上的傷痛，俯頭與牠相貼。

然後他慢慢睜開眼。眼前一切都還朦朦朧朧，但火光搖曳下，近在咫尺的黑貓，果然已經變成了阿南的模樣。

一如既往，與曾千百次出現在他夢中的一模一樣。

於是他也如往常夢中一般，俯下臉，去親吻阿南的雙唇。

奇怪的是，夢沒有如往常般破碎。

他的唇終於第一次觸到了她，而不是在即將碰觸的一剎那抽身醒來。

在恍惚之中，他因為這溫熱柔軟的觸感，情不自禁地收緊了雙臂，側頭吻上了她的雙唇。

發燒與脫水讓她的唇瓣失去了往日的鮮潤，她的呼吸如此灼熱，與他的意識一般狂熱——

這太過真實的觸感，讓朱聿恆在甜蜜的戰慄間，又悚然而驚。

迷濛的雙眼在瞬間恢復清迥，他睜大眼看著被自己緊擁在懷的阿南，心口劇震之下，無措地鬆開了她，恍惚看向身邊。

荒島洞穴。即將燃燒殆盡的火堆。外面漆黑的夜色終於漸轉墨藍，曉光已籠罩住這個海島。

肩膀依舊持續疼痛。這不是那個曾千次萬次籠罩住他的夢，這是真實的世間。

他親到的，是真實的阿南。

在夢裡，他曾一再夢到自己擁著她，卻每每在即將親吻到她時，夢境破碎，她毫不留情轉身離去，將他拋在暴風雨中。

如今在這樣的荒島上，他竟真真切切地將阿南擁在了懷中，親到了她的雙脣。

他盯著近在咫尺的阿南，因為腦中的混沌，身體僵硬。

昏睡中的阿南像隻貪暖的貓咪，下意識地貼向他的懷中，呢喃著，整個人縮在了他的懷中。

她的手探索著溫熱的地方，臉頰也貼上了他的脖頸，溫熱的氣息順著他的脖頸蔓延而上，讓他的耳根頓時沸熱起來。

他的手虛懸在她的肩上，一時不敢動彈。

許久，他才慢慢抬起傷後沉重疼痛的手，撫上她的面頰，試著她的體溫。只是不知怎麼的，等回過神來時，指尖又停在了她的脣上。

耳邊傳來她一聲舒服的低嘆，那睡夢中糾結的眉頭也終於鬆開，她偎依緊貼著他，睡得香甜起來。

他的手微顫著，竭力控制自己俯頭再親一親這雙脣的衝動。

潮聲起起伏伏，黎明尚未來臨，他還可以擁著一樣疲憊傷痛的她，再休息一會兒。

攤在他面前凶險萬分的東西——風浪滔天的海洋，步步逼近的死亡，風雲難測的朝堂，波譎雲詭的天下……似乎全都淡去了，暫時離得很遠很遠。

唯有她很近很近，近得足以讓他在陰翳籠罩的人生中，偷得一刻平靜滿足。

他的心忽然平靜地沉了下來，彷彿可以擁著她坦然面對一切，包括那迫在眉睫的死亡。

不知抱著她過了多久，一夜睏倦襲來，他凝望阿南的目光有些朦朧之際，忽見她的睫毛顫動，雙眉皺了起來。

以為她又不舒服的朱聿恆，雙臂將她在胸前攏了攏，卻發現她已緩緩睜開了眼睛，目光迷濛地落在他的臉上，似乎一時沒認出緊抱著自己的他。

火光映在她的眼中，忽明忽暗的光影讓她籠罩了一層溫柔迷濛的輪廓，在她那茫然的目光下，朱聿恆一時忽然心虛起來。

他窘迫地轉過頭去，慢慢地放開了她的身軀，喉口發緊：「妳……醒了？」

阿南雙眼渙散地盯著他，沒說話。

剛從夢中醒來，她還有點恍惚，只覺得眼前的阿言似乎和往常不太一樣。那素日因太過端嚴而有些疏離的氣質，被暖橘色的光芒所淡化，讓初醒的阿南覺得心口暖融融的，柔軟恍惚又真切。

而他的聲音，也帶著些前所未有的緊張意味：「妳……昨晚生病了，躺在地上好像很不舒服，所以我……」

所以他抱著她，逾越了本該恪守的界限。

在他窘迫得不知如何解釋之時，卻見阿南的面容上露出了一個艱難的笑意。

她聲音嘶啞，輕輕地說：「阿言……我作了個夢，夢見啊……你給我唱曲子呢。」

她聲音雖然乾澀低弱，但氣息已恢復正常，朱聿恆鬆了口氣，有些彆扭地應了一聲：「是麼……唱曲子？」

「對啊，是不是很好笑？阿言你這麼一本正經的人……你猜猜，你給我唱的是什麼？」

「胡思亂想。」朱聿恆彆扭地輕咳一聲，轉開了話題：「妳口乾嗎？餓不餓？」

阿南低低地「嗯」了一聲，抬頭打量四周，又艱難地撐起身子，藉著外面的黯淡天光，觀察了一下地形。

「是個孤島，也不知當時水城機關發動，將我們沖到了哪裡。」

阿南渾身無力，勉強抬手按著自己突突跳動的太陽穴，說道：「無所謂……我在海上討了這麼多年生活，還怕這點小風小浪？」

朱聿恆望著她慘白的面容與毫無血色的脣，道：「妳燒得很嚴重。」

「沒事，是我知道破渤海水城必定艱難，所以下水前吃了過量玄霜，不然的話……我怎麼熬得過水下那些陣法？現在後遺藥性發作了，要折磨我幾天而已。」

阿南說得輕巧，可那氣若游絲的模樣，讓朱聿恆知曉絕非她說的那麼輕描淡寫。

「真的？」

「嗯，只是會昏睡幾天，難受無力。」阿南撫著額頭，感覺眼前金星亂冒，像是有什麼東西在壓迫自己的太陽穴，忍不住乾嘔了出來。

朱聿恆拍撫著她的背，等她這一陣難受過後，才撐著站起身，道：「島上沒有水喝，我再去海邊弄點海蠣子吧。」

阿南看向他的肩臂，問：「你受傷了？」

他盡量輕描淡寫：「這島上有海雕，挺大的。」

阿南有氣無力地點了一下頭，靠在洞中看他在朦朧晨光中走向海邊。他有傷在身，動作無法迅速，只撿了幾把枯枝，幾個海螺，又砸了一捧海蠣子用葉子包好，天色已經大亮。

所幸一路沒有遇到海雕。他回來將火燒旺，又把海螺放在火中煨烤。

兩人倚著洞壁吃完海蠣子，海螺汁水已經滾沸，阿南扯兩根樹枝折斷，與他一起夾出螺肉分食，又將裡面掏空，預備拿來煮東西。

腹中有了東西，阿南精神也好些了，強忍暈眩俯身過去，說道：「讓我看看你的傷口。」

朱聿恆垂眼看了看，道：「小傷，不算什麼。」

「別嘴硬了，趕緊給我看看。」阿南扯住他的衣襟，查看他的傷處。

倉促之間，他的傷口包得十分潦草。阿南將布條解開，看見了兩條深深的爪痕，幸好輕按周圍肌膚，暫未見紅腫發熱跡象。雖然傷口看來可怖，但未傷到筋骨，只要不潰爛，癒後應該不會有大礙。

阿南輕吁了一口氣，再看他身上原本應該崩裂的陽蹺脈，只留了一條淡紅痕跡，與胸口縱橫的那三條經脈迥異，並未出現瘀血駭人的模樣。

她抬手輕按那條血線，抬眼看他：「怎麼樣？」

朱聿恆垂眼看著她，聲音有點不自然：「有點隱痛，但比之前那些血脈發作時的劇痛已經好多了，而且身體也能自如活動，不像之前，發作後數日內連起身的力氣都沒有。」

「唔……可惜我當時下手終究太遲了，這條血線還是出現了。」阿南說著，感覺自己手按著的胸膛下心跳聲急促，這才察覺到自己一直按著他的胸口。

「都什麼時候了，你還害羞？」她看著他臉上不自然的神情，好笑地幫他將衣襟攏好，然後扶牆慢慢站起身。「這可不行，海島天氣，傷口這樣簡單包紮肯定會潰爛，就算你命大熬過去，以後整條胳膊也會落下病根。」

朱聿恆沒說話，只以目光示意他們所處的境地。

「拉我起來，我看看能不能去島上給你找點草藥……」阿南伸手搭在他的肩上，示意他扶自己出去。

朱聿恆看她慘淡的面容，猶豫道：「妳剛剛醒來，不如等再恢復一點精神……」

「你不陪我，那我就自己去。」阿南扶著石壁，便要向外走去。

邊。

朱聿恆見她如此，只能攙扶著她，兩個人慢慢出了山洞，走向灌木叢生的海

舉目四望。

「我們這一個病一個傷的，還真是天殘地缺啊……」阿南無力地開著玩笑，

晨光下海天碧藍，一望無際。他們身處的這座小島，其實只是海中的幾塊大礁石突出了海面。珊瑚沙堆積出了一小塊平坦荒蕪的陸地，海鳥或洋流帶了種子過來，榕樹、秋茄、蠟燭果雜蕪地生長在沙地上，形成了一片稀疏的灌木叢。

在洞穴的側面，一小片碎石沙灘夾在礁石的中間，周圍全是光禿禿的黑色岩石。

阿南雙腳虛軟，靠在朱聿恆的肩上穩住身子，道：「看海水顏色和洋流方向，我們大概已經不在渤海，而是被沖到黃海了——而且不是近海。」

朱聿恆昨日也已想過這個可能性：「搜救我們的隊伍應該還在渤海海底撈針，料不到水下城池的出口連通到了這邊。要等他們救援，估計猴年馬月了。」

「也不知那個混蛋帶著綺霞逃出去了沒有，能不能讓朝廷尋到黃海來。」阿南口中的混蛋，當然只能是傅准。「且等著吧，咱們只能先做好在這裡自救的準備。」

她觀察海島形勢，又指著海邊那幾塊高大礁石道：「那邊是魚蝦彙集的地方，但也是虎頭海雕的巢穴，你看到那兩隻蹲踞在崖頂的大雕了嗎？」

朱聿恆「嗯」了一聲，這才知道昨晚偷襲自己的巨鳥名叫虎頭海雕：「有一隻眼睛和翅膀已經受傷了。」

阿南瞥了他的肩臂一眼，彷彿看到了昨晚他與海雕纏鬥的危境，頓時怒從心頭起：「哼，等我恢復些，看我不殺過去替你報仇！」

聽她用這麼虛弱的口氣說這麼凶狠的話，朱聿恆不由得低頭微揚脣角。

畢竟這一世，還從來沒有一個女子這般維護過他，而這個人，正是他夢寐魂牽的那一個。

不知不覺，肩臂的疼痛也輕了不少，這荒蕪海島，在他眼中也竟煥發出了異樣光彩來。

君子報仇十年不晚，兩人現在自然不敢驚動那兩隻巨雕。一起摸進灌木叢，阿南強撐著匆匆尋了些草葉，又趕緊回到山洞。

將草葉搗出汁液，阿南把朱聿恆的衣襟拉下，仔細地給他敷好。

傷口觸到草汁，傷口劇烈抽搐，但朱聿恆咬緊牙關，尚在可以忍耐範圍。

只是……她湊得太近，那微啟的雙脣就在眼前不遠，讓他脣間尚留著的觸感彷彿燃燒了起來，直抵胸臆，擴到四肢百骸，最終燒遍全身，整個人都熱了起來。

阿南目光瞥著他，詫異問：「很痛嗎？你身上很燙。」

「火太旺了……洞中有些熱。」朱聿恆說著，將頭扭向洞外的大海，不敢看她。

阿南力氣不濟，幫他把繃帶慢慢包好，坐下來靠在洞壁上調勻氣息。見他一直看著外面，她便道：「阿言，你這個家奴，現在是越來越不把我這個主人放在眼裡了。」

朱聿恆心口突的一跳——難道她察覺到了自己之前對她所做的……

他心虛地回頭望著她，目光閃爍波動。

而阿南唇瓣微噘，問：「海底水城的通道打開時，你為什麼要把我們綁在一起？」

聽她提起的是這事，朱聿恆暗鬆一口氣，又陷入另一種窘境。

「因為……」他垂手摸著懸垂於腰間的日月，低低道：「我擔心分開後，再也找不到妳。」

燃燒的火堆中，忽的傳來劈啪一聲爆響，隱隱震在他們的耳邊。

「其實這樣也對。」阿南沉默片刻，喉嚨略帶低啞乾澀：「我們兩個人在海上，總比一個人強。」

朱聿恆沒有回答，他聽著阿南那比往常更低沉一點的聲音，心裡忽然劃過一個念頭——

那時候，阿南是不是要放棄她自己呢？

她明知道服了玄霜後昏沉無力，被捲入漩渦必定九死一生，就算僥倖逃出水城，漂流到海上也無力自救，最後只會葬身魚腹。

可……她還是不管不顧地揮別了海客們，一路帶著他披荊斬棘，最終摧毀了地下水城，替他和綺霞打開了生路。

想著她隻身阻攔傅准的瘋狂行徑，朱聿恆忽然在一瞬間想，那時的她，可能真的不在乎葬身於這大海之中，不在乎這世間了。

因為她和竺星河，已經永遠沒有同路而行的可能了。

因為竺星河。

一種異樣的酸楚悲傷湧上心口，啃噬著暗沉的心口，讓他無法作聲，只緊抿住雙脣，極力壓抑自己的呼吸，不讓她察覺到自己的失態：「抱歉，我將妳綁到了這裡，害妳和我流落荒島。」

「說的什麼話，這次要不是你，現在不知道我漂到了哪裡，能不能活下來呢。」阿南卻朝他眨了眨眼睛，臉上笑容黯淡卻真摯。「總之，多謝阿言你救了我。」

因為她展露的笑意，朱聿恆心口熱潮波動，他擔心自己的耳根又紅了，不由自主地便抬手摸了摸臉。

阿南看著他，臉上的笑容忽然加深了。

「哎阿言，之前在春波樓將你贏到手後，帶你回家的第一夜……你也是這樣燒著火，臉頰上抹了一片黑灰。」她疲憊的神態終於顯出一絲鬆快，抬手在自己臉上指了指，示意他趕緊擦擦。「兜兜轉轉這一圈，你連伺候我的模樣都沒變呢……那賣身契真沒白簽。」

「還不是妳失職，沒有好好教我？」在這荒僻的島上，朱聿恆也不再黑著臉談及此事，像是終於承認了自己吃癟的事實。

阿南心情大好，精神振奮起來，覺得身體上的痛楚也退散了些。她靠在壁上恢復精神，笑微微道：「那，等我再躺一會兒，待會兒教你下海摸魚！」

荒島之上，吃了上頓沒下頓的兩人只熬到了黃昏，見幾隻海雕並無動靜，便趕緊拖著殘軀去謀食。

玄霜藥效未退，阿南不敢出洞太遠，坐在礁石下，盯著前方被夕陽染紅的海面，一邊關注虎頭海雕，一邊教朱聿恆捕魚。

她的流光在水下綁了綺霞和傅准，如今已經沒了，便借了朱聿恆的日月來，將他的精鋼絲與月刃拆了一條給自己，先聊充流光。

而朱聿恆折了根枝條，把頂端修得稍為尖銳，站在水中靜靜等待著魚兒過來。

魚兒一直沒來，朱聿恆凝神靜氣，順著平靜的水面慢慢看過去。

水面清澈，他沒有看到魚，卻看到了阿南倒影，清清楚楚地呈現在他的眼前。

橘色的水面上，她的模樣清楚倒映，顏色溫暖。微揚的下巴與修長的脖頸形成一條優美的弧線，而這條弧線又延伸成更令人心動的肩頸線條，蜿蜒地向下生長出修長的身軀。

她只穿著窄袖薄衣，當時為了方便水下行動而腰肢緊束，軀體纖毫畢現，曲線玲瓏。

海風偶爾吹來，水波蕩漾著，便將她的影子扯得波動迷離起來，不容許他將她看清。

就像他追索了這麼久，他擁抱過她，也偷偷親過她，可他們之間卻依舊蒙著一層穿不透的迷霧，讓他無法徹底而清晰地觸碰到她。

無法掌握，無緣求索，無可奈何。

未等收斂心神，他聽到阿南低叫一聲：「阿言，右手邊！」

順著阿南指著的方向，旁邊的水窪中有一條魚正飛快地游過水窪，尾巴一甩就要鑽入旁邊洞中。

朱聿恆的手腕一抖，樹枝迅疾刺出，卻撲了個空，讓魚兒逃走了。

明明是看準魚身而刺的，而且他對自己手部的控制力很有信心，居然會一擊落空，讓朱聿恆有些詫異地看了看自己的手。

阿南虛弱地靠在礁石上，指指水下道：「阿言，你被眼睛騙啦！光照在水底和陸上不一樣，魚兒在水中時會顯得離水面較近些。你待會兒扎魚的時候，對準魚的下方試試看。」

朱聿恆從未捕過魚，自然不知道這個道理。點了點頭，他凝神靜氣等待下一條魚過來，樹枝俐落地向著魚身偏下的地方扎去，準確地刺入了魚腹之中。

他歡喜地將正在拚命掙扎的魚提起來，給阿南看。

「是海鱸魚。這魚看起來凶凶的，但肉質緊實，很好吃！」阿南扯過幾根草莖搓成繩，將這條不住打挺的大魚串了嘴。

朱聿恆換了個地方守著那個水窪，準備再抓一條魚。

天色未晚，晚餐已有著落，周身的處境並不算好，但病魔與死神都暫時退卻。兩人心下輕鬆，阿南也來了點精神，托腮和靜待魚兒的朱聿恆閒聊：「阿言……不對，你一直在騙我，其實你又不是宋言紀，我不該叫你阿言的。」

朱聿恆抬眼望著她，脣角微揚：「可我確實叫阿琰，當時就告訴妳了。」

「阿琰，阿言……」她有些口音，說話咬字時尾音略微上揚，所以阿琰和阿言念起來，確實沒有什麼區別。她念了兩聲，問：「這是你的名字？」

「是我的小名。琰是天子征伐逆亂的玉圭。」

「文謅謅的。」阿南斜靠在洞壁上，隨口道：「哪像我，我的小名就是阿囡，我娘都沒給我取名。」

「阿囡……」朱聿恆低低念著，彷如細細咀嚼。「昨天晚上，妳一直喊著妳娘。」

「是啊，我夢見我娘了……夢到她離開我的那一天，狂風暴雨，她終究沒能逃離海匪窩。」如血的晚霞中，阿南望著西沉的斜陽，眼中倒映著血與火的光芒。「她牽著我在密林裡跑啊跑啊，她的手……今生今世，這世上誰也沒有她那樣的一雙手……」

朱聿恆不由垂眼看了看自己的手，心想，她母親的手，不知道是怎麼樣的。

夕陽一點一點沉入海底，阿南自嘲道：「我娘臨去時燒糊塗了，還傷心自己千辛萬苦生下的遺腹子，是個女兒……她一直期望自己生個兒子，為我爹報仇雪恨。可她大概不會想到，最後她的阿囡也成了海匪，司南……四海凶名赫赫的女海盜。」

她以雲淡風輕的口吻，來掩飾自己多年前的傷痛。

朱聿恆不願讓她再強裝下去，他目光搜尋著水底的魚，口氣也盡量顯得不經意：「那，司南這個名字，是誰給妳起的？」

南方之南，星之璨璨。是因為她的公子，所以她才擁有了這個名字嗎？

「是我自己。」出乎他的意料，她的名字並不是竺星河給予的。「可能是女子天生敏感一些，在茫茫大海之上，我總是方向感最強、最擅長指引方向的那一個，大家說我比北斗司南更準確……我想，或許這就是我生來的天賦吧。」

而妳，也是唯一能指引我走出人生迷航的那個人。

朱聿恆心中這樣想著，站在及膝的橘紅海水之中，望著水波中她時隱時現的面容，定定地看了許久。

「其實我以前叫司靈。」阿南不是個習慣沉浸在低落情緒中的人，話鋒一轉，便聊起了其他的事情：「南海上的人口音不純，所以按照我們的編號，大家會隨意起個差不多發音的名字。」

編號，這難道是海客們內部的規矩？

朱聿恆很有分寸，並不打探這些，因此他只問：「所以，妳的編號是四零？」

「對，我是司靈，四零。我有個好朋友叫桑玖，還有司鷲的，他們是三九和四九。後來我立下了大功，終於可以擁有自己的名字了，編號就轉給了司霖，結果他被人嘲笑撿我的漏，因此一直討厭我……」

她的聲音脫離了沉重，朱聿恆也終於出了手，手腕一抖，尖銳的樹枝迅疾刺中了一條六、七寸長的魚。

「這條魚也不小，我們吃一頓足夠的了。」阿南朝他招手，又指指旁邊礁石。「阿言，你再去摸一把海白菜，咱們塞在魚肚子裡一起烤，也是一道好菜。」

朱聿恆依言摘了一捧石頭上飄蕩的綠藻，在水中清洗乾淨，帶著它跋涉過水窪，來到阿南身邊。

阿南早已把過往拋在腦後，只折了兩條樹枝插入兩條魚的口中，一絞一扯，便將鰓和內臟全部拉了出來，洗淨後用海白菜把肚腹塞得滿滿的。

朱聿恆幫她提著魚，阿南與他並肩往洞中走：「來，我教你烤魚。」

朱聿恆點點頭，心中不覺升起一絲遺憾。

波光粼粼，倒映著夕陽餘暉，金光霞色照在她的臉上，跳躍的光點如同斑駁的蝴蝶聚了又散。

突如其來出現在他人生中的她，亦如這樣一隻光怪陸離的蝴蝶或蜻蜓。可他卻很想知道她的過往，想瞭解她一生中最重要的那些事情、那些人。

她如何從孤島上的阿囡，長成現在這樣的阿南……

所以在回到石洞中，阿南教他烤魚時，朱聿恆忍不住問：「那個海盜的窩點所在，妳還記得嗎？」

阿南挑挑眉，問：「怎麼？」

他給魚翻著面，順理成章道：「妳需要的話，我派一支船隊，幫妳去剿滅他們。」

「早就沒了。」阿南靠在石壁上，望著他的神情中有傷感亦有驕傲。「在我重新踏上那個島時，他們就註定活不了。」

朱聿恆的手頓了頓。

他恍然想起祖父給他看的那份卷宗。蒼茫大海之上，有幸逃出匪窩的漁民中至今還流傳著一個故事——關於一個白衣縞素的少女獨自駕著小舟，將海盜們聚居了二十餘年的海島夷為平地、隻身解救了島上所有婦孺的傳奇。

她離開的時候，身上的素衣已被血染為紅衣，碼頭與海灣的盜匪屍體引來了無數的海鷗與魚群，數日不散，就如人間煉獄。

但朱聿恆想著當日的可怖場景，卻只望著她，溫聲道：「妳娘泉下有知，一定很欣慰的。」

阿南朝他一挑眉：「即使我是個女兒，即使我成了她最痛恨的海匪？」

「可她的女兒，做到了所有兒子都做不到的事情。」

阿南望著他怔了怔，長久以來的心結，彷彿在這一刻被解開。許久，她終於輕舒了一口氣，朝著他一笑：「阿琰，你真好……別人總說我殺孽太重，以後會受反噬的。」

「以怨報怨，以仇報仇，這是本分。」朱聿恆不假思索道：「對待惡人若不用雷霆手段，難道還要用菩薩心腸？」

「阿琰，你說話總是很有道理！」阿南朝他莞爾一笑，頓時開心起來。

焦香撲鼻，魚已經烤好。

他們一人一條無油無鹽的烤魚，像兩個野人一樣啃著。不過這兩條魚都很肥，海白菜吸了魚油，也算能勉強果腹。

阿南一邊吃著，一邊隨意問：「對了，海底水城坍塌時，青鸞臺帶著我們沉入海底之前，你看到臺上的浮雕了嗎？」

朱聿恒點了一下頭：「當時太過倉促，我只匆匆瞥了一眼。」

「太好了，其實我當時急著破陣，沒來得及留意，還好你留了心。那上面雕的是什麼？」

「高臺有四個面，一個面兩處浮雕，一共八幅。」朱聿恒回憶道。當時水下太過匆忙，幸好他記憶力與觀察力極佳，雖然一瞥之下，依舊記得清晰。

「北面是元大都之火、黃河決堤，東面是錢塘灣和渤海灣；西面是玉門關月牙泉、崑崙山闕；南面是……」

說到這裡，他頓住了，只從火中抽出一根枯枝，將枝頭的火敲滅，在地上畫了個大致輪廓出來。

左邊是一座雄渾綿延的大山，峰脈山巒層疊絕多。

「按照傅靈焰的青蓮琉璃燈所示，這處地方很有可能地處西南。西南的話……」

阿南畢竟是海客，對於陸上的山川湖泊並不精通。而朱聿恒自小便處理各地事務，自然比她熟悉：「那些山脈雄渾頓挫，看起來像是西南的橫斷山脈，等我們回去後，以青蓮燈圈定大致方位，再看具體方位。」

阿南點頭，又問：「八幅浮雕，按照四個方位算來，南方應該還有一幅吧？」

「是還有一幅，但……」朱聿恒神情卻變得遲疑。他手中的枯枝在地上輕敲著，思忖道：「我看不懂那上面的內容。」

阿南奇道：「雕的是什麼就是什麼，怎麼會看不懂？」

「許是倉促之下我沒研究出來，但那上面凹凸不平，彷彿只是石頭天然的紋理，根本未加雕飾，甚至連表面都不曾打磨過。」

阿南思忖問：「那，紋理是怎麼樣的？」

朱聿恆心思縝密，雖然只是倉促一瞥，內容也不甚明晰，但還是以枯枝在地上繪出了線條。

一條線自西而來，線在中途又分出一股，中間夾雜著一塊扁如鞋子的形狀，再滙聚於一起，向東南而斜下。

「而在鞋形的南面，是雜亂一片青紅交錯，現在想來，若雕琢加工之後，可能是朱閣碧樹模樣。」

「關先生之前提示的陣法地圖，大都是就地取材而加工。所以這條線，大概就是拿來替代河流的，應該是一條自西向東南而流的江河，河中有個鞋子狀的沙洲，南面則是人煙聚集處。」阿南揑著下巴道：「這事還得著落在琉璃燈上，等你回去後，確定了大致方位再對照一下當地的山河，應該就能找到了。」

朱聿恆緩緩點頭，又道：「但為何那七幅浮雕都精細入微，唯有這一幅，卻不曾有任何雕琢打磨的痕跡呢？是當時出了什麼問題，還是關先生以此在暗示什麼？」

「不管是什麼，總之，我相信你肯定能解決的。」

她肯定的語氣，讓朱聿恆瞬間覺得，面前的迷霧似乎也沒那麼無從下手了。

抬手撫上自己身上那些血痕，他低低道：「如今想來，我反倒有些感謝那個給我埋下這些毒刺的人了。畢竟若沒有這山河社稷圖，我們又如何循著線索，去破解那些會傾覆天下的可怖陣法，阻止災禍呢？」

阿南是海盜出身，並不理解他對這山河天下的眷眷之心，但見他堅定果毅，對自己的人生並不怨懟，反而迎難而上，凜然無懼，心旌不由激蕩，道：「至少阿琰你以後的路，如今已經明朗。我想，只要你能找到關先生設下的那些陣法，將陣眼中的青蚨玉取出，那麼你身上的毒刺便不會破碎，奇經八脈也就不會斷絕。或許……你能如傅靈焰的孩子一般，好好活下去！」

朱聿恆凝重點頭，道：「是，下一次，我們必定能趕在陣法發動、毒刺崩裂之前，將它們控制住，消弭於未然。」

阿南隔著火堆望著他，想說什麼，但最終欲言又止，沒有開口。

吃完烤魚，天色已暗。阿南教朱聿恆去外面找了些樹枝草莖，用火熏燎掉小蟲和蟲卵，墊了兩個粗糙的小床。

朱聿恆將自己那件已經扯出了好幾個口子的外袍脫下，烘乾之後鋪在裡面那張床上。

天色已晚，他們編好樹枝攔住洞口，以免虎頭海雕夜間偷襲。

火掩得只剩些微暗紅，在黑夜中慢燃。暗暗的山洞內草床草葉柔軟，就像一個暖和的小窩攏住阿南身形。她軟軟地趴在床上，將臉靠在朱聿恆的衣服上。

乾草的清香，熏燎的焦味，海水的味道，還有……他身上的味道。

在空無一人的荒島上，他們在石洞中相依為命，他的氣息將她整個人攏住，讓她這麼厚臉皮的人，心裡也不由得生出一種怪怪的彆扭感，難免心旌搖曳。

這墊在她身下的衣服，雖然在海水中浸泡了許久，溼了又乾，但那上面熟悉的熏香味兒，似乎依舊淡淡存在。

她將自己的臉埋在臂彎中，想到他們剛見面的時候，一起被關在困樓中，她也曾聞著他身上的味道，還在逃脫時奚落他：「熏的是什麼香？挺好聞的。」

不由自主的，阿南將臉埋在臂彎中，暗笑了出來。

第二章　海上明月

一夜好眠，第二日醒來，阿南的燒退了下去，朱聿恆的傷口換了藥未見紅腫，兩人都是精神見長。

甚至運氣好像也變好了，朱聿恆出去找海蠣子時，居然在沙灘上抓到了一隻臉盆大的海龜。

阿南饞涎欲滴，親自上手將海龜殺了，處理放血，把龜殼敲裂上下掰開，架起石頭當爐灶，倒仰龜殼在火上煨烤。

龜殼下小火慢燒，肉香在洞中蔓延，又餓又累的兩人盯著海龜，臉上都是垂涎期盼。

偶爾目光交會，看見對方那彷彿餓死鬼投胎的模樣，他們都忍不住笑出來。

折下樹枝當筷子，兩人圍在火堆旁，用筷子撕下鮮嫩的龜肉，吃得十分歡欣。

一隻大海龜下肚，吃飽喝足有了點精神，兩人商量著伐木做筏，離開小島。

島上並沒有高大樹木，只有叢叢灌木生長，最高也不過堪堪長到他們頭頂。

朱聿恆的左肩臂有傷，脆弱的日月也無法拿來砍伐，兩人便先選取了幾棵大點的灌木環切掉根部樹皮，預計過幾天枯萎脆乾後，再以腳踩斷，便於收集。

其實傅准應該知道洋流方向，而且官府在渤海遍尋不著後，也肯定會逐漸擴大搜尋範圍，最終找到這邊。但他們可以等，朱聿恆身上的山河社稷圖和關先生留下的陣法卻不可能等。

「實在不行，我們錯過玉門關那一次，專心安排崑崙山闕那一場巨變吧。」朱聿恆見阿南著急，反倒勸解她：「而且照妳上次所說，我身上山河社稷圖的應聲子母玉，可能有三份，一份在陣法之中，一份被植入我的身上，另外還有一份在我身邊某人的身上。若按照這般推斷，西北遙遠的地方影響不到我，而那個潛伏在我身邊的人又不在，或許我這次能躲過或者延緩山河社稷圖的發作呢？」

「也有道理啊。」反正如今已是這樣的局面，急也急不來，阿南和他索性也就丟開了。

在灌木叢中蹲久了，阿南有些暈眩。朱聿恆便道：「妳如今身體尚未好轉，先回去休息吧。」

「好，我回去歇一會兒，你記得別累著左臂。」

阿南去旁邊水坑捉了條魚，慢慢繞過小島，走向灌木背後的石洞。

海風獵獵，就在她快走到洞口時，風中忽然傳來「嗚哇——嗚哇——」的叫聲，低沉嘶啞，如同猛虎怒號，令人毛骨悚然。

阿南抬頭看去，半空中有隻巨大的鷹隼盤旋，盯著她的目光森冷駭人。

虎頭海雕占據這海島多年，早已將其視為領地，如今有人類入侵，牠自然不肯善罷甘休。

阿南將魚丟進洞穴，警惕地抬手以臂環對準海雕，慢慢地退向洞口。

虎頭海雕十分機警，在空中一再盤旋，待到阿南略一側身準備進內時，牠瞅準機會飛撲而下，向她直擊。

「好啊，剛好魚吃膩了，今晚就先把你烤了！」阿南手中流光疾射，一點精光直貫鳥身。

慘叫聲中，虎頭海雕毛羽紛飛斷裂，早已被精鋼絲纏住。那本就被朱聿恆傷過的翅根再度受傷，整隻翅膀折了下來，從空中一頭栽下，重重撞在了礁石上。

虎頭海雕十分凶悍，落地後依舊張著翅膀在撲騰，阿南提起精神趕上去，一腳踏住牠的脖子。

忽聽得風聲再起，耳邊那令人不快的嗚哇聲再度密集傳來。

阿南抬頭一看，海島上空不知道何時又出現了幾隻海雕，體型比她腳下這隻稍小，此時正一起在空中盤旋，緊盯著下方的她。

「好麼，一家子全來了，看來我和阿琰十天半月的存糧都不愁了。」阿南臉上笑嘻嘻，心裡暗暗叫苦。自己現在狀況堪憂，要是被這一窩雕纏上，怕是吃不了兜著走。

不過幸好，她不是一個人，還有阿琰在呢。

想到阿琰，阿南心頭一輕，同時又有個念頭閃過，讓她忙亂中反而升起一陣雀躍。

「阿琰！」她大喊一聲，一腳踢開腳下的虎頭海雕，在牠瘋狂撲騰之時，迅速將身體後縮。

激烈的動作使她眼前發黑，她跌進石洞，只覺一陣暈眩。

而海雕嗚哇叫著，早已爭先恐後撲入洞中。

洞口狹小，牠們一湧而進之時，阿南手中絲網激射，頓時將牠們全部籠住。

可雕群來勢太過凶猛，撲啦啦的混亂聲響之中，她的絲網反倒被雕群所拽。阿南頭暈眼花，氣力不繼，手臂一鬆，頓時被群飛的雕群拖出了洞口。

就在她心裡大喊不好時，身側一雙手伸出，將她的腰牢牢攬住，止住了她跌出去的勢頭。

自然是朱聿恆。他已經趕了過來，情急之下緊緊抱住了她的腰。

阿南自從他懷中抬起頭，卻一指面前網中的海雕道：「阿琰，快去抓住牠們！」

朱聿恆訝異地看了她一眼，不解她為何要和這些鳥過不去。

「你的日月倉促到手，現在並未研究出它真正的用處，一直都只會用撞擊來擴大攻擊，引導刃力外擴。」阿南說著，示意他與自己一起扯住精鋼網。「可玉石和夜明珠都是易碎之物，我這幾天一直在想，如果傅靈焰純用擊打之力的話，她應該考慮更堅韌的金屬。你覺得，她為何要選擇最善應聲的青蚨玉，又切磨得如此薄利？」

朱聿恆低頭看著握在手裡的「日月」，那散開如片片瑩薄花瓣的珠玉光片，如今躺在他掌中已經不再完美，其中幾片薄刃已經殘損。

「應聲。」他收攏了手掌，彷如抓住了腦中電閃的念頭。「只有如此薄透的青蚨玉才能在氣流中相互應和、共同震動！」

「而要訓練日月的應聲之法，這些空中的鷹隼，無論是動向還是力道，都是最好不過了！」阿南一揚手，任由網中的幾隻虎頭海雕脫逃向空中。「阿琰，既然你有傷在身，手臂無法用力，那就試著不藉助蠻力，純用控制來調動『日月』試一試！」

驟然脫困的這幾隻小海雕，有的驚懼而逃，向上急飛；有的凶性大發，向下猛撲；還有兩隻已經暈頭轉向，飛得跌撞回繞，毫無方向性可言。

就在這一片混亂中，朱聿恆手中的日月光芒如蓬，四散飛擊，每一點光亮看似混亂無序，卻都俐落切斷了海雕們的去向，迫使牠們不得不嘶叫著驚飛而回。

只見四、五隻小雕在空中盤旋回繞，四下衝突，卻總是穿不透朱聿恆控制的那數十點光亮。

六十餘片薄刃在空中飛旋，氣流與朱聿恆手上的勁力自然會讓牠們在虛空中輕微震動。所有薄刃應聲而動，又帶動其他薄刃再振，力量層層疊加，互相擴散頻震，旋轉的力量更為鋒銳，角度更為飄忽。

海天之中、日光之下，只見數十燦爛光點陡然集中又倏地散開，迴旋勾繞，斜穿牽引，薄刃上下翻飛似萬千螢火，將所有海雕牢牢困住，比阿南那有形的絲網更為牢不可破。

五隻虎頭海雕被圍在縱橫倏地的日月光華之中，即使盡力左衝右突，依舊無計可施。

阿南望望朱聿恆的手，再抬頭看看空中那些無處可逃的海雕群，心中不由感嘆——

阿琰這可怕的計算能力啊……

其實她並未見過傅靈焰出手，只是提出了一個概念而已，甚至這概念讓她去做的話，也是肯定做不到。

但朱聿恆，硬是憑藉著自己那驚世駭俗的棋九步算力和控制得毫釐不差的手，將她的設想化為了現實，分毫無差地具現了出來。

就在阿南驚嘆之際，日月光華倏地一散，朱聿恆畢竟是初學者，而且日月殘片有缺，無法均衡力量，終究還是出了差錯。

一片青蚨玉在空中一斜，擦過一隻海雕的翅膀之時，疏漏了計算那縷疾風的力量。牠的爪鉤纏住了玉片後的精鋼絲，將鋼絲連同玉片一起繃緊，讓他再也無法操控。

朱聿恆放棄了這片薄刃，任由海雕帶著它在半空撲稜，只專心操控其他的數十片免得散亂。

但發狂亂飛的五隻海雕，行動軌跡混亂無比，日月的軌跡終究亂了。

眼見第二條精鋼絲纏上了海雕的翅膀，兩隻被縛住的海雕又穿插亂飛，兩條精鋼絲頓時絞纏在了一起，朱聿恆的動作甚至有了左支右絀的跡象。

阿南見他還要堅持，立即出聲叫：「阿琰！」

朱聿恆這才恍然如初醒，他居然和這群虎頭海雕賭上氣了。

光華陡然一散，除了空中被絞纏住的那兩條之外，其餘如流星颯遝，盡數回到他的掌中。

原本凶性大發的虎頭海雕們早已疲憊驚懼，此時束縛一散，牠們立即四下驚飛，再也不敢回頭。

唯有那兩隻被纏住的小雕，脖子、翅膀與身軀都被牢牢縛住，撲騰了片刻後，自半空墜下，栽在地上。

朱聿恆將牠們拖回來，阿南與他一人一隻將翅根抓住，解開上面纏繞的精鋼絲，口中忍不住道：「阿琰，你真是驚世奇才！」

朱聿恆將解下的精鋼絲收回，聲音有些許發悶：「還是有缺陷，算漏了一部分。」

「已經很了不起啦，畢竟你初學嘛！」她說著，見他還是因為失誤而有點低落，便用手肘撞了撞他，說：「你啊，不必這麼求好心切的，只要再給你一點時間，你一定天下無敵！」

朱聿恆拎著一隻雕去海邊拔毛開膛，洗剝乾淨，阿南則在洞中將火燒得旺旺的。

一隻海雕被烤得滋滋冒油，另一隻則被他們用樹枝紮了翅膀，半死不活地龜縮在洞中瑟瑟發抖。

「先留著吧，下次想吃的時候再殺，這樣我們隨時可以吃新鮮的了。」阿南雖然討厭鷹隼類，但是看到這隻虎頭海雕那可憐的小模樣，又忍不住蹲下來扯了扯牠的翅膀，回頭問朱聿恆：「阿琰，你知不知道馴鷹啊？」

馴鷹。

朱聿恆的心口突的一跳，在火上翻烤的手也驟然頓住。

抬眼看阿南正漫不經心逗弄著那隻抓來的虎頭海雕，朱聿恆那跳動的心口才緩了一緩，略鬆了口氣，盡量平淡道：「知道，諸葛嘉養過。」

阿南笑問：「你說，要是給這隻小雕餵點小魚小蝦，把牠給馴熟了，牠以後是不是能幫我們捉魚啊？」

朱聿恆別開頭，道：「馴鷹很難的，需要很長的時間慢慢熬。而且這種海雕與海東青之類的不一樣，估計不太好調教。」

「那就算了，還是吃了吧。」阿南頓時沒了興趣，見海雕綁了翅膀後還一跳一跳想往外跑，她揪過一把草又捆了鷹爪，終於讓牠消停了。

「對了，諸葛嘉那傢伙不是整天板著臉沒人氣的嗎？他居然會馴鷹，你跟我講講？」

「我也是聽說的。」朱聿恆做賊心虛，寥寥幾句帶過道：「諸葛嘉說他曾遇過一頭桀驁不馴的鷹，因為牠被所有人欺負，只有他伸出了援手，所以牠便認定了主人，一世忠心地跟隨著他。」

阿南回頭瞄瞄那隻海雕，笑了出來，貼著他耳朵問：「你說，現在我當壞人，你當好人，咱們能騙過牠，讓牠乖乖聽你的嗎？」

「不能，馴鷹的成功率很低。」朱聿恆望著她那促狹的笑容，聲音有些喑啞。「說起來，你們官府抓捕了公子之後，還安排個方碧眠給他彈彈琴唱唱歌，雖然後來發現她可不是個善茬——你說這個行徑，是不是就和諸葛嘉差不多啊？」

朱聿恆自然知道她心思洞明，早已察覺到方碧眠就是朝廷安排在竺星河身邊的人。

不過如今局勢如此，他們都知道追究這些已經毫無意義，是以她口氣輕鬆，他也不必解釋。

沉默片刻，朱聿恆終究只是搖頭道：「不，諸葛嘉是真心想救那隻鷹，不是演戲。」

「你怎麼知道？」阿南隨口說著，見雕已經烤好，便也將這些閒事丟在了腦後。「或許如此吧。」

海雕翅尖肉薄，熟得最快，很快便烤得滋滋冒油，香氣誘人。

阿南迫不及待將它撕下來，和朱聿恆一人一隻，道：「趕緊先把它吃掉，好香啊！」

鳥翅雖沒什麼肉，但也讓他們嘗到了久違的油水，得到巨大滿足。

「咱這也算大魚大肉，日子過得不錯了吧？」阿南一邊呼呼吹著熱燙的鳥翅，一邊和朱聿恆笑語：「而且我最討厭海雕啦，有吃牠的機會絕不放過的！」

朱聿恆替她撕著鳥肉，問：「海雕怎麼了，為何妳討厭牠們？」

「因為小時候我差點被一隻食猿雕吃了。所以既然我活下來了，我就要痛快地吃牠們。」阿南一邊往口中塞肉，一邊道：「你不知道南邊海島上的食猿雕有多大，翅膀張開能有七尺，最喜歡吃海島上的猴子。我那時才五歲，又瘦又小，牠們當然不會放過……」

說到這裡，原本大快朵頤的她怔了怔，滿足快樂的神情也忽然暗淡了下來。

朱聿恆翻烤著手上鳥肉，目光專注地看著她。

最終，阿南只嘆了口氣，含糊道：「幸好公子的船經過那裡，把我救走了，不然的話……我早已喪生離口了。」

直到口中吐出公子二字，她那一直刻意不去想起的心中，才恍然湧起割裂般的疼痛來。

她將手中的骨頭丟進火中，望著外面的海，洞內陡然安靜下來。

朱聿恆默然凝望她，問：「等回去後，妳要去找他嗎？」

「不會。」阿南低下頭，抓一把乾草擦著自己手上的油汙。「我們走到這一步，是註定的結局，不是一朝一夕之功。綺霞的事……只是引線而已，我們這些年來的矛盾，早該徹底炸開來了。」

從順天城百萬民眾的存亡，到黃河決堤的流離失所，再到帶領海客與青蓮宗一起介入動亂災民鬧事……一路走來，他不動聲色輕描淡寫，而她終於無法沉浸在自欺欺人中。

她從小到大憧憬嚮往的夢中人，其實是自己從五歲到十四歲虛構出來的幻像。

他早已長成她不認識的模樣，那個溫柔握住她的手，將狼狽孤女拉上船的少年啊，已經只存在她灰黃褪色的記憶中了。

「為什麼要回陸上呢？要是我們一直在海上，要是我永遠做公子手中最鋒利的那把刀，痛快淋漓地飽飲四海匪徒盜寇的鮮血，為他掃除一切障礙，要是這樣的日子永遠持續下去，該多好——」

朱聿恆打斷她的話，道：「不好，因為妳不是刀，妳是司南。」是指引他駛出人生迷航的，唯一的那一個人。

他聲音如此堅定，讓她那原本冰涼迷亂的心口，似注入了一股溫柔熱潮。

她怔了怔，抬手抹了一把臉，轉頭朝他一笑，雖然笑得十分難看：「這是綺霞說的。她說的時候，我有點不高興，可現在我覺得她說得真對啊，沒有人會愛上一把刀……如果公子真的對我有意，我也不需要等到現在，十九歲，我都到了被人嘲笑是老姑娘的時候了。」

「阿南，妳不是為某個人而長到十九歲的。妳是憑著自己努力，才走到如今這一步，成就了如今的妳。」朱聿恆的聲音一如既往地冷靜，語調更因平淡而顯出異常篤定：「妳過往的十九歲，比世上大多數人的九十歲還要精采壯闊。所以就算沒有達到最終目的，就算妳選擇與竺星河分離，這一番經歷，也不算枉費。」

阿南抬手捂住眼睛，靜靜將臉伏在膝上靠了一會兒。

朱聿恆見手邊的肉已經微顯焦黃，便撕下鷹腿遞給她，示意她趁熱先吃點：「再說，十九歲也沒什麼，我還比你大三歲呢，豈不也是老男人了？」

阿南盯著他手中的雕肉，又慢慢抬頭看他，面露苦笑：「阿琰你真是捨己為人，為了安慰我，居然這麼奚落自己！」

朱聿恆也笑了，將手中的肉又往她面前遞了遞：「別太難過，先吃東西。」

阿南望著他，眼角溼潤，長長呼出一口氣，將胸臆中所有的鬱積全部吐出，徹底不留。

然後她接過他手中的肉，狠狠大口咬著，似是要用大吃一頓將所有抑鬱驅趕出自己的胸臆。

「只這一次，以後就不難過了。」她聲音低沉，略帶含糊，卻鄭重如發誓：「我是縱橫四海的司南啊，可以為男人要死要活一次，不可能為他要死要活一輩子。天下之大，還有更廣闊的世界等著我呢！」

遇上了記仇的阿南，海雕們過上了慘不忍睹的生活。

等到身體恢復些，阿南與朱聿恆便找到了牠們築在海崖上的巢穴，每天過來找牠們。

朱聿恆拿牠們練手，練得牠們七葷八素，每天都要在崖壁上撞個百八十次。而阿南在旁邊與他一起揣摩新手法，一邊在礁石上晒鹽。她還採集蚌蛤搗出汁水，將龜殼鑽洞，用細沙和炭灰做了兩層過濾，那汁水便清澈清甜，再用螺殼將水收集起來煮沸存放，就隨時有水喝了。

日子穩定，他們在海島過上了大魚大肉、有鹽有水的好日子，朱聿恆的肩傷也逐漸癒合。

他身體恢復、手法漸熟，虎頭海雕們日子更慘了，這對雌雄雙煞整天閒著沒事幹，淨琢磨著如何用日月發揮纏、繞、絞、結，一套套全在牠們身上試了個遍。

沒過幾日，海雕一家個個折騰成了禿毛，隻隻變成驚弓之鳥，整日縮在巢穴中，任憑他們用什麼魚蝦來誘惑，也不敢再出來了。

被削了皮的灌木已經枯萎，海雕也不敢再冒頭，於是他們開始忙忙碌碌地編製筏子，捉魚捕蝦，又在火邊烤熟烤乾，以備回程食用。

經過數日折騰，小島上的灌木基本被清空，他們的浮筏也編好了。

「灌木枝條還是太細弱了，無論怎麼編織，也無法同時承受咱們兩個人的身軀。」阿南思量著，最終決定編兩個浮筏。

「分處兩個浮筏，萬一海浪將我們分開呢？」朱聿恆問。

「綁在一起就行啦，到時候可以一前一後分擔浮力。」

朱聿恆沉默地望了她一眼，便坐下撕樹皮去了，準備編成繩子，將兩個浮筏緊連在一起。

阿南在旁邊看著，點數著手指道：「螺殼在海浪中會傾倒，咱們帶不了水，還得編幾個細眼大網兜，到時候裡面多放些貝殼養在筏下，若是缺水，可以靠這個解渴。對了，還要編幾條席子，不然在日頭下暴晒，咱們非被晒乾不可。」

她是風風火火的性子，當即就把樹皮撕成絲，搓成細線，再編織打結。

朱聿恆折樹剝皮，將兩條浮筏緊緊束在一起，過來幫她幹活。

兩人靠在一起搓著樹皮，灌木的皮既細且小，編起來頗為不易。朱聿恆從未幹過這種活計，看著細細短短的一堆線頭，有些無從下手。

「來，我教你。」阿南說著，以右手食指將線頭按在手背上，一轉一撚，然後拿起遞到他面前。

短短線頭，被她打出了一個完美的結。

「用一根手指打結，剛好還可以練一練你關節和指腹發力的巧勁。食指練成後，依次再練習中指、無名指、大拇指和小指，直到五根手指可以同時成功打結。」

她說著，又拿起十條絲線兩兩併攏，分開五根手指按住它們，隨意揉搓，抬起了手向他示意。

十根線頭已經變成了五個結，整整齊齊，乾淨俐落。

「認真幹吧，不許偷懶。」她笑著把一團線頭塞到朱聿恆手中。「就算你沒有岐中易了，也不能荒廢了練手。記得要持續不斷地練習，千萬別懈怠。」

朱聿恆點頭，按照她教的法子編織樹皮草莖，說道：「日頭這麼大，妳回去休息吧，這邊我來就可以。」

「好啊。」見紅日已經西斜，阿南起身指著夕陽，說道：「阿琰，一直朝著夕陽落下的地方走。等海面變黃濁，出現了沙尾痕跡，那便是近海了。看晚霞這麼燦爛，明天肯定是個出發的好天氣。」

朱聿恆點頭，望著她欲言又止，最終，只低低「嗯」了一聲。

「到了有人的地方，就是你的天下，到時候就什麼都不怕了。」阿南笑著朝他揮一揮手。她身體已經恢復，手腳俐落，在礁石上看了看水下，流光扎入水中，一條黃花魚便被提了上來，啪答啪答地在夕陽中蹦跳著，活潑生猛。

「雖然有點吃膩了，但最後一頓了，咱們還是得多吃點。」她提著魚示意朱聿恆：「就當是，告別宴吧。」

她歡歡喜喜在海邊拾掇好黃花魚，腳步輕快地回到洞中。

朱聿恆目送著她的身影，握著樹皮的手不自覺地收緊，雙唇也抿成了一條線。

「阿南……」他低低地，如同耳語般道：「妳又開始著急了。」

阿南將黃花魚烤得外焦裡嫩時，朱聿恆也將浮筏上的一應工作處理好了，回到洞中。

「你這回好慢啊，編了幾個網兜？」阿南看著他因為打結過多而顯得僵倦的手，幫他按摩了一遍，說：「這可不行啊，以後別太累著自己，要把手的靈敏和準確給保持住。」

朱聿恆「嗯」了一聲，垂眼看著她緊握著自己的手。

阿南感覺他的手背筋絡已舒緩下來，便收攏了自己的手指要收回。

手掌忽然一緊，隨即被一片溫熱包裹住，是朱聿恆翻手將她的手緊緊握在了掌心。

他握得那麼緊，如溺水之人握住了浮木般固執，令阿南的心口突地一跳。

她抬眼看他，正想問怎麼了，耳邊忽傳來嗚哇一聲，是那隻被他們抓來的小海雕忽然跳出來了，銜著她的衣服扯了好幾下。

這隻小海雕一開始總是蜷縮在洞穴一角瑟瑟發抖，結果吃了幾天他們丟的魚腸後，居然神氣起來了。不用和其他小海雕爭食，毛羽油光水滑的，比牠那幾隻禿毛兄弟可精神多了。

此刻，牠正伸長脖子，咬著阿南的衣角，向她討魚雜吃。

「去去，剛吃過又來要，饞不死你。」阿南從朱聿恆的掌中抽回了手，反手拍一下牠的頭，扯著牠的脖子和朱聿恆打商量：「明天就離開了，要不要我們把牠烤了吃掉？」

海雕似是聽懂了她的話，回過頭，不服地向她的手背啄去。

阿南哈哈笑著，將牠抓到洞外，解了束縛往外一丟，說：「算了算了，雕肉又不好吃。」

海雕在外面撲騰著，望著站在洞口的阿南，似乎不敢相信自己已自由了。

良久，牠扇著許久沒用的翅膀，以古怪生疏的姿勢，歪歪斜斜飛走了。

阿南目送牠遠去，回身看向朱聿恆，問：「怎麼啦，你剛想說什麼？」

朱聿恆沉默望著她，可突然被打斷後，想說的話似乎再也無勇氣出口。

他垂下眼，望著火堆道：「沒什麼，明天就要走了，我有點緊張。」

「怕什麼，你在海上生活這麼久了，途中的東西也都準備妥當了，足夠安全返回的。」阿南將路上要用的東西清點完畢好，分成兩份放置好。「我觀察過這幾日的天氣，不會有大風大雨，很適合出發。」

朱聿恆看了看被分開放置的兩份物資，沒說什麼，只默默與她一起漱口淨齒，各自在洞中睡下。

火光暗暗，山洞之中蒙著沉沉寂靜。

想到明日便要離開這座小島，投入遼闊叵測的大海，朱聿恆一時無法入睡。

「阿琰……」轉側中，阿南的聲音輕輕傳來：「你回去後，要注意傅准。」

朱聿恆低低「嗯」了一聲。

「我覺得在海底時，傅准的所作所為，肯定有問題。」

「確實，他這人值得深究。」黑暗中，朱聿恆聲音有些發悶。「但傅准擔任拙巧閣主十餘年來，他們與朝廷一直有合作關係，而且聽說，配合得很不錯。」

甚至，上次他們大鬧瀛洲，將拙巧閣鬧得損失慘重，經神機營交涉後，傅准也爽快接受了有人潛入朝廷隊伍中鬧事的解釋。雖然他肯定已查知一切，但至少表示出了不打算與朝廷翻臉的態度，這點毋庸置疑。

更何況，朱聿恆在被困水下瀕臨死亡之際，是傅准及時送了氣囊，讓他活了下來。

若傅准或者拙巧閣對朝廷有異心，那麼他這個時候根本不必出現，更不需要帶著他們尋到陣眼，最終破掉關先生設下的水城。

「關先生與傅靈焰都是九玄門的人，從這一點上來說，若要破解關先生留下的陣法，可能確實需要傅靈焰後人的幫助。」

朱聿恆自然知道這個道理，他調勻了氣息，以最平淡的聲音問：「傅准的個性如何？或者說……他是個怎麼樣的人？」

「他？」阿南毫不遲疑道：「那個混蛋，總有一天我要打斷他的腿！」

朱聿恆聽著她咬牙切齒的聲音，在黑暗中沉默了片刻。

「但……不論如何，我覺得他會是你破解山河社稷圖的關鍵所在，你，還有你的祖父、父親，一定要牢牢盯著他，從他身上咬出些重要東西來。」

她又開始著急了，彷彿要將一切重要的東西都在此刻交付他一般。

而朱聿恆靜靜躺在草床上，藉著餘燼火光望著背對著自己的阿南，低低回答：「好。」

夜已深了，阿南的鼻息很均勻，朱聿恆卻未能入眠。

他心緒起伏，激蕩蕪雜的情緒讓他直到月上中天依舊無法闔眼。

洞外，墨海上一輪金黃的圓月被海浪托出，逐漸向著高空升騰。

萬頃波濤遍灑月光，千里萬里碎金鋪陳。無星無雲的皎潔夜空，只有圓月如銀盤如玉鏡，照得寰宇澄澈一片。

藉著月光，他看見睡在山洞另一端的阿南緩緩起身，走到他身邊俯身端詳他。

她貼得很近，他心跳不自主地略快了一點。他控制著自己的呼吸，讓它均勻而綿長，就如沉在無知無覺的昏睡中一般。

他聽到阿南低低的、悠長的一聲呼吸，像是嘆息，又像是無意義的傷感，在他身邊默默待了片刻。

這一刻，她離他這麼近，他幾乎可以感受到逸散在他臉頰上的氣息，溫溫熱熱，在這樣的月夜中，讓他的心口無法抑制地波動。

就在他懷疑太過劇烈的心跳聲要出賣自己之時，阿南終於站起了身。

她輕手輕腳地提起地上的一份物資，頭也不回地出了山洞。

朱聿恆沒有阻止她，在暗夜濤聲中靜靜地保持著自己的呼吸，任由她走出山洞。

直到踩在沙子上腳步聲遠去，他才默然坐起身，看向她的背影。

她踏著月光向海灘走去，漲潮的水已經托起被綁在礁石上的浮筏，起起落落。

蹚過及膝的潮水，她臂環中的小刀彈出，俐落地斬斷兩隻浮筏相接的部分，將自己手中的東西丟在一隻浮筏上，翻身而上，抄起了枝條編成的槳。

圓月光芒冷淡，獵獵海風即將送她離開。

但在她就要划動浮筏之際，胸中不知怎麼的，忽然傳來難以言說的留戀與不捨。

我事事村，他般般醜。醜則醜村則村，意相投……

昏迷中曾縈繞在耳邊的、阿琰輕輕唱給她聽的歌，忽然壓過了所有海潮，撲頭蓋臉地淹沒了她。

她終究還是忍不住，回頭看向那個山洞，似乎在留戀裡面那些相守的日夜。

她看見朱聿恆站在洞口，火光與月光映著他的身影。

他一動不動，暗夜中看不清神情，可他確實是在看著她。月光下，那雙盯著她的目光，一瞬不瞬。

阿南的胸中，忽然湧起難言的心虛與悵惘。

朱聿恆躍下山洞，向著她快步走來，毫不猶豫地涉入海灘上的潮水之中，躍上了另一個浮筏。

「怎麼了，是覺得晚上啟程比較好嗎？」他望著她問，緊盯著她的雙眼如同寒星，灼灼地望著她，不肯移開半分。「那我們現在出發？」

阿南無法避開他的目光，唯有長長深吸一口氣：「阿琰，我要走了。你以後……一切自己保重。」

朱聿恆握緊了空蕩蕩的掌心，逼視著她，一字一頓問：「為什麼要拋下我？」

「我要回去的地方，不是你的目的地。」阿南狠狠回過頭，望向南方。「阿琰，我……有點怕冷，不想在這邊過冬。」

「因為竺星河嗎？」朱聿恆沒有給她留情面，毫不猶豫便戳破了她的托詞。「阿南，妳不是縱橫四海名聲響噹噹的女海匪嗎？結果因為一個男人，妳落荒而逃，要鑽回自己的窩裡，再也不敢面對？」

「沒有，你誤會了。」阿南別開臉，聲音帶了些許僵硬：「我只是想家了，想回到生我養我的那片海上去。」

朱聿恆死死盯著她，一言不發。

在他的逼視下，阿南終於嘆了一口氣，那緊握著船槳的手鬆脫，無力地垂了下來。

「別攔我了……阿琰，就讓我這個徹頭徹尾失敗的人逃回去吧。我現在有點迷茫，不知自己究竟該何去何從，我想回家緩口氣……」

若不是生性固執堅毅，又陡遭巨變無法分心，她真想狠狠哭一場，把所有撕心裂肺的痛楚都發洩出來。

只可惜，她在刀口浪尖上長大，生就了一副流血不流淚的性子，哪怕與公子決裂，她也寧可用豁命的決絕去迎向凶險萬狀的死亡，而不願讓巨大的痛苦激浪將自己徹底淹沒。

月亮隱在了雲層之後，晦暗的月光抹在粼粼波光之上，只有暗處與更暗處的區別。

朱聿恆無法控制自己，聽她剖析著對竺星河的感情，忍不住吼了出來：「所以，妳人生的理由、妳行事的方向，只為了竺星河嗎？妳活在這世上的意義，全是為了別人？」

「別逼我了，阿琰！」阿南揮開手，狠狠道：「人這一輩子，開弓沒有回頭箭。走上了哪條路，以後就只能順著那條路走下去，而我，走的是女海匪那一條，我背棄不了自己的出身！」

即使她所有的過往都被否定了，以十數年心血經營的人生就此夷為平地，慘烈而茫然，即使她的路已經斷了頭，可她還有家。

她想回到屬於她的那條海峽，依舊做那個俯瞰所有來往船隻，不沾染任何人世悲歡的女海盜，讓孤獨與執著成為她的雙翼——

就像西面來的那些船頭上、伸展著巨大雙翼迎風站立的勝利女神，一往無前，破浪前行。

看著她決絕的面容，朱聿恆緊抿雙唇，胸口似被日月的利刃所割，先是一陣冰涼，繼而鋒利的疼痛蔓延，無法遏制。

「開弓沒有回頭箭嗎……」朱聿恆低低地重複著她的話。

「對，沒有。」阿南說著，狠狠從浮筏上站起了身，一把抓過船槳，最後看了他一眼。「阿琰，我走了，回去做我的女海匪了。你……好好活下去。」

說罷，她的槳在水中一划，便要向著月下大海出發。

然而，就在船槳觸水的一剎那，原本無聲無息的水面忽有大朵漣漪瘋狂湧起，船槳瞬間脫手，被水面吞噬。

阿南不料在這孤島之上居然會有突變。她反應雖快，但正在情緒低落之際，又對孤島毫無防備，一時不察，身體難免向海面傾去。

幸好她久在海上，左腳稍退，右腳足尖一點，只略略一晃便維持住了平衡。

剛穩住身形，異變又生。

萬千絢爛光華倏地間自水面而來，攜帶著海浪水珠，向她襲來。那是片片珠玉在暗夜中幽熒生光，映照著亂飛的水珠，如碎玉相濺，密密交織在她四周，竟無一絲可以逃脫的縫隙。

是朱聿恆手中的日月，驟然向她發動了襲擊。

阿南萬萬料不到他居然會對自己發難。如今他們一個在浮筏上，一個在水中，距離不過三尺，這近身攻擊，她如何能及時應對？

腰身一擰，她仰身向海中倒去，整個身體幾乎平貼海面一旋而過，只以足尖勾住浮筏，險險避開這暴風驟雨般的玉片水珠。

幽光與月光相映，水波動盪上下交輝。她後背在水面上一觸而收，在紊亂波光中看到上頭交纏穿插而過的日月之光，不由得瞪大了眼睛——

他下手毫不留情。這不是與她嬉鬧玩笑的一擊，若她沒能及時避開，此時早已被他制住。

海水與汗水同時湧上她的脊背，一片冰冷。

手在浮筏上一撐，她再度仰身而起，厲聲怒喝：「阿琰！」

朱聿恆彷彿沒聽到她的聲音，第一擊落空，他迅速變換了日月的去勢，倏地間華彩飛縱，再度席捲了海面上下。

這一次，他將她周身徹底封鎖，再不給她任何機會。

阿南避無可避，唯有右臂疾揮，手中大片銀光瀰漫，要以精鋼絲網收束他指揮的萬點華光。

朱聿恆緊盯著手中射出的六十餘顆光點，他那令阿南讚嘆的控制力，如今也照舊沒有讓她失望，細小的光點準確無誤地探入了絲網眼中。

他的手，與阿南的手，幾乎同時一拉一扯，彼此收束。

精鋼絲與精鋼絲一起收緊，緊繃的力量互不相讓。

但，他們一個在水中，一個在筏上。朱聿恆的雙腳在水中沙地，足可借力，而阿南的身子卻隨著浮筏，被他的力量扯了過去。

阿南氣恨地一甩臂環，迅速將精鋼網脫手，身體如銀魚躍起，撲入水面。

與此同時，朱聿恆亦如她所料，因為手上拉扯的力道猛然一鬆，身體難免不由自主地向後一傾。

他的日月已經被她的網纏住，但阿南的臂環之中，卻還藏著其他武器。流光劃過夜空，比月光更澄澈，比波光更瀲灩，直取朱聿恆的咽喉。

就如第一次見面時般，她手中流光飛逝，直奪他性命攸關之處。

然而，出乎她的意料，他竟如看不到那抹流光般，根本不管她的攻擊。身體慣性後傾的同時，他手中日月驟揚，帶動絲網與海浪，在空中瀰漫成巨大的羅網屏障，仗著自己強悍的力量與掌控力以攻為守，向著她反撲而去。

在這壯闊無匹的攻勢面前，流光縱然再鋒銳，也絕難穿透那磅礴的屏障。

阿南的身體已經扎入水中。她力量不如他，不敢直接面對那凌厲氣勢，流光疾收，一個旋身在水中轉了個圈，想要盡量離這個突然瘋狂的男人遠一點。

可還未等她游出半尺，水上水下忽然縠紋波動。在暗夜之中雖看不分明，但阿南對水下波動瞭若指掌，立即便察覺了水下有破碎散亂的力量，劃開水浪，向她迅速聚攏——

漁網。

這荒島之上，哪裡來的漁網？

阿南腦中一閃念，立即想起下午她教了朱聿恆快速編織的方法之後，便回山洞了。卻沒想到，他居然會利用這段時間，設下捕捉她的圈套！

怒火中燒，可如今她猝不及防已處下風，又不知道圍攏的漁網究竟有多大。她唯有倒轉身子，以足尖勾住浮筏，腰肢用力一擰，將它扯得半沉入水中，以求撐住那正在收攏的漁網。

只聽得嘩啦聲響，她連人帶浮筏，一起被網纏住。

阿南一腳蹬向浮筏，為自己盡量撐出最大活動空間，臂環中利刃彈出，割向纏繞過來的網罟。

網眼又密又實，用灌木上剝下來的皮編成，那打結的手法，自然就是她下午剛教會阿琰的。

這個白眼狼，將她悉心教導的東西，轉頭就用在了她的身上！

冷哼一聲，她揮臂以利刃狠狠將其斬斷。

頭頂銀光閃動，她抬頭一看，被她不得已棄掉的精鋼網，在月光下被朱聿恆所驅動，向她裹襲而來。

輕薄而堅韌的絲網，就連她操控起來都很難，可他能以日月同時於數十處發力，那精鋼絲網在他手中便如有了生命，收縮自如，聽命於心。

「可以呀阿琰，你出息了！」從天而降的銀影即將籠罩全身，阿南卻毫無懼色。「我捨命救你、悉心教你，結果你要用我給的東西，把我給綁了！」

朱聿恆聽若不聞，精鋼絲網被他掌控著，陡然暴漲，封住了她所有可以突破的方向。

阿南暗暗心驚，不知從何時開始，他儼然已足以駕馭一切，世間萬物俱在他手中操縱自如。

她足尖猛踏，浮筏立時斜傾，擋在她的面前，勾住了從天而降的絲網，又驟然倒下，眼看就要借力將絲網撕扯成兩爿。

朱聿恆手中日月迅疾斜飛，那絲網被他遠遠掌控著，如一片銀雲瞬間飛散又驟然聚攏，堪堪擦過倒下的浮筏，飛掀而起，避開了被撕破的命運。

但，阿南何等機敏，只絲網這一瞬間的起落，她已經飛躍上浮筏翹起的那頭，輕捷的身影在絲網上一滑而下，直取朱聿恆。

日月迅速回防，月光下絲絲縷縷的光華劃出璀璨軌跡，追逐她的身影，就如蛛絲追逐一隻蜻蜓的蹤跡。

然而，他的日月如今分別要顧及水下的羅網、水上的精鋼絲網，又要追擊阿南，而阿南便是為他製造日月之人，怎能不知道它的弱點——

它的攻擊範圍雖廣，但如果太過近身，反倒極難及時回防。

只一瞬間，阿南已欺近了他。

流光亦不利於近身攻擊，因此她仗著臂環中彈出的利刃，向他進擊。

日月倏地回防，將他全身護住。

在穿插變幻的光華中，阿南看到了唯一一個能讓她下手的、轉瞬即逝的空檔——

因為有數片珠玉的殘缺，他的左肩臂，露出了小小數寸空隙。

只要她抬手揮臂，她臂環上尖銳的小匕，便能刺入那處破綻。

而那一處，正是他暗夜中替她找水時，被海雕利爪撕扯過的傷處，也是她剛剛為他換完藥，傷口尚未結痂的地方。

然後呢……

她重新撕裂他的舊傷，將再也無法阻攔自己的他丟在這荒島之上，自己駕著浮筏離去嗎？

只這一瞬間的遲疑，她的手沒能揮出，一錯眼的機會就此失去。

日月在她周身縱橫，精鋼絲網與藤編羅網於半空水下同時收緊，三股力道將她徹底牢牢捆縛，再也掙扎不得。

如一隻作繭自縛的蠶，她跌落在淺海岸邊，鹹澀的水花將她淹沒。

而朱聿恆在及腰的海水之中向她跋涉而去，將她連同外面的絲網與藤葛一起緊緊抱住，托出海面，向著岸上走去。

阿南被他打橫抱在懷中，不甘地掙扎著。

但朱聿恆對她絲毫不敢大意，雖已掌控住她，那緊擁她的臂膀卻不曾鬆脫半寸，牢牢地制住她的身軀。

直到離開了海面，他似乎也脫力了，跌坐在岸上，將四肢掙動的她按倒在沙灘之上，緊抿雙唇一言不發。

儘管這輩子被人壓制的機率很少，但阿南還是莫名覺得這場景無比熟悉——

這不就是上次阿琰半夜過來試探她身分，將她按在床上，然後被醒來的綺霞喊破時的情景再現嘛！

陰溝裡翻船，而且居然還在同一個人身上翻兩次，阿南恨得牙癢癢的，屈起膝蓋狠狠撞向他。「混蛋！口口聲聲當我家奴，結果，對主人下手的狼崽子！」

「是妳食言，先辜負了我！」朱聿恆俯身壓住她的腿，雙手按住她的肩膀，定定盯著她。「妳說過妳會幫我，會與我一起，會一直陪我走到最後！」

月光在他的背後，他的面容隱在陰影之中，晦暗中她看見他那雙懾人心魄的雙眼中，寫滿憤恨與不甘。

他壓制她的身軀，那凶狠絕望的力道，似要將所有一切擠出她的人生，只由自己徹底侵占她的全身心，讓她再也沒有離開的可能。

面對他瘋狂的行徑，阿南一時竟心虛地呆了呆，不知該如何回應他的質問。

「阿南，我不會再讓妳拋下我，不會再讓妳背棄我，絕不！」

明明是他先動手，明明是他翻臉無情制住了她，可此時他聲音嘶啞氣息紊亂，反倒成了她理虧的局面。

阿南喉口哽塞，偏轉頭竭力避開他的逼視：「可是阿琰，你與公子勢同水火，絕不可能共存……若我留在你的身邊，我該怎麼辦？公子對我有大恩，你也一直與我同生共死，我不走，我幫誰？我該站在你們哪一邊？」

雖然是彼此早已心知肚明的事情，可這是她第一次將這個問題清清楚楚擺出來，攤在面前。

秋夜海風冰冷，兩人身上又都是溼漉漉的，寒氣侵入肺腑，無法可擋。

朱聿恆無法回答她的話，只是紊亂的氣息終於漸漸平緩，眼中的狂烈火焰也逐漸熄滅了。

是，她說得沒錯。

他不會放過要顛覆天下的竺星河，竺星河也絕不會放棄與他為敵。

雖然極不甘心，可阿南迄今為止的人生，烙滿了竺星河的印記，甚至是因為竺星河，才有了現在的阿南。

如果有可能的話，他願意付出一切，來交換十四年前疾風驟雨的海上，讓他緊緊抱住那個差點喪生於雕爪的孤苦幼女；讓他看著她一日日蛻變成如今舉世無匹的阿南；讓他占據她的眼、她的心，從此再也容不下任何人。

只因此刻，嫉妒瘋狂地噬咬著他的心，他此生沒有如此嫉恨過一個人。

他瘋一般渴求將竺星河擠出阿南的人生，讓自己占有阿南的過去、現在和未來，徹底攫取她的全身心，永遠不分給別人一絲一毫。

可，阿南不屬於他。

這真真切切的事實，讓他感到無比絕望。

灼熱混亂的瘋狂漸退，朱聿恆終於冷靜下來，俯身抱起她，一步步走回洞中。

阿南不再掙扎，而朱聿恆撥亮了火堆，將她輕輕放在草床之上。

她鬱悶地蜷起身子，瞪著俯頭幫她解開羅網的朱聿恆。

火光明滅，在他的面容上投下暗暗的陰影，濃長的睫毛被拉得更長，覆蓋在他那雙寒星般的眸子上，偶爾輕微一顫，就像在心尖尖上劃過一樣，令阿南的胸口也是一悸。

她的目光又從他的臉上慢慢下移，轉到他正在幫她解開束縛的手上。

這雙手，依舊骨節清峭，甚至因為她這些時日的調教，更添了一分力度與精準。

可，他的指尖上如今遍布著細小傷痕，那是他在水下為了救她時，不顧一切拚盡全力，被日月所勒出來的密密傷痕。

阿琰。這是用自己的體重托起她，讓她逃離天秤險境的阿琰；也是在漩渦中緊抱住她，用身軀幫她卸掉激流衝撞的阿琰；是寧可窒息在水下，也要用雙手替她打開生存通道的阿琰……

不知怎麼的，本來憋在阿南胸口的那股憤怒，不知不覺就洩掉了。

朱聿恆將最外面那層藤皮網解開，而剛剛一番激鬥，精鋼絲網已顯殘破。

他的雙臂繞過她的身軀，解開亂纏的羅網。網綁得太緊，他貼得太近，眼中跳動得比火光還灼烈的光芒，像是要將被他凝視的她一起焱焱燃燒。

阿南抓著已經被撕扯得不像樣的精鋼絲網，不知怎的，一向控制自如的手指，此時忽然有點不聽使喚。

「我來吧。」朱聿恆說著，從她手中接過絲網，研究了一下結扣的構造，便立即推斷出了勾連方法，將扯破的地方一一連接起來。

他沒有做過這些，開始還略顯生疏，但一上手之後，便進展飛快，眼看精鋼絲網重新連結成片，疏密均勻，已與她的相差無幾。

阿南默然接過，將它慢慢塞回自己的臂環中，抬眼看著朱聿恆：「你翅膀真是硬了。」

「阿南……」朱聿恆哪會聽不出她話裡的意思，他嗓音微啞，可緊盯著她的目光一瞬不瞬，甚至帶著些狠意。「我知道妳想拋下我，一個人離開。可我，不會讓妳走。」

在她說「阿琰，你好好活下去」的時候，有那麼一剎那，他甚至有點恨上了她。

她明知道，沒有她，他活不下去。

而阿南瞥著朱聿恆，暗自心驚，狼崽子已長成虎豹，自己可不能輕易招惹他了，得跟他說清楚才行。

「阿琰，在知道你與公子之間不可能善了之後，我便橫下一條心，要一個人回西洋去。」她坐直了身體，任由明暗不定的火光打在自己臉上，決絕道：「我這輩子，註定要當一個背信棄義的人了。我違背了當初對公子的誓言，也背棄了之前對你的承諾，我，問心有愧，但……」

她盯著他，在跳動的火光下緩緩吐出最後幾個字：「別無他法。」
她並不想逃避。她甚至豁命為多年的兄弟擋住強敵、拚死為公子殺出血路、捨生為阿琰打開渤海歸墟，以求履行自己的諾言。
可她死裡逃生，沒能為公子犧牲，也未能替阿琰殉難。
不懼死亡、不怕煉獄的她，終究還是要面對這萬難的抉擇。
這一切，她難以宣之於口，可朱聿恆與她一同走到這裡，自然早已看到了她所有的痛苦抉擇。
月光冷淡，火光熾熱，在這明暗的交界之中，他的眼睛比洞外的大海更為明徹熾亮，倒映著她的模樣。
「阿南，我不會逼妳做決斷，更不願讓妳為難。」朱聿恆聲音低喑，卻無比鄭重：「可我……阿南，我想活下去，想在這人世間多待幾年。至少，不是這麼快，不是這數月時光……」
距離魏延齡給他下裁斷，已經過去了半年。
山河社稷圖每隔兩個月發作一條經脈，如今他身上已經有四條縱橫血痕，而留給他的時間，也只有七個多月了。
他的人生，已只有二百個日子。
死亡步步來臨，迫在眉睫。
即使一貫強硬決絕的他，也難免心懷不可遏制的恐慌悚懼。

這世上，誰都知道自己終將面臨死亡，誰都無可避免地在走向死亡，可，誰也未曾見過死亡。

就如一頭猙獰的怪獸，靜靜蟄伏在他不遠的前方。牠早已亮出了獠牙，只等待著命中註定的那一刻，將他一口吞噬。

難言的絕望順著心跳蔓延全身。他難以自已，緊緊握住了她的手。

與第一次見面時的印象一樣，她的手並不柔軟纖細，上面有細小凌亂的傷痕，在許多不應當會用到的地方，藏著長久訓練留下的薄繭。

但，這雙對女人來說太過堅實的手，卻讓他貪戀不捨。

他顫抖著，將自己的臉埋在她的掌心，靜靜地貼了一會兒。

凌亂溫熱的氣息散逸在她的掌心，讓阿南一時呆住了。

未曾想過這一貫堅定高傲的人，這一刻竟會如此脆弱，如同失怙的幼童，茫然無措。

「阿南……」她聽到他在她掌中的呢喃，低啞如同囈語，微顫一如讒語：「別離開我……只要妳留在我身邊，其餘的事情——海客的、前朝的……我絕不會讓任何事波及到妳。」

阿南心口微顫，定定望著俯頭於掌心中的他。

她想反駁他，告訴他所懇求的是不可能的，卻聽到他又說：「我與竺星河之間的恩怨，我自己會解決。縱然妳想要插手此事，我也絕不會允許妳介入其中，絕不會讓妳為難……」

他的語調凌亂，說到了這樣的地步，已經等於是哀求了。尊貴無匹的皇太孫殿下，在她面前屏棄了一切尊嚴自傲，這般脆弱彷徨，茫然無依，讓阿南的呼吸也急促起來，眼睛熱燙。

「至少，再想一想，再……考慮一夜，無論如何，等天亮了再說。」他終於抬起頭，深深凝望著她，竭力平息自己急促凌亂的喘息。「如果天亮了妳還是要走，我也不會再攔妳。但或許，睡醒了之後，妳會改變想法……再休息半夜，好嗎？」

阿南終於還是在他鋪好的草床上睡下了。

幽暗火光之中，朱聿恆靜靜守著她，看著她再度閉上眼睛，半夢半睡。

他想起那條被她解開的浮筏，擔心潮水會將它沖走，便走出石洞，去海邊將它緊緊繫好。

東方未明，天空墨藍。他望著海上孤冷的一輪明月，靜靜佇立了許久。

這一生中，他面臨過數不清的極險局面。北邊的戰亂、南方的災荒、朝堂的風雲、社稷的變故……天下之大，他從繁華兩京到荒僻村落，都一一在握，胸有乾坤。

可此時此刻，他真的沒有把握留住阿南，就像挽回一支已經離弦的箭。

難以排遣心頭的苦悶，下意識的，他握著手中日月，在清冷的月光之下，掌中光輝乍現。

在珠玉清空的共振應和聲中，一道道斜飛的光華，在夜空中穿插成道道星痕，聚散不定，燦爛無匹。

即使精鋼絲將指尖勒得生疼，即使面前的虛空中並無任何來敵，即使他知道或許一切毫無意義，他依舊不管不顧，讓日月在自己面前開出世間最絢爛的光彩。

在條條斜斜飛舞的光華中，驀的，朱聿恆猛然收緊了自己的手。

他握著收攏的日月，一動不動地站立在洶湧海潮之前。

潮水上漲凶猛，那些飛撲的浪尖已經堪堪打溼了他的衣服下襬。

錦繡外袍已經給阿南做床墊所用，他僅著單薄素綃，秋夜的海水撲在身上，顯得格外冰冷。

而這冰冷彷彿讓他頭腦更為清醒，他猛然抓住了腦中一縱即逝的瘋狂想法，哪怕只是黑夜的蠱惑。

毫不猶豫的，他便轉過身，向著海雕所在的懸崖走去，大步涉過漲潮的沙灘。

他需要阿南，他絕不能放開阿南。

他迷戀這個生機勃勃一往無前的女子，那是照亮他黑暗道路的唯一一顆星辰。

所以，她一定要從竺星河那裡拔足，一定要屬於他。

天色漸漸亮了。

孤島的清晨，微涼的風中帶著清新的鹹腥氣息。沒有鳥兒的鳴叫，只有潮起潮落的聲音，永不止息。

阿南一夜未曾安睡，只在清晨的時候因為疲憊而略微闔了一下眼，但未過多久便從夢中驚醒，再也無法睡著。

她從草床上爬起，走到洞口，向下望去。

天邊，一輪紅日正將海天染出無比絢麗的顏色。

粉色天空中，五彩朝霞倒映在淡金色海面之上，橘紅深紅淺紅紫紅品紅玫紅……無數絢爛顏色隨著海水波動，就如被打翻了的染料，隨著水波不斷湧動，每一次波浪的潮湧都變幻出新的顏色，呈現出令人驚異的豔麗。

在這絢爛的海天之中，她看見了站在海邊的朱聿恆，他正回頭深深凝望她。

朝陽在他的身上鍍了一層金紅顏色，蒙著絢爛光華。

阿南不知道他一夜不回，佇立在外面幹什麼，難道是為了看海上日出？

「這麼早就起來了？」不知怎麼的，阿南有點心虛。

或許是因為昨晚她不聲不響地逃跑，或許是因為阿琰埋於她掌心時那些曖昧的波動。

她看見阿琰微青的眼眶，明白他昨夜也與自己一樣，一夜無眠。

她走出洞口，剛在萬丈霞光中向他走了兩步，卻見他忽然抬起手，似是阻止她上前。

阿南不明其意地停下腳步，卻見他在逆光之中微瞇起眼，凝視著她的同時，舉起了手中的一把小弓對準了她。

阿南愕然，卻見朱聿恆已經搭弓拉弦，眼看就要向她射來一箭。她當即後退了一步，下意識地抬起手臂，虛按在臂環之上。

朝陽已經躍出地平線，世界金光燦爛，暖橘的色調均勻渲染著海面。

「阿南，看好了！」

他的聲音帶著疲憊沙啞，在灼目的光線之中，他鬆開手中弓弦，一支樹枝製成的箭倏地向她飛來。

難道他因為生氣她昨晚要不辭而別，竟然要將她殺傷在這海島之上？

震驚之下，阿南望著這射來的箭，下意識地一側身，要避開它的軌跡。

出乎意料的，這支箭來得既慢且輕，根本沒什麼殺傷力。而且，就在它橫度過小島，即將到達她的面前之際，它的箭桿忽然在空中輕微一振，轉變了方向。

阿南大睜雙眼，目光定定地望著面前這道射來的箭。

紅柳枝製成的柔軟箭身，經過了彎折之後，形成了一個極為微妙的弧度。它藉助弓弦的力量向她射來，卻並不是筆直向前，而是在金光燦爛的空中劃出一個彎轉的弧度，斜斜飛轉。

然後，彷彿有一種看不見的力量驅動著它，讓它那斜飛的弧度變成了圓轉的態勢。它呼嘯著，以圓滿回歸的姿態，順著迴旋的氣流重新轉頭向著朱聿恆而去。

如跋涉千里終於歸家的識途老馬，不管不顧回頭奔赴。

彎曲箭桿回頭的一剎那，朱聿恆抬起手，將那折返而回的箭牢牢抓在了手中。

他凝望著她，被日光映成琥珀色的眼中，倒映著金色的天空，也倒映著她的身影。

他拖著沉重的步伐，一步步向她走來，將那支回頭箭遞到了她面前。

阿南定定地看著這支去而復返的小箭，許久，目光緩緩上移，抬頭看向朱聿恆的面容。

晨風微微吹拂著他們的鬢髮，而朱聿恆的手緊握著手中小箭，巋然不動。

「以前我曾在軍中遇到一個神箭手，他射出的箭可以繞過面前的大樹，準確射中樹後的箭靶。因為箭桿如果比較柔軟的話，射出去後會在空中震盪，出現一定的撓度，彎出一個微彎的弧形。」他緩緩地舉起手中粗糙的木弓，聲音嘶啞而鄭重：「阿南，我想證明給妳看，開弓，並不一定沒有回頭箭。妳曾奉為圭臬的道理，其實，都是可以推翻的。」

所以，他以島上的樹枝為弓身，搓樹皮為弓弦，做了一把小小的弓。

苦思了一夜，糾結於去留的阿南，望著面前手握回頭箭的朱聿恆，眼中忽然湧出大片溼潤。彷彿眼前這片金光燦爛的大海太過刺眼，讓她承受不住心口的激蕩。

她的目光下垂，看到地下還有一堆彎曲的箭身，看來昨夜他試了很多次，才製出了這樣一支箭。

他不是嫻熟工匠，這把弓做得頗為粗糙，紅柳製成的小箭，柳枝細弱，又被刻意烤製彎曲，似乎也是一支不合格的箭。

可憑著這簡陋的材料與倉促的時間，他硬是憑著自己的雙手，為她製出了回頭箭。

「阿南，開弓會有回頭箭，撞到了南牆，那我們就回頭再找出路。射出去的箭能回頭，人生也有無數次改變方向的機會，走錯了一次有什麼大不了？不過是回到原來的起點，再出發一次，或許，妳能到達比之前更為輝煌的彼岸。」

他握住她的手掌，將她的手指一根根輕輕掰開，將這支小箭輕輕的，又鄭重地放在她的掌心，低聲道：「現在，妳是那個五歲的、未曾遇到任何人的小女孩。妳不再虧欠他人，妳回來了，以後妳的人生，屬於妳自己。」

阿南緊緊地抓著他的箭，眼中的灼熱再也控制不住，面前的世界一片模糊。

她望著深深凝望自己的朱聿恆，任憑眼中湧出來的溫熱，全部灑在了這無人知曉的孤島之上。

在這一剎那，她忽然想，若是可以的話，她真想將之前十四年的委屈與錯誤全部斬斷，在此時此刻，潑灑入面前這燦爛的海中，從此之後，再也不回頭留戀。

「若幫助我真的讓妳為難的話，那妳……就走吧，回到海上，永遠做縱橫四海快意人生的司南。」

阿南望著他，含淚遲疑著：「阿琰，我……」

話音未落，站在她面前的朱聿恆身體忽然搖晃了一下，眼看著便向沙灘倒去。

阿南下意識抬手去挽他，卻不料他身體沉重灼熱，重重倒下去，她倉促間竟被他帶得跌坐在了沙灘上。

海浪濤聲舒緩，她身旁的朱聿恆卻呼吸急促凌亂，意識也顯得昏沉。

「阿琰？」她看見他臉上不自然的紅暈，心下遲疑，抬手一摸他的額頭，竟然燙得嚇人，不由大吃一驚。「你怎麼了？」

朱聿恆強行睜開眼睛，想說什麼，卻只勉強動了幾下嘴脣，不曾發聲。

阿南的眼睛下移，看到他素衣上的斑斑血跡，立即將他身體扳過來。

只見他那原本已快要痊癒的傷口，如今不但重新撕裂，而且後背還新添了好幾道鷹爪深痕，血肉模糊，怵目驚心。

「怎麼回事？是那幾頭海雕？」

「妳昨晚丟在沙灘上的物資，被牠們盯上了，我怕妳重新搜集又要耽擱行程，所以……可是我昨夜脫力了，黑暗中吃了虧……」朱聿恆聲音沙啞模糊，勉強抬手指著礁石旁。「東西在那兒，妳趁著潮水，出發吧。」

阿南沒有理會他所指的方向，她只抬手撫摸他熱燙的額頭，哽咽問：「我一個人走，然後把你丟在島上等死？」

朱聿恆沒說話，因為發燒而帶上迷茫恍惚的眼睛盯著她，許久也不肯眨一下眼。

阿南抱緊了他，想像著阿琰獨自坐在淒冷海風中，帶著這樣的傷，一遍遍給她製作回頭箭的情形，心口悸動抽搐。

費盡全力築起的堤壩，終究在這一刻徹底垮塌，她再也無法狠下心拋棄他離開。

「我不走。我會陪你去玉門關，去崑崙，去橫斷山……我們一起破解所有陣法，找出對抗山河社稷圖的方法！」阿南睜大眼睛，透過模糊的視線，緊緊盯著懷中的他，像是要透過他的面容，徹底看透他的心。「可是阿琰，你不許騙我，不許傷害我。我想走的時候，就能自由地走。」

她不知道自己是捨不得這片遼闊的大陸，還是捨不得那些出生入死的過往。

抑或，她是捨不得自己雕琢了一半、尚未完成的作品——從三千階跌落的她，是不是，能將自己的未來寄託到他的身上，讓這世上的另一個人，成就她當初的夢想？

「好。」她聽到他低低的，卻不帶半分遲疑的回答。

而他也終於得到了她的回答，就像是這片海天中最美好的誓言：「那我們，一起走。」

相連的浮筏，終於一起下了海。

他們在海上漂流，觸目所及盡是無邊無際的藍色。天空淡藍，海面深藍，夾雜著白色的雲朵與浪花，單調得眼睛都發痛。

幸好他們有兩個人，也幸好朱聿恆身體強健，在阿南的照顧下很快退了燒，恢復了神志。

在漫長的漂流中，阿南抓魚捕蟹，照顧他的同時，也會逗弄逗弄偶爾經過的海鳥又放飛。

朱聿恆精神好的時候，他們就隔著浮筏聊一聊天，口乾舌燥的時候就躲在草墊下避日，互相看看彼此也覺得海上色彩豐富。

阿南最擅掌握方向，他們一直向西，前方海水的顏色越來越淺，沙尾越來越密集。

這是大江以千萬年時間帶來的沙子堆積而成，他們確實離陸地不遠了。

白天他們隨著太陽而行，而夜晚的海上，總是迷霧蔓延。周身伸手不見五指，世界彷彿成了一片虛幻，只有身下浮筏隨著單調的海潮聲起伏飄蕩。

有時候沉沒在迷霧之中，朱聿恆會忍不住懷疑，阿南真的隨著他回來了嗎？這一切到底是真的還是假的，會不會從頭至尾只是他在海上漂流的一場幻覺？

於是半夜猛然醒轉的他，總是偷偷藉著日月的微光，去看一看另一個浮筏之上，阿南是否還在。

——幸好，她每次都安安靜靜地伏在草墊上，確確實實地睡在他數尺之遙。

「阿琰，你老是半夜偷偷看我幹麼？」

終於有一次，他被阿南抓了個現行，而且還問破了他一直以來鬼鬼祟祟的行為。

朱聿恆有些窘迫，掩飾道：「我聽說海裡會有巨獸出沒，尤其周圍全是海霧，我們得防備些。」

「我們漂流這幾日，已經是近海了，哪會有海怪。」暗夜中傳來阿南一聲輕笑，她坐了起來，聲音清晰地從迷霧彼端傳來。「再說了，海上奇奇怪怪的東西也太多了，其實都只是巨鯨、大魚之類的，見怪不怪，其怪自敗。」

兩人沒了睡意，又在這迷霧中飄蕩，不自覺都往對方的浮筏靠近了些，開始閒聊一些無意義的事情來。

「阿琰，回到陸上後，你第一件事要做什麼呀？」

「唔……洗個熱水澡吧。」朱聿恆抬手聞了聞自己的衣服，一股溼漉漉的鹹腥海水味。「妳呢？」

「我受不了生魚和淡菜了，你要請我吃遍大江南北！」

聽著她惡狠狠的口氣，朱聿恆忍不住笑了：「好，一起。」

「那我要吃順天的烤鴨，應天的水晶角兒，蘇州的百果蜜糕……」她數了一串後，又問：「那阿琰，你要去吃什麼？」

他停了片刻，聲音才低低傳來：「杭州，清河坊的蔥包檜。」

阿南心口微動，手肘撐在膝蓋上，在黑暗中托腮微微而笑：「嗯，我也有點想念了。」

前方迷霧中忽然出現了一點閃爍的光，並且漸漸地向他們越漂越近。

阿南「咦」了一聲，坐直了身軀盯著那點光亮。

幽幽瑩瑩的火光，在海上浮浮沉沉。鬼火隨著水浪漂浮，水面上下相映，尤覺鬼氣森森。

朱聿恆心道：總不會剛說海怪，海怪就來了吧？

眼看那朵火光越漂越近，藍火螢光破開迷霧，貼近了他們的浮筏。阿南抬起船槳將它推開了，任由它漂回迷霧之中。

朱聿恆錯愕地看清，那是一塊朽木，上面有一具扭曲的白骨，跳動的幽光正是白骨磷火。

「那是什麼？」

「海盜們洗劫漁船時，往往會將漁民擄去當苦力使喚，若有反抗不從的，便會將他們綁在船板上，任他們在海上漂流……若木板翻覆則活活嗆死，葬身魚腹；若木板朝上則乾渴而死，日晒雨淋消解骨肉。剛剛這也不知在海上漂流多久了，只剩下骨中磷火在夜晚發光。」阿南望著那點遠去的幽光，低低道：「水手們都很怕這樣死去，因為迷失在海上的人，魂魄是找不到回家的路的，只有家鄉的親人在他們的故居招魂，才能讓他們回來……」

朱聿恆與她一起默然目送那點磷火遠去，忽然想起死於海賊之手的她爹，不由轉頭看向了她。

「我爹當年，便是如此。」阿南坐在浮筏上，抱住自己的雙膝，將臉靠在膝頭，嘆了口氣，說道：「那時是夏末，他得在最熱的季節受罪，而我娘被擄到了匪巢中，熬了五年……她本想一死了之，卻發現自己腹中已有了我，只能忍辱偷生在匪窩中生下了我……」

生下她的時候，母親其實是絕望的。她身陷匪窩之中，被蹂躪被踐踏，而她女兒將來的命運可能比她還要悽慘。

所以在阿南五歲時，她趁著海盜們火併的機會，帶著女兒偷偷逃跑。只是她還未上船，便被後面的海盜一箭射中後背，阻斷了逃跑的可能。

她帶著阿南躲在島上叢林中，箭傷得不到救治，傷口潰爛，高燒不止。但她不願帶著女兒乞憐苟活，只叮囑阿南一定要逃跑，寧可在茫茫海上葬身魚腹，也不要重回匪盜的巢穴。

阿南去給母親偷傷藥，在穿過沙灘時，那些火併失敗後被草草埋葬在沙子內的海匪，因為炎熱潮溼的天氣，鼓脹的屍體從沙子中冒了出來，被她踩到時猛然爆開。

她因為躲閃不及而被炸了一身腐肉，嚇得大哭起來，也因此被海盜發覺，雖僥倖逃脫，卻再也沒法幫母親偷到藥了。

母親彌留時，擔心自己也變成腐屍留在女兒身邊。她爬上礁石，在暴風雨中投入激浪，屍骨無存。

即便是十五歲便隨軍北伐、在屍山血海中殺出來的朱聿恆，聽著她這講述，也彷彿跟著她一起沉入了慘痛的童年，回到了她最黑暗的時刻。

「母親死後，公子收留了我，送我去公輸一脈。我拚命地學習磨練，才得以追隨著公子，一路跟著他殺出血路，平定四海……」阿南說到這裡，因為喉口氣息哽住，頓了許久，才搖頭黯然道：「現在回頭看看，我……不知道自己從何而來，也不知道自己該往何處而去；我沒能拉住滑往深淵的公子，也丟掉了我娘給我的錦囊。我在這世上就像一縷遊魂，我……連自己的路都看不清，哪裡配叫司南？」

一隻手隔著浮筏伸來，緊緊握住了她的手，阻止她陷入壓抑自責。

「別擔心，我們一起，總能找到方向的。」朱聿恆不容置疑道：「就算妳父母都去世了，就算妳丟失了記載來歷的錦囊，但只要細加探查，我們總能找到妳的家。」

他聲音如此篤定，讓阿南下意識點了點頭，但隨即她又搖頭，反問：「找到又怎麼樣呢？早已家破人亡，尋回我本來的姓氏，又有何意義？」

「至少，我們不能讓妳爹娘的魂魄永遠在海上遊蕩。」

阿南臉上現出一抹慘淡笑意，喉嚨卻有些喑啞：「阿琰，你又不是海上的人，還信這個？」

「以前，我不信。」朱聿恆的聲音認真而慎重：「可現在我信。因為，我想要妳安安心心，不帶遺憾。」

第三章 孤雁歸期

黎明終於來臨，他們衝破迷霧，浮筏抵上了沙尾，擱在了如同鳳尾般散落延伸的長長沙洲上。

幾個正在撈取昆布海藻的漁民看見了他們，忙划船過來詢問。得知他們是海難倖存後，幾人大驚失色，競相要載送他們回陸上。原來朝廷早已搜尋到了黃海沿岸，船舶日日出海尋找，漁民們也都接到了懸賞尋人的通知。

兩人在漁民的船上終於喝到了久違的淡水，竟有種重回人間恍如隔世的感覺。

相視而笑之際，阿南攏了攏頭髮，也注意到了阿琰在島上長得濃密的鬍鬚，不由笑道：「你現在可冒充不了宋言紀啦！」

朱聿恆摸著自己下巴，也不由笑了。

迎接皇太孫的人已經聚集等待，可他這鬍子拉碴的模樣，怕是難以見人。

朱聿恆拉出日月的一彎薄刃，對著水面想要將鬍子刮一刮。可水面不清，船身顛簸，他一下就劃到了自己下巴。

阿南看得著急，扳過他的臉道：「我來吧。」

她取出臂環中的小刀，抬手托起朱聿恆的下巴，小小心心地幫他刮去脣邊的鬍子。

她貼得那麼近。他感受到她指尖的溫熱觸感，望到她專注凝視自己的目光，他們甚至近到呼吸交纏——就如在海島上的日日夜夜，他們生死相依時那麼近。

孤冷荒島上那些篝火朦朧的夜晚，烙印在他的心中，卻勝過了應天宮闕中燈火通明的千萬個夜。

他仰著頭讓她的刀鋒在自己最脆弱的地方劃過，目光卻不覺下垂，定在她因為專注而緊抿的脣上。

她的身後，拙巧閣已經出現在長江入海口，朝廷官船密密匝匝，無數人在等待著他們的歸來。

一瞬間，他的心裡忽然湧起不該有的難捨遺憾。

那個不清醒的虛幻親吻，那些他無法言說的祕密，就如那海島的日夜一般，可能永遠也不會再有了。

接到訊息的大小官員們，列隊站在拙巧閣的碼頭迎接他們。

韋杭之這樣的鐵血漢子，一看到皇太孫殿下那蓬頭垢面衣衫破爛的模樣，也不由雙目通紅，疾步衝上來，聲音發顫：「殿下受驚了，一切可安好？」

「不要緊，阿南通曉海上之事，她自然會護我周全。」朱聿恆實話實說，可惜眾人都不信，把和他一樣灰頭土臉的阿南丟在一旁，著急忙慌地簇擁著他問長問短。

阿南笑嘻嘻地閒在一旁，一抬眼看到面前金碧顏色燦爛，日光下一隻孔雀盤旋飛舞，在她頭頂繞了一圈，似是警戒又似是歡欣。

阿南眉頭一皺，伸手將它打開，眼皮一抬，果然看到傅准從柳堤彼岸行來。

他抬掌微招，那孔雀便在空中轉了一個弧形大圈，向著他的肩膀準確落下。

他向阿南走來，一身黑衣不加紋飾，面容更顯蒼白，明明長相俊逸，可肩上的孔雀碧色輝煌，映得笑容分明透著幾分陰翳詭譎。

「怎麼，南姑娘不喜歡吉祥天？」

朱聿恆那邊圍攏了大堆人，他也不湊上去奉承，只撫著肩上孔雀，走向欄杆邊的阿南。

阿南唇角微揚，抬手去摸吉祥天的冠羽，道：「挺好，這孔雀是死東西，和傅閣主挺配。」

她言笑晏晏，可惜傅准一眼便看見了隱在她掌下的鋒銳刃光。

不動聲色地，他的手轉過孔雀羽，將自己的指尖迎向了她臂環內暗藏的小刀：「看來，是吉祥天哪兒礙到南姑娘了？」

他的手上一無所有，太過蒼白瘦削的手背上青筋微凸，冷玉般的手指看來脆弱易折。可阿南瞄著他似笑非笑的模樣，眼看手中刀刃要與他相觸，終究一抖手腕，將它收了回來，不敢與他相接。

她往後略退了半步，神情轉冷：「我不喜歡被死鳥的眼睛盯著看。」

「南姑娘這樣說，吉祥天可是會傷心的哦，能否用『仙去』二字？」傅准抬眼看她，捂著嘴巴輕輕咳嗽著。

海底這一趟他也是大傷元氣，身形比以往更顯虛薄，蒼白面容上連嘴脣都淡得失了顏色，像一株背陰處的孤冷蕨類。

唯有那雙眼睛，那端詳著她的陰冷眼神，彷彿她還是那個手腳皆廢、被他圈禁於股掌之間的階下囚，令她心頭又湧出無數過往的可怖記憶。

她脊背不自覺地發僵。明明身旁便是人聲鼎沸，朱聿恆帶著眾人就在左近，可阿南的手還是虛按在了自己右腕的臂環上，像是溺水的人，無意識要抱住浮木般。

「傅閣主可要好好保重啊，瞧你這臉色慘白的模樣，隨時好像可能仙去呢。」

「是啊，哪像妳，這段時間在海上晒得更黑了，唉，叫我好生心疼……妳怎麼就不肯愛惜自己呢？」傅准理著孔雀的尾羽，瞇起眼睛打量她這狼狽模樣，嘆息搖頭。「有機會遇到方碧眠的話，討點面脂、手藥，好好收拾一下吧。」

「青蓮宗的人真將她劫走了？我還以為她死定了呢。」

「禍害遺千年，妳看妳就活得這麼好，渤海歸墟都困不住妳。」

「你也不賴，生死之際溜得飛快，屬泥鰍的吧？」阿南的手搭在臂環上不曾挪開半寸，面上卻泰然自若，彷如久別重逢，老友寒暄。「綺霞呢？你們什麼時候回來的？」

「回杭州了，說要等江白漣回來。」傅准嗤之以鼻。「真是個有夢想的女人。」話不投機半句多，交手看來也撈不到好處。阿南正想掉頭離開，旁邊人群散開，分出一條道來，被眾人簇擁的朱聿恆向他們走來。

他朝傅准點一點頭，目光落在阿南身上：「阿南，我們的船來了，走吧。」聽殿下呼喚溫柔，眾人的目光，不由齊齊聚集到阿南身上。

阿南卻毫不在意，掠掠散亂的頭髮，大大方方地應了一聲，走到朱聿恆身邊。

反正他們皇太孫殿下也是這般衣衫破爛的模樣，她還怕他們笑話？

她態度敞亮，朱聿恆也神情坦然，對傅准一拱手道：「傅閣主，此次多承相助了，若非貴閣分派所有人手在海上搜尋，我與阿南怕是未能如此順利抵陸。」

傅准客氣道：「殿下吉人自有天相，敝閣僅奉微薄之力，不足為道。」

「何止，之前渤海之下，貴閣亦折損不少人手，此番勞苦功高，朝廷自當嘉獎。」

傅准垂眼一笑，抬手捋著肩上吉祥天的翠綠羽翼，淡淡道：「這倒不必。只要朝廷信守承諾，將許諾的東西給我就行了。」

朱聿恆這才知道，原來祖父行動如此快速，早已命人聯絡拙巧閣，還談妥了條件。

至於內容究竟如何，他自然不會當眾詢問，只吩咐揚帆起航，速回應天。

朱聿恆的座船上諸事齊備，阿南第一時間先撲到浴桶中，將一身鹽鹼的自己刷洗個乾淨。

換好衣服，她立馬奔去找吃的，啃了一個醬肘子、吃了一大盆素什錦，還不解恨，又撕了半隻鹽水鴨。

耳聽得外面聲音嘈雜，她探出窗口一看。雖然事發倉促，但迎接皇太孫的陣勢真是不小，沿長江而上，船隊浩浩蕩蕩，沿途各地水軍又隨同護送，更添聲勢。

「阿琰也真可憐，這麼多人上趕著圍堵慰問，連坐下來喘口氣的時間都沒有。」阿南啃著鴨翅，正在同情朱聿恆，一抬眼卻看見他從甲板那邊過來了。

他已經打理得整整齊齊，朱衣上金線團龍粲然生輝，襯得他一身燦芒，俊美懾人。

前幾日還和她一起在海島上如野人般捉魚摸蝦的這個男人，手持著摺子邊走邊看，對身旁眾人一一吩咐，那種沉穩端方指揮若定的模樣，有種萬物都無法脫離他掌控的從容。

阿南正笑嘻嘻看著，他忽然一抬眼，目光正與她相接。

阿南料想自己現在的模樣應該不太好看，畢竟她披著半乾的頭髮，趴在窗口，手裡還拿著半隻鴨翅膀在啃著呢。

身後那些見多識廣老成持重的官吏們臉上抽搐，唯有朱聿恆朝她微微頷首，將摺子合上遞回，示意他們都退下候著。

等一群人轉過了船艙，他腳步輕捷地走到她身旁，目光落在她紅豔豔的唇上：「好吃嗎？」

阿南舉起鴨腿在他面前晃了晃：「好香，你也吃點？」

「唔，我確實也餓了。」他說著，隨她在桌前坐下。阿南還以為他也要和自己一樣撕鹽水鴨吃，誰知身後快步趨上一個小太監，抄起筷子幾下便拆解了鴨子，然後俐落地帶著鴨骨架退下了，只剩下鴨肉整整齊齊碼在盤中。

阿南覷著朱聿恆：「看來，全天下見過皇太孫啃鳥翅嚼烤魚的人，大概只有我了？」

朱聿恆道：「何止，還有摸魚抓蝦撬螺蚌，挖草伐木掏鳥蛋。」

阿南噗哧一聲便笑了：「阿琰，你為什麼說這些的時候都能板著臉一本正經！」

一本正經的朱聿恆與她相視而笑，將筷子遞給她，示意她坐下和自己一起再吃點：「我剛剛收到聖上傳來的訊息，總算知曉了傅准為何願意幫我們。」

「哦？」

「自上次咱們破了順天死陣之後，聖上開始留意江湖各門派，派人查訪門戶宗派、能人異士，要聯合百家之力，共破山河社稷圖。」他望著阿南，若有所思道：「其中大部分人，對妳都有記憶。」

阿南咬著鴨信，卻擋不住口中流溢的笑聲：「是啊，我回陸之後，就遵從師父的教誨，前往各門各派切磋請教了。」

誰知，如今九州重文輕武，宗派凋敝，她仗著公輸一脈的絕學，遍拜千山竟無敵手，只在最後因為負傷而被傅准所擒，令她至今想來依舊懷恨。

「所以，朝廷如今召集了天下所有高手，要共破山河社稷圖？」阿南扯回了思緒，有些好奇道：「請這麼多人出山不容易吧？不知你們給拙巧閣開了什麼條件，居然能讓傅准親自下水？」

「拙巧閣坐落於大江入海口，畢竟屬於我朝疆域，因此聖上以瀛洲一地為諾，只要他們幫助朝廷清除關先生當年設下的各地陣法，便劃撥瀛洲歸屬，准許拙巧閣百年長駐。」

阿南揚揚眉：「你祖父對你真好。」

朱聿恆搖頭道：「不只為我，那些陣法太過凶險，關乎社稷安危，若拙巧閣真能助我們一臂之力，挽救黎民於水火，那也不失為一樁大好事。」

「所以……」阿南五指恨恨地一收，差點折斷手上筷子。「傅准會和我們一起出發，前往玉門關破陣？」

儘管阿南很想去杭州和綺霞會面，但如今已屆十月中旬，朱聿恆身上的山河社稷圖不等人，下次的發作已經迫在眉睫。阿南唯有忍痛捨棄了這個想法，只給綺霞寫了封信報平安，假公濟私用飛鴿傳書到杭州，自己和朱聿恆先趕往應天。

到達應天，朱聿恆第一時間回到東宮，去拜見自己父母。

一貫雍容的太子妃，一聽說兒子回來了，連儀容都來不及整頓，便快步到大門口去迎接他。

朱聿恆見母親鬢髮都亂了，快步過去扶住母親。太子妃卻只一把捧住兒子的臉，看了又看，見兒子瘦了黑了，頓時眼圈通紅：「聿兒，你可算……可算回來了！」

見她滿是擔憂，朱聿恆心下湧起深深歉疚，握著她的手道：「孩兒這不是平平安安回來了嗎？以後，定不會讓母妃再擔心了。」

太子妃緊握著他的手，喉口哽咽，一句話也說不出來。她拉起他匆匆往內院走去，將一干侍女都屏退到了院外。

朱聿恆跟著她走到內室，看見一幅經卷正攤在案上，明黃龍紋絲絹上朱砂小楷鮮明宛然，抄的是一篇《阿彌陀經》。

「聿兒，這是娘這段時間為你祈福而抄的經，請了大師開光，你帶在身上，有無上願力，祐你平安。」太子妃將薄透經卷折成小小一團，放入金線彩繡荷包，鄭重交到他手上。

朱聿恆應了，接過來時，看見她手上滿是傷口，立即抓住母親的手仔細一看，幾個指尖上全是破了又割開的口子。

他頓時明白過來：「母妃是用自己的血調朱砂抄經，替孩兒祈福？」

太子妃別開頭，不肯讓他看到自己眼中的熱淚：「聿兒，你一定要好好的，千萬……千萬不能出事啊！」

朱聿恆捏緊了手中荷包，低聲問：「聖上已經將……告知父王母妃了？」

太子妃含淚點頭，終於再也忍不住，抱住兒子，無聲地靠在他肩上，眼淚滾滾而下。

朱聿恆輕拍著母親的後背，竭力遏制自己的氣息，讓它平緩下來：「放心吧，娘，孩兒……定會努力活下去！」

太子妃氣息急促，無聲地哭泣了一陣子，才慢慢伸手搭住朱聿恆的手臂，道：「聿兒，你說到，可要做到啊！」

朱聿恆重重點頭：「孩兒從小到大，何時辜負過您與父王的期望？」

太子妃聞言，不由悲從中來。這二十年來從未讓她失望過的兒子，如今卻要讓她肝腸寸斷。

以顫抖的手解開兒子的衣服，一看到上面那幾條縱橫可怖的瘀血毒脈，她難掩悲聲：「你……這麼大的事情，你居然瞞著我們，聿兒，你可真是……」

朱聿恆按住她的手，不讓她再看下去，免得徒增傷心。

「孩兒也是怕惹父王母妃擔心，再者，此事定會影響東宮未來局勢，屆時父王必會陷入是否稟報聖上的兩難境地。因此孩兒才自己一個人暗地調查，就連聖上，也未曾告知過。」他將衣襟掩好，低聲道：「孩兒這便要往西北去了。這一路我與阿南追尋線索漸有頭緒，母親不必太過擔憂。」

「阿南……」太子妃念叨著她的名字，因為阿南臂環上那顆明珠，也因為危急時刻阿南挺身而出，令她對這個有過一面之緣的女海客印象十分深刻。「你誰都沒告訴，只告訴了她？」

「其實，孩兒一開始以為她是此事幕後主謀，因此一路接近她。但如今她幫了孩兒很多，這次我們流落海上，若不是她，孩兒也無法安然無恙地回來。」

太子妃默然頷首，道：「好，那你可得好好籠絡她。畢竟你身上這……這怪病如此凶險可怖，能有助力，那是求之不得。」

朱聿恆抿脣沉默片刻，想對母親解釋一下，他與阿南之間的糾葛與牽絆。但，想到他們叵測的前程與阿南未定的心意，最終他將一切都嚥回了口中，只低低道：「孩兒知道。」

太子妃秉性剛強，與他商議好之後，便去洗了臉，將所有淚痕都抹除，以免在人前表露任何行跡。

朱聿恆便想先行告退，但太子妃伸手挽住了他，道：「再等等。你父王今日去劉孺人家了，這時候，也該回來了。」

劉孺人。朱聿恆不明白父親為何去找自己的乳娘。「劉孺人不是早年過世了嗎，父王過去所為何事？」

「這些時日，我們夙夜難寐，一再思量你為何會出這般詭異的怪病。」太子妃手中緊握銀梳，幾乎將其彎折。「接到你飛鴿傳書後，我們立即著手調查你當時身邊的人，而就在昨日，我們查明劉孺人兄長在多年前曾酒後對人誇口，說藉著妹子，曾發過一筆小財。因此今日你父王便親自帶人徹查此事去了，畢竟，你自小由她看護，萬一能從中有什麼發現呢？」

朱聿恆知道父母是為了自己而病急亂投醫，心中正不知是何滋味，聽得外面傳來聲響，太子殿下回宮了。

太子身軀肥胖，如今頗顯疲憊，但抬頭看見朱聿恆在殿內，立即將所有人揮退，快步進了內殿，一把握住兒子的手。

望著父親強打精神的模樣，朱聿恆心口湧起難言酸澀：「孩兒不孝，勞父王為我操心了。」

「你我父子之間，何必說這些！」太子打斷他的話，拉著他坐下，緊握著他的手不放。「你娘和你說過了吧？這兩日，我與你娘將所有你年幼時接觸的人都梳篦了一遍，果然，剛剛我在劉孺人兄長的住處尋出了你當年的衣服，發現了上面有血跡，你看！」

說到此處，他因為激憤而喘息不已，將手邊一個錦袱遞給朱聿恆。

朱聿恆打開包袱一看，裡面是一件幼童的小衣服，柔軟的絲質已經泛黃。拎起來迎著日光看去，淺淺的幾點褐色血珠，凍結在衣服的不同位置。

過了多年，血珠早已經暗褐黯淡，卻如鮮血一樣怵目驚心。

按照幼兒的身形，朱聿恆在心裡估算了一下，那些血珠正在奇經八脈之上。

看來，這便是他當初被玉刺扎入之處滲出的血跡。

見父親因為疲憊激動而喘息劇烈，朱聿恆擔心他引發心疾，忙幫他撫著胸口，將他攙扶到榻上躺下，道：「父王先好好休息吧，一應案件過往，孩兒自會料理。」

太子靠在榻上，緊握住他的手，望著他的目光中，既有擔憂，更有悔恨：「聿兒……是爹沒有照顧好你，爹心裡……心裡實在是難受，對不住你啊！」

太子妃聽著他顫抖模糊的聲音，眼淚又落了下來，背轉過身捂住自己的臉，拚命壓抑自己的哭泣聲，只有肩膀微微顫動。

朱聿恆自小聰穎卓絕，又責任感極重，任何事情都勉力做到最好，從未讓父母為自己操過心。如今見他們為自己傷心欲絕，他不覺也是眼圈熱燙。

咬一咬牙，他強自站起身，道：「山河社稷圖雖然可怖，但阿南與我一路行來，已有線索和應對方法，父王母妃不必為我太過擔心了。孩兒這便去處置劉化，看是否能從他身上審出些什麼。」

太子拉住他的手，面現猶豫之色：「聿兒，劉化已經死了。」

朱聿恆愕然回頭，聽得他又悔恨道：「是爹太心急了，在他家便迫不及待關門盤問，雖問到了一些事情，但因我太過震怒嚇到了他，他出門時驚恐反抗，撞在侍衛的刀上……當即便斷氣了！」

事已至此，朱聿恆也只能道：「孩兒先去看看他留下的東西，看是否有什麼線索。」

「我這邊有他留下的口供，但他應該還有寧死不肯招供的內容。聿兒，你專心與阿南破解陣法，那些幕後的黑手，便交由爹娘來處置吧。」太子抬起手掌，緊緊按在他的肩膀上，鄭重交託重任。「只是，無論前途如何，你務必要保重自身，絕不可辜負了我們與聖上的期望！」

告別父母走出東宮，朱聿恆帶韋杭之一干人等前去劉化家中，並召南京刑部的帶文書、仵作前往。

「順便，也讓戶部的人來一趟。」

傳信的人應下了，匆匆打馬而去。

候。

六部離劉化家宅比東宮要近，朱聿恆到達劉化家中時，他們已經在門口等

朱聿恆翻身下馬，一面往狹窄巷子裡面走，一面示意南京戶部的來人近前，對他們快速吩咐了一番，讓徹查二十年前發生過水患的海域，再尋找當時當地下落不明的年輕夫妻。

若有失蹤不回的，拿阿南的圖形去對照長相模樣，看是否能尋覓得線索。

戶部的人自然聽命應承，又問：「殿下所說的海域，可是南直隸所有沿海村落？」

朱聿恆稍加考慮，道：「不只，本王待會兒給你寫個手書方便辦事，我朝一應沿海地區都要搜索一遍，以稱呼女兒為『阿囡』或者『囡囡』的地域優先，從速從快。」

戶部的人持手書離去後，南京刑部侍郎秦子實帶著仵作過來，隨朱聿恆進了巷子。

過了十三、四戶人家，便看到士卒把守的一個門戶，倒也有個磚砌門庭，只是臺階上灑了斑斑血跡，圍聚了一堆蒼蠅。

朱聿恆略一駐足，刑部的老仵作稟告道：「這是本宅主人劉化喪命之處，老朽之前便來驗過。他被擒之後妄圖掙扎，撞在士兵們手中的刀劍之上。殿下看這血液呈噴射而出狀，從下至上濺於磚牆，確屬死於利器暴斃無疑。」

朱聿恆接過他上呈來的案卷，翻看上面的記載，現場痕跡及目擊者證詞，確與他父親所說的一樣。

看來，劉化寧死也要保護著什麼，不肯讓人探知。

朱聿恆將卷宗交還給老仵作，又拿出父親給他的卷宗，對照著看了一遍，將基本脈絡理了出來。

二十年前靖難之役，聖上南下清君側，順天被圍，父王母妃親上城牆押陣，太孫便交由乳母劉氏在府內看護。

戰事最為吃緊之時，有人重金買通劉化，讓他在某時某刻找事由引開劉氏。劉化雖不知對方企圖，但見財起意，便遵照對方所言去尋找劉氏。

劉氏被他騙出後，見他只是閒扯，中途驚覺匆匆趕回，結果發現太孫在室內啼哭，身上出現了幾處血痕。

她怕兄長受責，又擔心自己受責難，因此見太孫事後貌似無恙，便至死也不敢提及此事。

而劉化偷偷藏起了帶血的衣物，還想有機會或可憑這再弄點錢。直至此次搜尋被抄出，他才供出當時有人買通他做事。

至於當時那人究竟是誰，他並不知曉，只注意到對方個子枯瘦，鬍鬚濃密。不過劉化是個做事精細的人，因此對方給他錢的荷包還一直留著。

那荷包已被刑部送來，此時呈到朱聿恆面前。

二十年前的一個粗布荷包，如今已脆乾發黃，但因為長期收在暗處不用，收口與繩子都還完好如新。

外面看來，一切並無異樣。

朱聿恆將其解開，看向空空如也的袋內，卻發現裡面似有一、兩根顏色不一樣的線頭。

他略一思忖，將袋子輕輕翻了過來，盡量不觸動那兩根線頭。

這是幾根被剪斷後殘留的細微絲線，顯然在荷包上原本繡著什麼東西，但在給劉化的時候，對方怕洩漏了自己的身分，因此將上面所繡的東西草草拆掉了，但因為是從外面扯掉的，因此外面雖然已經無異，裡面卻殘留了幾絲斷線頭，未曾清除完畢。

而劉化在拿出了裡面的銀錢後，便將荷包壓在了箱底，裡面的殘痕便一直留了下來。

朱聿恆將它舉在面前，仔細看了看那些斷痕的模樣。

線頭扯得挺乾淨，那一、兩根斷線無法拼湊出具體形狀，他只能憑著壓痕，仔細辨認。

一個草頭，橫平豎直。民間俗例，荷包上常會繡自己的姓氏以防盜竊，看來這人也是如此。

下方左邊是兩豎，右邊則筆畫較多，憑藉年深日久的針腳痕跡，實在難以看清。

他將袋子慢慢翻轉還原，思索著草頭下面左邊兩豎的字，應該是藍，還是蓧，抑或是茪、茈……

猛然間，他望著被翻過來的荷包，想到內外的字是左右翻轉的，所以，草頭之下，那兩豎應該是在右邊。

所以，這個字可能是莉、可能是荊、可能是莿，更有可能，是薊——

薊承明的薊。

處心積慮的這一場局，果然，在二十年前便已經設下了。

遠在聖上下令營建紫禁城之前，薊承明便已經下了手。

是，他確實是最有可能的人。他見過傅靈焰留下的山河社稷圖；他趁著營建順天宮城之時設下了死陣；他在雷電之日引發山河社稷圖第一條血脈，使得一甲子前的死陣開啟……

朱聿恆緊緊抓著手中這個陳舊的荷包，長久以來追尋的幕後凶手，竟在這一刻有了突破進展，令他心口激蕩，長久無法平息。

許久，他霍然起身，將所有繁雜糾結的思慮都拋到腦後，只憑著本能抓緊了自己唯一迫切的念頭——

去找阿南。

阿南正在大報恩寺琉璃塔下，抬頭仰望面前輝煌的建築。

大報恩寺於十年前開始興建，是當今聖上為太祖及孝慈皇后所建。如今十年過去，殿宇尚未建完，唯有寺內琉璃塔初初落成。

這座天下第一塔，通體全用琉璃磚砌成。三層塔基以大塊的天藍色琉璃圍成十二邊形，一層高出一層，令琉璃塔如矗立在湛藍九天之上。

二十丈高的塔身，從斗拱飛簷到欄杆窗欞，每一個部件都似擁有火光跳躍的生命，塔身的五彩顏色隨著天光雲影而流轉飄忽，比雲間仙樂還要迷離。

最高的塔頂，是四千兩黃金所鑄的金珠，在陽光下熠熠生輝，照亮這六朝金粉之地。

饒是見過大世面的阿南，此時也被這座通體剔透琉璃塔震懾，凝神靜氣深深敬拜後，才轉入旁邊的琉璃匠所。

十月天氣，匠所卻是熱氣撲面。匠人們在熊熊火爐邊將水晶砂燒融，澆於各不相同的構件模具之中，使各色琉璃附著於磚瓦之上，藍黃綠紫，絢麗奪目。

她問爐邊老工頭：「阿叔，請問你們燒製一件琉璃出爐，大概要多久？」

工頭見她是官府的人畢恭畢敬送進來的，忙答：「按流程下來，最快得十五日。」

「半個月啊……怕是等不了。」阿南皺一皺眉，問：「有什麼盡快燒製的方法嗎？」

「姑娘要是急用，那就把他們摔打好的坩子土先拿來用，上三作直接上手，穩作製模、裝燒出窯、施釉燒彩，最快七天。」

阿南皺眉問：「還能更快嗎？」

「沒有了。窯裡動火、起熱、控溫，咱們就是按這個節奏來的，太急了裡面冷熱控制不住，東西不是燒不出來，就是會燒毀。」工頭說到這兒，又補了一句：「當然了，就算控好了，也不一定就能燒出好東西來，好琉璃也是靠運氣的……」

「就是說，你們要用七天時間摸索著將火勢慢慢上升，穩定在需要的程度？」阿南一揚眉，問：「那如果我能找到辦法，讓窯裡的火候很快到達需要的程度，是不是就能及早燒出來了？」

工頭撓頭：「這麼大本事的人，我們這邊可沒有。」

「我去找，你只管準備好坩子土就行。」阿南轉身急急向外走，剛跨出大門，一抬頭便見前方一隊人馬疾馳而來。

馬上人個個錦衣鮮明，年少英俊，可最引人矚目的還是居於正中、被他們拱衛而來的朱聿恆。

他在海島晒黑了些，沉穩中更顯威儀凜冽，縱然身後五彩琉璃塔華光萬道，也盡成他的陪襯，難奪他半分風華。

阿南一時恍惚，難以想像這樣的阿琰在短短數天之前，還在她的耳畔輕輕唱著那不正經的俚曲，哄她入睡。

怎麼辦，可能阿琰再也無法在她面前當高高在上的殿下了，因為她曾見過他所有不為人知的模樣。

不由自主地，她便仰頭朝著他笑了出來。

他看到了她目光中的揶揄與戲謔，像是知道她在想什麼，幽深的眸子含滿了笑意，無奈而縱容。

阿南招了招手，仰頭看向馬上的他：「阿琰你來啦，我正要去神機營呢。」

朱聿恆自馬上俯下身，與她貼近了，聲音也自然低了一些：「不是說來琉璃廠製燈嗎？怎麼又去神機營？」

「我去找幾個熟悉火性的人，幫我一把。」她說著，飛身上了繫在旁邊的馬匹，朝他一揮手。「去去就來。」

朱聿恆朝身後人中掃了一眼，指了一個少年道：「你陪阿南走一趟吧。」

那少年應了一聲，催馬向阿南追去。

龍驤衛的馬自然是一等一的，少年片刻便追上了阿南，朝她打了個招呼：「南姑娘。」

阿南並未放慢速度，只朝他看了一眼：「認識我？」

「聽卓晏提起過，早已心嚮往之。」少年臉上寫滿了「誰能不認識妳」的笑意，自我介紹道：「龍驤衛指揮僉事廖素亭。」

能隨侍皇太孫的，自然都是世家中千挑萬選的好苗子，身段好，相貌好，騎術也出眾。

阿南欣賞地打量著他：「你和阿晏相熟？」

「還好，他當初被我揍過好幾頓。」明明是他揍人，可面上卻滿是鬱悶委屈。

阿南趕緊追問，他支吾著，終於悻悻道：「你知道阿晏他，怎麼稱呼諸葛提督的？」

「嘉嘉嘛……」阿南說著腦中一轉，頓時笑了出來。「喔，那他叫你素素，還是亭亭？」

廖素亭漲紅了臉，從牙縫裡擠出幾個字：「我是不會說的！」

阿南哈哈大笑出來，差點連馬韁都鬆脫了。

人與人之間投契有時就是如此簡單，從報恩寺到神機營這一路上，廖素亭陪阿南說說笑笑，赫然已經相熟。

神機營眾人哪知道他帶來的這個姑娘就是上次把他們折騰得人仰馬翻的那位女匪，見她一個姑娘家騎馬身姿瀟灑無比，眼神都不自覺地往阿南身上瞟。

諸葛嘉一見這個女煞星，眉心頓時狂跳，說話也沒好氣：「軍營重地，豈是妳亂闖之處？」

「什麼亂闖啊，我這是身負重任。」阿南狐假虎威，笑嘻嘻地往椅子上一歪。

「殿下指名委派的重任，你不會不聽調遣吧，嘉嘉？」

諸葛嘉額頭的青筋條條爆跳起來。

廖素亭趕緊搶救場面：「提督大人，南姑娘奉殿下之命前來貴營，不知今日是否有擅長控火的匠人在？」

聽到「殿下」二字，諸葛嘉才悻悻對身邊人道：「把楚元知找來。」

阿南詫異問：「楚先生在應天？」

「我調他過來試製新火銃的，他比營中司槍和匠人能幹多了。就有一點，一個大男人成天想著老婆孩子，沒出息！」大齡單身漢諸葛嘉恨鐵不成鋼，只想把楚元知剝削到地老天荒。「這幾日新銃剛完工，他就跟我說要陪妻子探親，告兩個月的假，我還沒批呢。」

阿南詫異問：「去哪兒啊，要探親兩個月？」

「敦煌。」

「這可巧了……」阿南自言自語。

諸葛嘉鬱悶道：「可不是麼，全湊一塊兒了，連卓晏他爹也在那邊出事。」

阿南更詫異了：「卓壽？他出什麼事了？」

「死了。」

諸葛嘉簡單兩個字，讓阿南跳了起來。「你說什麼？」

「流放西北的前應天府都指揮使卓壽，於日前因雷電轟擊，暴亡於敦煌。」

「不可能！西北一地本就少雷雨，如今已是十月天氣，那邊怕是都下雪了，又怎麼會有雷電，更何況還雷擊致死？」

諸葛嘉聲音比眉眼更為清冷：「這個妳得去敦煌問，我只聽到這點消息。」

阿南正在心亂之際，轉頭見楚元知來了，劈頭便問：「楚先生，你覺得西北乾旱之處，十月雷擊致人死亡，可能嗎？」

楚元知不知前情，茫然道：「一般來說不太可能，但六月尚有飛雪，世間萬事都很難說……」

阿南單刀直入問：「葛稚雅……或者說，你，做得到嗎？」

楚元知回憶葛稚雅當初操控雷電殺人的案子，遲疑道：「或許吧，具體還要看現場情況如何。」

「反正你也要去敦煌，到時候咱們一起去看看。」阿南說著，想著卓晏這半年來際遇的起伏，心下唏噓不已。

誰能想到，那個錦衣華服的花花公子，短短時間內從小侯爺變成了白身。如今他母親不是母親、父親慘死異鄉，也不知這接踵而至的巨大打擊，他是否能承受得住。

正事要緊，她揮開思緒，將調控琉璃火一事對楚元知講了一遍。

楚元知不假思索道：「控溫控火，這是小事，我這便過去看看。」

把面如鍋底的諸葛嘉拋在後頭，阿南帶著楚元知往琉璃廠而去，問起探親事宜。

「自我落魄後，多年不與外界通消息，如今有了正當營生，璧兒才給舅家寫了信，知道他舉家遷往敦煌，如今在那邊落了戶。所謂娘親舅大，璧兒在世上只有這一個親人了，實在想去看看。」

「那，小北呢？」

「小北之前耽誤了學業，如今要專心讀書，我們將他托給綺霞姑娘了。」

聽她提起綺霞，阿南不由詫異，待知道他們居然已成了鄰居，不由得心花怒放，道：「那敢情好呀！綺霞身子還好吧？」

「還不錯。之前她害喜吃不下飯，小北就照著自己在酒樓學的手藝，常給她做酸湯喝。現在她胃口好了，氣色看著挺好。」

「厲害啊，看不出小北有這好手藝，下次我也嘗嘗！」

正說著，經過了一家胭脂鋪，楚元知又下馬去買了些面脂手藥，迎著阿南與廖素亭好奇的目光，有些羞赧道：「西北氣候乾冷，我擔心璧兒皮膚被吹裂口子。」

「楚先生真是好男人！」阿南笑道，又問：「你熟悉那邊的氣候？」

楚元知有些訕訕，壓低聲音道：「之前去過幾趟，徐州那次火災中有兩個死者便是邊鎮的，丟下了家中老小無人供養……」

阿南知道他這十幾年來散盡資財，一直在暗地補償當年受害者，才落到如今家徒四壁的困窘。

不便在廖素亭面前提及此事，阿南只道：「等金姊姊來了，我和她一起出去逛逛，買些厚衣服過去。」

說到衣服，楚元知打量她身上的裝飾打扮，詫異道：「南姑娘最近韜光養晦了，少見妳穿這般素淡的衣服。」

「你當我想啊，我這輩子就愛穿豔色，騎快馬，吃美食，想去哪兒就去哪兒。」阿南扯扯身上的霽色宮裝，懊惱地打馬向前。「可現在身無分文，只能有啥穿啥了。」

以前她縱橫海上，回歸後用錢就去永泰行盡情支取，天下什麼好東西沒有？可如今她與公子決裂，永泰又被朱聿恆給抄了。雖然他悉心安排她的生活起居，可總有不自在的地方，比如宮中流行的雅淡衣飾，她就不太愛穿。

可惜啊……她想想阿琰那一心撲在朝政上的模樣，真感覺自己鬱悶無處訴。

一路說著話，三人打馬而回。

朱聿恆已給穩作匠頭繪製好了三十六盞琉璃燈的圖樣，匠人們研究著圖紙，他們隨窯作去查看溫度。

琉璃窯熱浪滾滾，不一會兒阿南鬢髮俱溼。朱聿恆便帶她走到外間院子，先喝一盅冰鎮梅子湯。

阿南臉頰與脖子的汗水滾落下來，脣瓣染上梅子湯的津澤，顯出櫻桃般濃豔的顏色。

許是琉璃窯的風太熱了，他只覺得心口似有團火順著胸口蔓延而下，目光不由自主便落在了她紅潤的脣角上。

那是他曾經觸碰過的祕密，在不清醒的狀態下，至今想來依舊像是個夢境。

「阿琰，咱們去敦煌時，帶楚先生和金姊姊一程吧，他們正好要去敦煌探親。」他聽到阿南的聲音，將他的神智從那短暫的迷亂中拉了出來。

朱聿恆自然應了，阿南又道：「另外，我估計琉璃燈明天還弄不出來，先忙裡偷閒，去釣個魚。」

「釣魚？」朱聿恆倒有些詫異。

她笑道：「明日休沐，神機營一群人找龍驤衛約賽，在燕子磯釣魚，看起來很熱鬧的樣子。廖素亭聽說我常在海上釣魚，已經幫我交了分子，讓我幫他們橫掃神機營！」

朱聿恆無奈而笑，說：「妳喜歡便去，這邊我讓楚元知盯著。」

「另外……」阿南捧著梅子湯，沉吟問：「你知道卓壽的事兒嗎？」

「剛聽說了，我覺得其中必有內幕，怕是不簡單，也不知阿晏如今情況如何了。」朱聿恆說著，眉目間也染上了一絲憂慮。「敦煌此行山雨欲來風滿樓，我們得多加留心。」

阿南點了點頭，慢慢喝完酸梅湯，聽朱聿恆將劉化乳娘的事情說了一遍，又接過荷包看裡面的拆線痕跡。

「怕是個蓟字……蓟承明？」

朱聿恆點頭：「我也覺得是這個字。若他是一切幕後的黑手，倒是也可以說得過去。」

「因為他效忠於當時的朝廷，將靖難之變報復在你身上？」阿南翻來覆去地查看這個舊錦囊，思忖道：「可我聽說，當時邯王跟隨靖難，立下赫赫戰功，民間都說要不是有你這個好聖孫，太子之位落誰頭上還難說呢，他怎麼這麼準確便找上了你？」

她當面談論他的父祖之事，已是逾矩，但朱聿恆只淡淡道：「歷來戰事以糧草輜重為首要，聖上當時孤軍南下，一路穿插深入，極難保障，我父王多方籌措，始終堅實支撐住前後方局面，方才有了如今天下。因此聖上雖然欣賞我二皇叔的武功膽識，但亦深知我父王才是治國理政的人選，再三斟酌後，終究英明決斷，立為了太子。」

說起自己的父親，他目光中不覺流露出崇敬欽慕。阿南心中微動，心想，這便是孩子與父親的感情嗎？

她是遺腹子，從未見過自己的父親，一時之間竟有些傷感，輕出了口氣才道：「扯遠啦，所以蓟承明又不能未卜先知，哪會早早知道靖難之役的結果、知道世子會成為太子殿下、又知道你會成為皇太孫，從而在二十年前決定你的命運？」

「怕是連他師父姚孝廣都沒有這樣的本事。」朱聿恆贊同道：「另外，劉化之死也絕不簡單。他既然已經將當年事情都講出來了，又為何要拚死自盡？」

「兩個可能。」阿南伸出兩根手指道：「一是，他說謊並且以死來遮蓋謊言；二麼，就是在場有人殺人滅口，要讓那個祕密永遠不會顯露於世。」

「那便表示，劉化有更為可怖的幕後主使，甚至，連薊承明都可能只是他的棋子，或者是放出來的迷霧？」

兩人頭碰頭探討了一下這事件背後隱藏著的東西，都感覺有些空落，短時間怕是無法摸到那深不可見的底。

「不過……」阿南又寬慰他道：「至少我們如今查明了，你確是於幼時被人種下這山河社稷圖無疑，身邊也隨時潛伏著一個準備下手的人。查人查事這方面天底下肯定沒人如你，我便等你消息了。」

天色不早，琉璃燒製進展緩慢。

阿南見自己也插不上手，跟朱聿恆說了一聲便要先走。

朱聿恆示意她停步，讓外間人捧了個盒子進來，遞到她面前。

阿南打開瞧了瞧，見第一層是個青銅令信，上面鏨刻錯金紋樣，正面五軍、三千、神機三大營的字樣赫然在上，背面則是上十二衛。

「這是三大營及十二衛的令信，不過它並非兵符，只可調遣動用錢糧資源。各地營衛無論大小，妳有需要盡可去支取。」

剛剛還在抱怨自己沒錢的阿南，目光不由自主地在外間廖素亭身上轉了轉，但又想回來後他還沒進來過，哪有時間打小報告？

看來，阿琰還是把自己的事兒放在心上了。

將令信在手中掂了掂，阿南笑望著他：「這意思是，我可以去天下所有的衛所打秋風，一切由朝廷會帳？」

「差不多。若有他們無法提供的，妳可以來找我。」

阿南笑吟吟地打量著他：「要是……我向他們要火油呢？」

「都可以，妳拿著這個，就如我過去一樣。」朱聿恆神情如常。

被他這麼一說，阿南感覺自己要是再動什麼手腳，還真對不起他了。

「好，那我以後要錢要物就專門去神機營，誰叫諸葛嘉老是給我擺張臭臉，我要薅禿他。」阿南笑嘻嘻地放著狠話，又拉開屜子，看了看第二層的東西。

裡面猩紅絨襯上，只躺著一個小玉盒，盒身光華瑩潤，打開來一看，裡面是潤澤膏脂，淺白一汪。

「這是宮裡送來的。當年聖上額角為流矢所傷，天庭有損，於國不利。太醫院費了十數年工夫配置了這藥膏，終於消除了聖容傷痕。如今全天下只得這麼一盒，以後再想要配，還得費十年時間。」朱聿恆的目光落在她的手上，輕聲道：「妳手足的傷痕，若能用它消除掉，或許能逐漸淡忘過往，也可舒心些。」

阿南隨手將玉盒拋了拋：「可我實在是個記仇的人，也樂於留下傷疤，好時刻提醒自己慘痛教訓。再說這東西又不能讓我的手足恢復如常，用在我身上浪費了吧？」

朱聿恆道：「總有好處的。」

阿南斜睨著他心想，你既然都從宮中拿東西了，為什麼不把我的蜻蜓拿回來還給我？

但事到如今，她又覺得蜻蜓拿回來也已無意義，便將玉盒揣入了懷中，又打開了第三層盒子。

滿眼晶亮燦爛，臂釧釵環全套精巧首飾，鑲滿珍珠玉石寶光璀璨。阿南在海上是見過大世面的，但這麼好的東西也是少見。

她抓起幾樣首飾看了看，目光轉向朱聿恆。

朱聿恆顯然也不知道裡面是什麼，過來看了看，說道：「這應該是母妃替妳備下的。」

阿南鬆開指縫，任由它們跌回盒中：「我整日在外亂逛，戴這麼華貴的首飾怕是不合適。」

「宮中送來的，沒有原封不動退回去的道理。」朱聿恆撥了撥那些首飾，伸手取了一串金環給她，問：「妳看這個如何？」

這金環由三個赤金活扣相連，那活扣設計精巧，可以隨心變化各種形狀，無需他人侍候便能挽出頗為複雜的髮髻，出行所用極為方便。

而赤金的環身之上，停棲著三隻由絢爛寶石鑲嵌而成的青鸞。青鸞的翅膀與尾羽是活動的，不用底座而用花絲編綴，在日光下略略一動便飛旋流轉，光彩離合。

阿南將它接過來，在心裡琢磨著收這種價值連城的東西到底行不行。目光落在其中一個金環的內側時，她眉頭微挑，發現了刻在絞絲紋內壁的小標記。

像是一團跳動的火焰，又像是一朵含苞待放的蓮花。

朱聿恆察覺到她的異常，俯頭與她一起看向它，遲疑問：「傅靈焰？」

「嗯。」阿南將自己的頭髮打散，一手挽起頭髮一手拿起金環，在髮髻上稍微尋了個角度，將三個活扣固定扣住。

一個蓬鬆婀娜的隨雲髻便立即呈現，三隻光彩燦爛的青鸞在她鬟鬢上環繞飛舞，映襯得她本就明豔的面容更為迷人眼目。

朱聿恆心口微跳，連聲音也低了一分：「這是應天宮中傳下來的，近些年賜了東宮一批。既然傅靈焰曾是龍鳳朝的姬貴妃，她的首飾在本朝宮中流傳下來也算是傳承有序。」

「那，既然是傳靈焰的東西，就給了我吧。」阿南抬手輕撫頭上翔鸞，喜愛之情溢於言表。

反正，就當朝廷查抄了永泰後，指縫間給她漏了點東西當補償吧，所以她收這金環，也是理直氣壯。

第四章　燕子空磯

阿南實在是個招搖的人。

擁有青鸞金環的下一刻，她就衝入一家成衣鋪子，挑了幾件合襯的衣裳，回去後連夜修改。

第二日，她便興匆匆戴上了青鸞，穿上改了修腰窄袖的雪青挖銀雲衫子，淡勻脂粉，光彩照人地出門了。

廖素亭按照約定帶了一匹快馬在門口等她，看見她便眼前一亮，讚道：「南姑娘今日真是精神！」

阿南抬手扣緊髮上金環，以免在途中顛散了頭髮，隨即躍上馬朝他一揚下巴：「走，上哪兒釣魚？」

「燕子磯。」

燕子磯位於應天以北，下臨大江，如燕子凌空飛渡，直擊萬里波濤。神機營與龍驤衛呼朋結伴來此鬥賽釣魚，還請了附近酒樓的廚子，在陰涼處搭好鍋碗灶臺，釣上來的魚現燒現吃。

阿南與廖素亭到來時，營中眾人已經釣了一堆小雜魚，雖然只能拿來燉魚湯，倒也香氣撲鼻。

見廖素亭把昨日那個姑娘帶來了，眾人魚都不釣了，丟下竿子圍攏上來和他打招呼，醉翁之意全在阿南身上。

諸葛嘉正與神機營南直隸提督戴耘說話，一抬頭看到阿南，差點把釣竿給捏爆——

好好一場聚會，怎麼這個女煞星也來了？

戴耘早見殿下對阿南非比尋常，滿臉堆笑過去表示歡迎，還奉上自己的竿子，讓阿南挑根趁手的。

阿南笑吟吟謝了他，揀了根鉤線最粗大的，又尋到水面開闊的地兒，捏了點餅餌，隨意便拋下去了。

戴耘暗自搖頭，心道這姑娘一看就是新手，又想釣大魚，又沒這技術。但皇太孫的面子不可不給，回頭見諸葛嘉黑著臉看阿南釣魚，便湊過去低聲問：「諸葛提督，你看……要不要叫旁邊漁民下水趕一趕，把魚群趕過去方便南姑娘釣？」

諸葛嘉嘴角一抽，問：「你覺得她會釣不到？」

戴耘瞥著那毫無波瀾的水面，道：「這擺明就不可能釣到的，你看那線一動不動的……」

話音未落，水面上的鵝毛浮標忽的一動，漣漪蕩開。

「唷，這吃口，這動靜，大魚啊！」眾人都是一驚，立即朝阿南這邊圍攏。

阿南卻並不著急，身子在旁邊樹上借力，持竿的手依舊穩穩的，直等那下墜後扯的勢頭確定了，她才往回拉竿。

她拉竿的手勢十分刁鑽，水下的魚在左衝右突，她便就著魚的勢頭任牠亂轉，看似隨意拉扯，水下的魚卻因持續掙扎而精疲力竭，不知不覺離江岸越來越近。

「冒頭了冒頭了，哇，好大一條青魚！」

眼看水下那條魚已經顯了身影，又肥又壯，足有四尺長。岸上頓時有人咂舌有人驚呼，還有人估計阿南的魚線必定承受不住這百斤的大魚，幾個年輕人跳下江，涉著齊腰的水連拉帶抱，將魚拖了上來。

圍攏過來接魚的廚子們，一看見這魚的大小，頓時驚呆了：「好傢伙，這麼大的魚，我們帶來的鍋可燉不下！」

阿南拍著魚頭笑問：「這也算大？」

「這還不大？江裡的魚祖宗都被妳釣上來了！」眾人抬著魚便在旁邊一塊巨

石上比了比。

石頭上已有眾多長長短短的痕跡，最長的一條痕跡塗了金漆，但也只有四尺不到。

眾人拿刀刻了痕跡，依依不捨將青魚放回水中。戴耘指著那條金漆線道：「這是二十年前李景龍駐軍於此，在燕子磯釣到的大魚，他當時十分得意，特地在這塊石頭上刻下長短炫耀，後人釣到大魚也常在石上刻記，沒料到南姑娘今日居然一舉超越了所有人，真是壯哉！」

李景龍，阿南倒是聽過他名字。

李景龍靖難之時受封征虜大將軍，奉命率五十萬重兵鎮守應天，本是簡文帝和朝廷寄予厚望的屏障。誰知卻敗給了燕王區區數萬之眾，後來更是打開城門率眾投降，是公子的大仇之一。

「這敢情好啊，給我畫條紅漆，我要力壓所有人！」阿南換了個小點的魚鉤，開玩笑道。

「安排上，旁邊再刻個南字！」

阿南今天鋒頭正盛，連連上竿，廖素亭乾脆丟了自己的竿子，過來專門幫她解魚上餌，忙得不亦樂乎。

秋末初冬，江水浩蕩遼闊，日光照在他們身上，溫暖又清爽。

阿南一邊釣著，一邊與廖素亭有一搭沒一搭地聊天：「那個李景龍，當年在這邊駐軍？」

「是啊，二十年前靖難之役，今上便是於此一戰扭轉乾坤。」廖素亭道：「自古以來南北劃江對峙者，北方勢力多於採石磯渡江，而南方勢力多借燕子磯防衛。當年陳霸先便在此處大破北齊，宋軍大敗金兀朮也是在此。」

「確實是好地勢，這燕子磯怎麼看都是切向北方的一柄尖刀，不愧為長江天險。」阿南望著旁邊驚濤亂拍的石磯，縱目遠眺對面的風景，指著江中沙洲，問：「那是哪裡？」

「那是草鞋洲，舊稱黃天蕩。」

「草鞋洲？」阿南隨口問。

「是啊，聽說那沙洲以前狹長如草鞋，但靖難一役後，江水忽然改道，本來像草鞋的沙洲，現在越沖越圓了。諸葛提督還說，這分明變成了一個八卦形狀，乾脆改叫八卦洲得了。」

「那敢情好啊，八卦洲上用他的八陣圖，豈不是天時地利人和。」阿南正說笑著，忽然間想起阿琰跟她說過的話，怔了一怔後，立即將釣竿丟給廖素亭，疾步走向燕子磯。「我去看看風景，你幫我照料下。」

燕子磯高達十數丈，阿南走到最高處，看對面沙洲果然是個橢圓雞蛋形狀，再看江水流勢，估算著它之前的模樣。

身後傳來輕咳聲，是同在這邊看沙洲的諸葛嘉，見她神情有異，又不肯與她搭話，只出了點聲響。

阿南一指沙洲，與諸葛嘉搭話：「看來，以後真的會如諸葛提督所言，是個八卦形狀呢。」

諸葛嘉瞥了她一眼，冷冷道：「南姑娘與其關心這個，不如想想如何為殿下分憂吧。」

阿南抱臂一笑：「殿下英明神武神通廣大，需要我分憂？」

諸葛嘉口氣鄙薄道：「若不是妳有可用之處，朝廷怎會容許妳這種女海匪待在殿下身邊？之前妳陪殿下破解各處危機，是以殿下對妳也高看一眼。如今聖上已廣召天下能人異士，各個身手不凡，妳以後還是低調行事吧，再如此囂張，沒好果子吃。」

「小心眼，不就是贏了你幾次嘛，乖乖認輸有那麼難？」阿南笑嘻嘻地眺望面前的遼闊水天，問：「聖上召集那麼多人，有沒有說要去幹什麼？」

「明知故問。」諸葛嘉嗓音清冷，一如江風。「一甲子前，九玄門留在神州大地上的陣法如今已屆發動之期，妳和殿下不是已經破解了幾處嗎？聖上不願殿下再冒奇險，因此搜羅人才，共衛山河。」

阿南一笑，也不說透。她就知道朝廷縱然說明是去破陣的，也不可能將朱聿恆身上的山河社稷圖給講出來。

「來的都有誰啊，有沒有特別厲害的？」
「此次前往西北，找到了北地江湖門派第一人，墨門鉅子墨長澤。」
阿南笑道：「墨大爺啊……他人挺好的。」
她這口氣，諸葛嘉哪還聽不出來：「你們交過手？」
「切磋過，我師父挺推崇墨門功夫的。只是墨門前輩當年抗擊北元之時，折損了太多能人，導致門派凋敝，真是令人嘆息。」
這意思，諸葛嘉如何聽不出來。他悻悻道：「任妳如何自大，終究逃不出傅閣主的掌心。此次傅閣主為領隊，相信他的本事就算不能令妳心服口服，也令妳四肢折服吧？」
阿南「哼」了一聲，鬱悶道：「諸葛提督嘴巴上的功夫，不輸你家傳的八陣圖啊。」
諸葛嘉沉聲道：「我只希望南姑娘不要再妄為行事，傷害殿下。畢竟，妳當初所做的事情，我們都看在眼裡，記在心裡，難以忘卻。」
阿南想奚落他一下，說當初西湖上的事情，你們殿下都不在意了，你卻還揪著不放。
但見諸葛嘉神情鄭重，瞧著她的目光中不乏警惕戒備，她的心口倏地觸動，胸臆泛出淡淡酸澀來。
阿琰身邊的人，都敬他愛他，一力維護他，是以才難以原諒當初在暴風雨中狠狠傷害了殿下的她。

而阿琰呢？為什麼他竟是所有人中，第一個原諒了她的人。

她一瞬間怔忡，所有反脣相譏的話語便都難再出口。許久，她朝著諸葛嘉一點頭，道：「諸葛提督放心，我保證，不會有下一次了。」

見她收起了嬉皮笑臉的樣子，諸葛嘉那清冷鋒銳的眉眼也難得柔和了些，回頭看向對岸的沙洲，算是放過了她。

阿南厚著臉皮問：「諸葛提督，聽說這江心沙洲地勢，是近幾十年開始變化的？」

「嗯，當地人傳說，是靖難之役時真龍之氣縱橫大江，萬里波濤水勢為其所變，所以沙洲才會變成這樣。」

阿南向來不信這些神鬼之說，問：「諸葛提督信麼？」

「信不信都是事實。比如說，李景龍當年率五十萬大軍於此迎拒靖難軍時，原本占據長江天險，必勝無疑，誰知聖上進擊之時，忽有罡風捲地，地動山搖，李景龍帥旗折斷，陣型大亂，聖上藉機一舉擊潰敵軍主力。至此局勢徹底扭轉，才終於定鼎天下。」

阿南環視下方洶湧江水，問：「真的假的，就因為一陣大風，天下就易主了？」

「二十年前的事情，經歷者大都還在世，誰會編造？」諸葛嘉袖手遠眺長江，道：「就連李景龍都還在呢。」

阿南笑問：「他是怎麼當上大將軍的啊，我聽說他當初率六十萬大軍圍攻北平時，還被太子殿下打得找不著北？」

「對，那一役太子殿下穩紮穩打，將北平守得堅如磐石，實是令人佩服。後來燕子磯一戰，太子殿下也親自押送了輜重過來，與聖上共商對付李景龍大軍的大計。畢竟當時圍困北平之際，太子殿下最熟悉他的招數。」

阿南想著太子殿下那肥胖多病的身軀，心道果然是生死之戰，南北這一路顛簸跋涉可不是鬧著玩的。

轉念再一想，靖難之變中，邯王立下了汗馬功勞，聽說聖上也以「兄長多疾」來勉勵他，可見太子當時奮勇上前線，也是多方壓力下的無奈之舉。

生在皇家，可能就是這樣的吧。

為了萬人臣服生殺予奪的權力，為了貪戀那份無上尊榮，叔叔可以殺害姪子、弟弟可以取代兄長、父子可以猜忌、手足可以離心……

阿南心裡不由想，算起來，阿琰和竺星河，也是堂兄弟，他們身上流的，都是太祖與高皇后的血。

可因為皇權的爭奪，他們終究成了生死仇敵。

若生在普通人家，會不會他們兩人都是皎皎玉樹，相映門庭呢？

處理完手頭事務，朱聿恆抽空去報恩寺查看琉璃燈燒製進展。

楚元知熬了一夜，眼眶通紅，但因為要守著火苗，他和穩作匠頭一起喝著釅茶，強撐眼皮盯著窯內，不敢鬆懈半刻。

終於在日頭偏西之際，琉璃燈燒製完畢，擺在架子上冷卻。通紅的燈盞一只只逐漸轉為盈透冷色，淺碧幽藍暈黃煙紫，呈現出琉璃最華美的顏色。

為了保證品質，三十六只琉璃燈各式都燒了五只，保證能挑撿品相完美的湊齊完整一套。

估算著今晚能燒製完畢，朱聿恆叮囑了可靠之人，讓他們將燒好的琉璃燈以棉紙稻草細密捆紮送往行宮，自己則先去接阿南。

從海上生還後，他來不及休息便萬事忙碌，此時終於有些精力不濟，在搖搖晃晃的馬車上被倦怠淹沒，靠在車壁上合了一會兒眼。

到了阿南所住的宅子，天色已近黃昏，而她還未回來。

晚風吹過庭中枇杷樹，樹葉擦擦輕響。朱聿恆在廳中站了一會兒，看到阿南擱在桌上的一冊話本，便拿起來隨手翻了翻。

她愛看神祕兮兮的內容，翻折的那一頁正講西王母。

黃竹歌聲動地而來，周穆王辭別了崑崙，再也未能回到她的身邊。

因為即使他能驅馳八駿跨越九州萬里，即使普天之下莫非王土，可他終究只是一介凡人。

西王母還在瑤池等待，周穆王卻早已被九泉消融了骨血，自此天人永隔。

堂前的日光逐漸晦暗，晚風漸起，吹得芭蕉葉沙沙作響。

他抬頭看著日光轉移，看眼前這平凡而珍貴的一日又將逝去，永不回頭。

混亂的心緒尚未理清，門口已傳來馬蹄聲與笑聲。

隨之而來的，是阿南一貫輕捷的腳步聲，她躍下馬，快步進了門。

越過窗櫺鏤雕，他看見阿南笑靨如花，身後幾個神機營的年輕人緊隨其後，手中替她提著大條小條的魚。

一群人進內便翻找水桶水盆，又爭先恐後從渠中打水，一派熱鬧喧譁。

韋杭之見外面如此吵鬧，想要出去制止，朱聿恆微抬右手示意他退下，只在內堂靜靜看著他們。

她穿著雪青挖銀雲的鮮亮衣裳，濃密的青絲以金環緊緊束住，三隻青鸞在她鬢間輕顫，襯得她眉飛色舞，豔光照人。

她手腳俐落地挽起窄袖，帶著宅中婆子料理魚兒。

婆子驚問：「哪來這麼多這麼大的魚啊？老婆子在江邊住了這麼多年，可還真沒見過二尺長的胭脂魚！」

一群人都笑起來，廖素亭摸著肚子笑道：「實不相瞞，最大的那條已經被我們放生了，次大的幾條也被我們燒了落肚，你們無緣得見了。」

阿南春風滿面，扯了稻草過來將魚弓著拴好，一一分配給眾人：「魚還是要趁新鮮最好，我這邊也吃不完，大家分了吧。」

廖素亭毫不客氣提起幾條鰣魚道：「鰣魚這季節不多見，我弟妹愛吃，就不客氣了。」

「嘖嘖，真是感動應天好兄長！」旁邊幾個年輕人奚落道。他卻毫不介意，一群人嬉笑打鬧，院中群魚撲騰水花四濺，就跟魚市一樣熱鬧。

阿南正收拾著，一抬頭看見了站在花廳門邊的韋杭之，他那臉上，烏雲欲來。

再一瞥廳內，窗紗朦朧，映出後面桌前那條永遠沉肩挺背的端嚴身影，讓她心中大叫不妙。

她加快動作，把魚塞給眾人讓他們趕緊帶回去。等到人群散了，她拿香胰子洗了手，便丟下一地狼藉，笑吟吟地鑽進了花廳。

只見朱聿恆坐在桌前抬眼望向她，天色已暗，室內尚未亮燈，幽暗吞噬了他那張俊美無儔的臉，顯出一絲晦黯。

阿南抬手晃亮火摺子，點了一盞燈，移到桌上。

而朱聿恆掩了桌上書，抬眼看她。火苗在他的眼中跳動，明明是亮光，卻顯得幽深：「釣魚去了？」

「嗯，還奪魁了呢。」她歪著身子在椅中坐下，打量他的神情，問：「琉璃燈弄好了？怎麼來這邊了？」

「諸事已交代清楚了，估計今晚他們便能將燈盞全部燒出來。」兩人坐得近，他聞到了她身上的魚腥味夾雜著淡淡酒氣，想必今天她與一干人等玩鬧得十分盡興，又是鬥賽釣魚又是江邊聚飲，難為還記得正事。

「喔……」阿南想問他過來幹什麼，又覺得這麼問有些見外，便隨口問：「你累了一天，吃過了嗎？」

朱聿恆道：「還未，今日有些忙碌。」

「你啊，真是不愛惜自己。」阿南看看外面院子裡的魚，隨口問：「吃魚不？」

本以為他會拒絕，誰知卻聽朱聿恆道：「吃。」

阿南詫異地眨眨眼，聽他又說：「想吃上次的魚片粥。」

臨時煮粥是來不及了，幸好後廚今晚是做了飯的，添水加柴熬成稀飯。

阿南削魚片手法如神，不一會兒，一碗魚片稀飯端出來，魚片如玉，薑絲如金，香芹如翡翠，再配上兩碟紅豔豔的鴨脯和金燦燦的五香豆，雖然簡單家常，但也令人食指大動。

「吳媽媽另給杭之做飯了，他吃得可比你好，大魚大肉的。」阿南換了衣服回來，見他已經用了一半，心下也十分開心，在他對面坐下，拈個梅脯吃。「怎麼樣，味道還行？」

朱聿恆吃完了最後一口，擱下杓子道：「比海島上更好。」

阿南噗哧一聲笑了：「那是自然啊，當初沒油沒鹽的，為了活下去什麼不吃。」

說到這兒，她又托著下巴問：「噯，阿琰，你說島上那幾隻海雕，現在長出毛了嗎？不行，等以後閒了，我得再瞧瞧去。」

朱聿恆端茶漱口，聽她這麼說，便道：「等我得空了，咱們一起回去看看。」

阿南笑著瞟他一眼：「騙人，你忙得飯都顧不上吃，早就把那海島拋在腦後了吧！」

雖然忙，雖然每日都有大小事務在等待著他，可人生中值得回憶的日子，卻並不多。

朱聿恆這樣想著，目光不自覺地在她唇上停了一瞬，可在她斜睨自己的含笑目光中，所有想說的話便都埋在了心頭，無法出口。

風吹過庭樹，嘩啦啦的聲響中，燭火搖曳。

阿南撐著頭凝望他，火光在她眼中熠熠生輝：「阿琰，我今天去燕子磯釣魚了。」

「嗯，我知道。」

「燕子磯對面有個沙洲，跟雞卵一樣是橢圓形的。因為二十年前大江改道，所以，它以後會越變越圓，可能以後會像個八卦呢。」

她說的似漫不經心，可她的話朱聿恆總是認真傾聽，一下便抓住了她話中的要素：「那個沙洲，是草鞋洲。」

「對，在你出生後，它逐漸改變了模樣，但在多年前——傅靈焰和關先生看到的，是草鞋模樣。」她趴在桌上望著他，眼中亮光爍爍。「渤海歸墟高臺上，你看見過的那個沙洲，你說也是草鞋形狀，而應天繁華，也確實在沙洲以南！」

「不對……」朱聿恆只思忖了片刻，又默然搖頭，道：「雖然沙洲形狀可能接近，沙洲以南也都有城池，但我在青鸞高臺上所看到的河流方向，與長江肯定不同。」

阿南想起他說過，圖上的江河是從西向東南而去，可燕子磯這一段的長江，則是從西南向東而去，二者截然不同。

六十年時間，沙洲雖有變化，但江流肯定沒有大的變化。更何況數百年來長江從未在應天改過道。

阿南有些喪氣地趴在桌上，與他四目相對，都知道這是絕無可能之事了：「不是應天的話，那還得慢慢找了。」

「別急，天下地勢左不過這些，我記得湖廣亦有一處草鞋洲，河道正是由西北向東南而流，已經吩咐人去探查了。」說著，他看看外面天色，道：「這時候琉璃燈也該送到行宮了，我們先去看看地圖。」

原本在冬天應該關閉的行宮瀑布，因今年秋雨頻繁而依舊流淌，轟鳴之聲不絕於耳。

暮色四合，琉璃燈送到。阿南與朱聿恆上到雙閣處，傅准已靜候於瀑布之下，肩上孔雀翠羽在最後一抹夕陽中鮮亮奪目。

見阿南走近，傅准抬手讓肩上孔雀振翅而飛。繽紛羽色在金色夕陽中橫度過亭子，棲於後方殿閣之上。

見他這明顯防備的模樣，阿南忍不住嘟囔了一句：「怎麼，那東西看起來神氣活現的，還怕被瀑布沖成落湯雞？」

「落湯雞倒不怕，反正在西湖中時，南姑娘早教訓過它了。」傅准的目光在她髮間的青鸞上停了停，才慢悠悠道：「主要怕礙了南姑娘的眼。」

明明聲音溫柔，可阿南還是打了個寒顫，搓著自己胳膊左顧右盼道：「這水風挺冷啊，怎麼感覺陰森森的，陰陽怪氣……」

素知這兩人不對盤的朱聿恆無奈搖頭，只能親自動手將盛放琉璃燈盞的箱子打開，一一解掉外面的棉紙與稻草繩。

阿南窄袖束腰，行動便利，藉著流光旋身而上，勾住頂上石梁，示意朱聿恆將琉璃燈拋給她。

兩人一個拋一個接，對照當初的施工圖樣，將三十六支燈架擴展到了七十二支。

傅准靠在欄杆上看著阿南和皇太孫忙碌，慢慢悠悠地翻著施工冊子，好整以暇，一點幫忙的意思都沒有。

當日在海底歸墟之中，三人都親眼見過那盞高懸洞頂的琉璃燈。朱聿恆記憶力極好，觀察力更是入微，此時按照他的記憶，指點阿南將各式不同的琉璃燈盞一一歸置於燈架之上，調整好位置與方向。

等朱聿恆確定無誤，阿南替燈軌添滿油，然後抬手點燃了正中間那簇燈芯。

燈光驟亮，青色火焰沿著中空連通的銅軌蔓延燃燒，七十二盞琉璃燈從內至外依次點亮，如青蓮層層開放，直至所有琉璃蓮瓣全部被火光照得透亮，七十二道光華交相輝映，在地上投下斑駁迷離的影跡。

阿南掛在梁上，衝著袖手旁觀的傅准一揚下巴：「傅閣主，你好意思就這麼看我們忙忙碌碌？」

「在下身體孱弱，肩不能挑手不能扛，這不是怕胡亂插手，反而妨礙了殿下與南姑娘嗎？」傅准裝模作樣地捂著胸口，但終究還是對照朱聿恆當初解出來的地圖，將地面一點點填塗了出來。

燈光層疊，七十二道光彼此交叉折射，光線更顯複雜。

三十六盞燈時，投射在地圖之上的只是一些虛微光點，但此時七十二盞光線重疊交織，地上頓時呈現出圖案輪廓來。

阿南一眼便看到了位於順天的混沌漩渦標記，以及開封的黃龍觸堤，位於錢塘與渤海的則赫然是青鸞模樣。

一直在旁邊如無事人的傅准，端詳著這幅地圖，嘆了一聲道：「畢竟不是原來的燈啊。」

阿南順著他目光方向看去，見一團光斑照在了長江之上。

她立即便明白了他話中的意思。東海的青鸞從海上回首，噴吐的光暈應當是影響到了錢塘，可這青鸞吐出的光斑好似偏了一些，已經貼近長江了。

朱聿恆與她相望一眼，兩人都感覺到大事不妙，立即去看玉門關左近。

琉璃燈薄厚顏色變化很大，朱聿恆仿製的雖然已盡力做到了相似，但畢竟並非原物。玉門關雖有光焰虛照，但圖案映出來不甚清晰，地點好像也偏離了些許。

阿南自梁上躍下，湊近了仔細辨認。朱聿恆走到她身旁，兩人一起凝視那團光點許久，阿南轉頭看他，問：「你覺得……是什麼？」

朱聿恆端詳道：「看來似是鬼影幢幢，難以辨認。」

阿南道：「我也瞧著跟鬼影似的，古古怪怪。」

「就是鬼影吧。」傅准語氣慢悠悠的，蒼白的面容在暖橘色的層層燈光下，反倒顯出光彩來，氣色看來好了不少。「青蓮盛綻處，照影鬼域中，自然該有個鬼。」

「青蓮，鬼域，什麼東西？」阿南疑惑地抬頭看他。

而朱聿恆則問：「是你在歸墟中曾說過的，當年你祖母留下的陣法密檔？」

「正是，但這密檔，我資質駑鈍看不太懂，要不，殿下與南姑娘替在下指點指點迷津？」傳准取出一份發黃的舊手箚，遞給朱聿恆。

手箚不過寥寥數頁的內容，朱聿恆翻開便看見了第一頁的內容，寫的是「幽燕紫宸垣，星火起九泉」。

「順天為幽燕之地，紫宸所居之處指的自然便是大都皇宮。而九泉下燃起的星火，說的便是會有一場自地下而起的大火。」傳准慢悠悠道：「我並未見過，只是聽說，那個陣法依託了地下煤礦，差點將順天付之一炬？」

「沒錯！」阿南趕緊翻了翻書，察覺有點不對，把小冊子湊到燈下仔細看了看夾縫，發現前頭有被撕走的痕跡。

「每個陣法都附有地圖，唯有這一幅被人撕走了。」朱聿恆說：「看來，薊承明手中那張地圖，應該本是這裡的。」

阿南抬眼看向傳准，傳准攤開手道：「我拿到手時就是這樣了，妳看看撕掉的痕跡，估計早有十幾二十年了，跟我可沒關係。」

書頁撕扯的痕跡，確實已經古舊了。阿南便刷刷地翻過前面幾個已經經歷過的陣法，趕緊去看後面那個陣法。

翻過蓬萊那一頁「怒濤盡歸墟」後，她定了定神，與朱聿恆一起看向後一頁。

「青蓮盛綻處，照影鬼域中。」

阿南抬頭望向朱聿恆，而他沉吟片刻，也是不知其解，抬手將這句題跋翻過去，看向後方的地圖。

地圖清晰又簡單，寥寥數條黑線勾出路徑，似一朵三瓣蓮花，與方碧眠常用來做標記的形狀差不多。中間那片花瓣的尖端似乎是道路終點，描著兩個相疊的人影。

傅准指著地圖，慢悠悠道：「如今我們手中有一大一小兩種地圖，大地圖靠青蓮琉璃燈光結合笛中圖照映，這本冊子內的則是陣法地圖。然而大的太大，小的太小，複刻的琉璃燈又無法與原來的嚴絲合縫，能有這般效果，已實屬不易了。」

阿南突然想起草鞋洲的事，趕緊刷刷往後翻去。

後面便是崑崙山闕，再後面是橫斷山脈。

然後，便翻過了最後一頁。手劄僅有這些內容，後方再沒有了。

阿南不由脫口而出：「沙洲呢？」

「什麼沙洲？」傅准饒有興味地看著她。

朱聿恆倒比阿南冷靜許多，他將手劄又翻了一遍，裡面確實只有七個陣法，並不存在他曾在青鸞高臺上見過的那個沙洲。

若不是傅准就在旁邊，阿南差點衝口而出，既然山河社稷圖對應的是奇經八脈，那麼陣法也該有八個才對。

她看向朱聿恆，而朱聿恆合上了那本陳舊手劄，只道：「所以，無論從地圖還是之前陣法的圖示來看，下一個陣法在玉門關及敦煌月牙泉一帶，這點確切無疑。目前，陣法的準確地址究竟在何處，是我們第一要務。」

如今尚未到敦煌，一切探討都還只是空中樓閣。

阿南這才想起，朱聿恆身上的山河社稷圖如今依舊是朝廷不解之密，是以傅准可能也尚未得知，奇經八脈應該對應八個陣法。

「既然有定標、有距離、有方位，那麼就算有些許差池，相信尋到準確地點亦不是難事。」阿南也立即轉了口風，附和他道：「西北處還有一個陣法，位於崑崙山闕。看旁邊大湖的模樣，像是傳說中的瑤池，我們可以按照地圖上的指示方位，詳細尋一尋所在。」

「剩下的一處也昭然在目，定是南方橫斷山脈。但是南姑娘，地圖畫得再精確，失之毫釐謬以千里，有時候妳多走一步少走一步都是死局。再說了，山河社稷圖發動時間緊迫，留給咱們慢慢搜尋的機會不多。」傅准撫著雙臂，一副弱不禁風的模樣，朝著她勾勾唇笑道：「其實我不說妳也心知肚明，這世上唯一能依靠山川走勢準確尋到機關陣法方位的人，只有那一個人。」

那一個人。

能依靠五行決推斷出天下所有河流山川與天行地勢的人。

阿南臉色微變，狠狠瞪了他一眼，而他微微一笑閉了嘴，抬頭望著上方高懸的瀑布，說道：「南姑娘說得對，水風挺冷啊，我這常年纏綿病榻的身板可真受不住，阿嚏！」

他連打了兩個噴嚏，面色慘淡，虛弱道：「在下怕是禁受不住，要趕緊去再添件衣服了……」

朱聿恆便示意他先行離開，自己則與阿南細細對照著地圖，將上面的標記描繪下來。

「為什麼呢，為什麼只有七處陣法呢……」阿南喃喃念著，目光在亭子中的地圖光點上看了又看，終究沒能找到第八處標記。「若這陣法真的與山河社稷圖有關，牽繫奇經八脈的話，應該是八個陣法啊……」

朱聿恆抬頭望著上方的琉璃燈，詳細回憶著當初在歸墟看見的那些燈盞模樣，對比是否有異。

但，復原至此，確實已經竭盡人力，不可能更進一步了。

「這不存在的一點，一定關係著青鸞臺上那副怪異的浮雕。可……為什麼會不一樣，又為什麼會尋不到？」

他們在瀑布嘈雜淒冷的水聲之中，絞盡腦汁依舊無濟於事，不約而同的，目光都落向了傅准的背影。

傅准已走過曲橋，在外面已經暗下來的天色中一招手，屋簷上的孔雀便準確飛下，收翼落在他的肩上。

一人一鳥轉過曲橋，消失在黑夜中。

阿南不由「哼」了一聲：「心懷鬼胎，怕我們查下去他會露馬腳，不敢在這裡待下去。」

「看來，他所掌握的，比我們知道的肯定要多一些，只是，我們暫時還無法撬開他的口。」朱聿恆沉吟道。

「如果只是收錢不辦事也就算了，怕就怕他表面上和我們站一條船，實則是來圖謀不軌的。」面對這無計可施的地圖，想到自己已決心斬斷恩義的竺星河，阿南心下極亂，恨恨道：「反正這混蛋做出什麼事情我都不奇怪！」

朱聿恆見上方燈油漸乾，火光黯淡，地圖也更顯晦暗。既然束手無策，他便提起旁邊的燈籠，點亮後對阿南道：「走吧，這邊水風確實有些冷。」

兩人順著山道走到右峰，正是當初袁才人出事的小閣。

四野無人，山風陣陣，送來激湍的瀑布水聲。

朱聿恆將手中的宮燈放在桌上。行宮事變後，此間侍女都已撤掉，韋杭之帶著侍從也只守在曲橋處，如今只得他們兩人守著一盞孤燈，頗覺淒冷。

水風濡溼了阿南鬢邊，琉璃燈映照下，她碎髮上全是閃閃爍爍的細碎水珠。

「天氣已冷，別著涼了。」朱聿恆抬起手，幫她將黏在臉頰上的溼髮拂去。

他手指溫暖，而她臉頰微涼。暖涼相觸的一剎那，兩人似回過神，都有些不自然——

這裡已經不是孤島之上了。

在島上順理成章相扶相靠的兩人，如今已回到了人煙阜盛之處。於是，所有的束縛與距離，也便無聲無息降臨了，再無法如那般赤誠相處。

阿南抬起衣袖，默默擦去了自己臉頰的水氣。

而朱聿恆抬頭望向簷角，岔開了話題問：「剛剛那只孔雀明明站在屋頂上，怎麼傅准一招手，便像活的一樣飛下來了，這也是機關嗎？」

「不是機關啊，應該是傅准的武器，萬象。」

「萬象？」朱聿恆倒是從未見過傅准出手，更遑論武器。

阿南習慣性蜷在椅內，說道：「九玄門奉九天玄女為祖師，行事遵循道法自然。老子不是說嘛，大巧若拙，大音希聲，大象無形。有拙巧閣，有『希聲』，自然就有『萬象』。」

朱聿恆頓時了然：「大象無形，所以，那是看不見的武器？」

「對，看不見，至少我和他動手這麼多次，從未見過真容，所以才顯得特別可怕。」阿南撐著頭撥亮燈光，但無論籠罩他們的光暈多麼暖亮，依然難以抹除她眼中暗暗的畏懼之意。「我猜測那東西可能和我們在西湖碰到的水玉、渤海之中的光針一般，肯定是有實體的，只不過水玉和光針能隱藏於水，而『萬象』能隱藏於空中，是以誰也看不見，避不開。以這樣的手段，招一隻機括孔雀自然是揮之即來呼之即去。」

「若是如此，那萬象又如何攻擊防守呢？」

「他已經不是這個階段了。普通人出手講究防守、攻擊，要看對方深淺路數，然後見招拆招尋出破解擊敗之法。可你知道傅准在江湖上的名號嗎？」

朱聿恆搖了搖頭。

「『萬世眼』。無論什麼機關、暗器、陣法，只需一眼便能立即找出最核心的機制，破解甚至複製，便如一眼看穿萬世因果，一念破萬法。」

朱聿恆想起當時曾聽拙巧閣的人提及，傅准是因為阿南的蜻蜓而製造了那只自飛孔雀，而且肉眼可見的，在蜻蜓的基礎上改得更為華美絢爛，甚至可以作為制勝武器，比之只能用以賞玩的蜻蜓自然更上一層樓。

他垂眼看向自己的手，以盡量平淡的口吻問：「他身體這麼差，是當初拙巧閣的變故中留下的嗎？」

「不，他自找的。當年他祖母傅靈焰驚才絕豔，可子女卻並未繼承她的資質，拙巧閣的第二任閣主——也就是傅准他娘，招了天賦驚人的一個少年入贅，可傅准的天資依舊到不了登峰造極的地步。這是命定的，縱然他從小便受到最好的培養，差一點就是差一點。」阿南用手指比了個小之又小的距離，在融融燈光下有些鬱悶又有些欽羨地望著他道：「這麼多年來，只有你與傅靈焰一樣，擁有億萬人中獨一無二的『棋九步』天賦。可惜你人生的前二十年並未接觸這一行，不然的話，你定能像傅靈焰那般獨步天下。」

朱聿恆抿脣沉默片刻，又問：「但傅准雖然天資不是頂級，如今的造詣，看來也是超凡入聖了？」

「用命換來的，你看他現在，天天只剩一口氣的樣子。」阿南雖與他有刻骨仇恨，但說到此處，還是不由低嘆了一口氣。「他爹娘死於閣中亂黨，他被忠於原主的一派救出後，才不過七、八歲，但已經清楚認識到了，若按部就班地練下去，怕是十年二十年也無法重回拙巧閣為父母復仇。於是他豁出一切，每日定量服用少許玄霜，強迫雙手永遠處在最敏感的巔峰狀態，頭腦心智也時刻穩定在最卓絕之際，維持他的萬世之眼。不過代價呢，就是要這輩子一直服藥，結果變成了現在這副鬼模樣，日夜受藥性折磨，肯定是個短命鬼。」

朱聿恆記起阿南在海島上玄霜殘存藥性發作時的痛楚模樣，至今令他心驚難過。

而傅准，居然可以為了復仇、為了奪回屬於自己的東西，忍受這日復一日的折磨，不肯讓自己哪怕鬆懈一日一時。

阿南與他一起，望著傅准離去的方向沉默了許久，最終，只說了一句：「總之，是個狠人。」

留給朱聿恆的時間已十分緊迫。拿到地圖之後，一行人便立即北上順天。

京師的天氣比應天要寒冷許多。朱聿恆即刻進宮面聖，阿南趁這個機會大肆採購可能要用上的東西，還在順天故地重遊了一番。

被神機營炸毀的院子已重新修好，嶄新的屋子住進了新的房客。

街口酒肆的老闆娘依舊當壚迎客，看見她過來驚喜不已：「唷，這段時間上哪兒鬼混去了？」

阿南照舊點了盞木樨金柳丁泡茶，靠在櫃檯上與她嘻嘻哈哈道：「大江南北轉了一圈，可哪兒的茶也沒有妳泡的香。」

老闆娘朝她飛個眼風：「我聽胡同的姑娘說，妳釣到了個萬里無一的金龜婿，叫人好生豔羨？」

「唔……阿琰嗎？」阿南想起上次在街頭與姑娘們照過的一面，不由笑了。「沒這回事，我們倆其實是……」

是什麼呢？她又一時說不出來。

是一起出生入死的朋友嗎？好像不僅僅是這樣。

是危難時同命相依的兄妹嗎？又並不算兄妹情。

她耳邊又想起了葛稚雅說過的話——「他挺喜歡妳的。」

可……

剛把公子從心裡硬生生剜掉的阿南，不願再深入想下去，揮揮手打開了思緒，說道：「哎呀，總之我還是天涯飄零一孤女。」

老闆娘用意味深長的眼神看著她：「之前妳跟我說過的，蜻蜓那個呢？」

阿南沉默地摸了摸已經空了的鬢邊，接過她遞來的渴水，喝了一口，然後臉皺在了一起。

「阿姊，妳這茶用的什麼柳丁啊，又苦又澀的！」

「真的嗎？」老闆娘端詳著她的神情，笑了笑給她加了一杓糖。「還是甜點好。」

阿南示意她多加一點：「畢竟誰也不想吃苦啊。」

「但是，也不能誰給妳點甜頭，就跟他走哦。」老闆娘笑著調侃道。

「放心吧，沒人能讓我跟著走。」阿南端著茶杯，照舊往角落裡的座位走去。「我是司南，我決定的方向，沒有任何人能左右。」

「那個司南，看起來不像是能被輕易左右的人。」

紫禁城的高牆讓天空顯得異常狹小，金色與紅色大塊鋪陳之中，御苑的草木被縮禁於小小的丈圍之內，顯得緊密而局促。

皇帝在亭中置酒，與朱聿恆對酌。

亭畔擺滿盛開的名種菊花，亭外藥香瀰漫，亭中人卻並未因馨香而紓解心緒。相反的，皇帝望著面前的孫兒，面露憂怒之色。

「之前朕懷疑司南是青蓮宗亂賊時，是聿兒你力保她，並且答應朕說，你會馴服控制住她。可後來她在西湖為了救前朝餘孽而置你於死地，你又迅速忘卻了這般深刻的教訓，輕易對她消弭戒心。朕倒是有點好奇，究竟是你試圖掌控她，還是她已經掌控了你？」

朱聿恆立即起身，垂手道：「司南當初所作所為，孫兒一刻不敢或忘。但放眼天下，若無她助力，孫兒身上的山河社稷圖，怕是會陷入絕境，因此……無論她如何作為，孫兒總得先行縱容。」

皇帝端詳他的神情，問：「你確定能收服這種亂臣賊子？」

「阿南雖傷害過我，卻也曾多次救我於必死之際，而且她此次亦是真心誠意隨我去西北破解陣法，願聖上詳加考察，再給予她些許機會。」

「怎麼，擔心朕會對她下手？」皇帝揮揮手，示意他坐下。「算了，朕只是提醒你，要時刻謹記她的身分和來歷。」

朱聿恆默然坐下，點頭表示記下。

見他目光中神采盡斂，皇帝便又問：「還記得朕之前對你說過的話嗎？為了天下、為了朕與你的父王母妃、為了蒼生社稷，你該當如何？」

朱聿恆緘默抬手，將掌心虛按在毒脈瘀痕交集之處，嗓音略帶喑啞：「是，孫兒會不惜一切、不擇手段，活下去。」

皇帝抬起手，重重地按在他的肩上，殷切的目光似在他的心上灼燒出斑斑焦痕：「好，這才是朕的好孫兒！」

取過酒壺給他斟了杯酒，皇帝推到他面前，又道：「朕原本對你很放心，因你自幼沉穩冷靜，從未令朕失望過。但這幾次災難，你總是跟著那女匪孤身冒險，雖得列祖列宗庇佑一一化險為夷，可你是未來天子，將來朕的江山都要交到你手中的，何必冒如此大險？」

「山河社稷圖古怪艱難至極，孫兒幸得阿南相助，否則我一人絕無法力克。」朱聿恆語調平靜，但其中堅定意味分明：「孫兒對這些也算初窺門徑，如今性命既已岌岌可危，不如放手一搏，與阿南同進同出，好歹多幾分勝算。」

「朝廷養這麼多人，事到臨頭他們不出馬，讓你這個太孫親力親為，這像什麼話？」皇帝聲音微冷：「此次西去，你別勞身費心了，朕召集的那些江湖各派人士，這一路你可熟悉了？」

朱聿恆道：「已有初步瞭解。其他門派都已知道了底細，只是孫兒尚對拙巧閣懷有疑慮。」

「傅准雖有龍鳳皇帝血脈，但他只是外孫，自古以來未聞前朝公主招贅育子，能恢復外祖父江山的道理。何況太祖得位之正，天下皆知，他一個江湖門派，能成什麼大事？」皇帝一笑置之，道：「此人你不必擔心，朕自有信得過他的道理。」

祖父決定的事，朱聿恆自然只能應下。

「你身懷山河社稷圖，如今雖無法阻止病勢，但你這一路化解了順天和渤海的大災，杭州的大風雨災害也得以大為減輕，也是於社稷黎民立了大功。此去玉門關，朕會傾舉國之力，不僅為助你，也是為西北掃除災患。」他抬手輕拍朱聿恒肩膀，不欲流露心內情緒，轉了話鋒道：「如今北元在邊疆又有異動，朕不日將巡視西北，你既要去玉門關，便先替朕作為先鋒，先行視察吧。只是敦煌僻處西北，外族、青蓮宗、前朝勢力盤根錯節，你務必小心行事，切勿被捲入漩渦，危及自身。」

朱聿恒恭謹應了，道：「有陛下親自布局，孫兒自然無慮。」

「當初朕與你商定，你在前方破解山河社稷圖，朕在後方徹查凶手。如今真相逐漸浮出水面，既是薊承明在你幼時下手，那必定與青蓮宗脫不了關係。如今山東青蓮宗已清剿大半，聽說宗主已逃竄至西北，你這一路亦當留意。」

皇帝交代了大事後，想想又道：「另外，此去敦煌還有一件事，先交託給你吧。」

「請聖上示下。」

「敦煌那邊，出了一樁詭異的命案……」皇帝思忖著，目光落在他的身上。「關於一場雷電不偏不倚剛好將人劈死的事情——而那個人，偏偏又是關係重大，絕不能死的那一個。」

朱聿恒聽到「雷電」二字，頓時脫口而出：「陛下指的是，卓壽？」

「卓壽？」皇帝一聲冷笑，道：「他重罪流放，算什麼關係重大的人物？朕指的是，北元送來和親的王女。」

第五章　北地胭脂

阿南姿態一向不端正，蜷縮在角落裡喝著茶，聽酒肆的人紛紛擾擾，難得這一刻的舒適，將所有煩惱憂愁拋在腦後，竟有些恍然不知今夕何夕了。

一貫愛熱鬧的她心裡升起一點小小慶幸，幸好沒有拋下阿琰一個人跑回海島去，不然的話，她現在豈不是孤單得要命。

酒肆內的人閒極無聊，自然開始聊起八卦。

「哎你們聽說了沒有？皇太孫殿下的婚事，這回可是真定了！」

阿南頓時豎起耳朵，關注那個口沫橫飛的中年男人。

旁邊人果然和她一樣來了興趣：「聽說應天那邊可是擇了許久，最終是花落哪戶人家？」

「怕是那許多姑娘都要傷心了，最終殺出來的這個人，真是令人想都想不到，料都料不著！」

阿南喝著渴水，看那個大叔賣關子，覺得自己要急死了。

眾人也是催促不已，直等吊足了旁人胃口，那中年男人才神神祕祕道：「我前月不是去北鎮那邊販羊麼？結果聽到一個消息，你們猜怎麼著？北元送王女來和親了！」

「北元王女？」他這話一出口，眾人頓時愕然。「哪個王啊？」

「就是聖上之前北伐時歸附的甯順王，如今北元朝廷潰敗，全靠他為幼帝攝政。我親眼見送親的隊伍從北鎮穿過，那架勢，那陣仗，浩浩蕩蕩，隊伍足有上百人！」

旁邊一個老人捋鬚道：「只是送王女過來，未必就是與太孫結親的。」

「那不然呢？論年紀，難道她是入當今聖上的宮闈嗎？論身分，難道她過來下嫁朝臣？論排場，怎麼看都是兩國通好的架勢！」

聽他這麼一說，眾人又紛紛點頭稱是，認為此事八九不離十了。

阿南喝著茶，剝著手中蠶豆望著窗外垂柳，只覺堂內太過喧譁了，她這麼愛熱鬧的人，心口也升起了些許煩躁。

「不過，皇太孫娶北元王女，這沒有先例，也不太可能吧？你們難道忘了當初秦王妃的事兒？王保保一世英雄，可他妹妹嫁給秦王後，還不是被送到外宮去，連面都懶得見？」

「那不一樣嘛，聽說那位王妃連漢話都不會說，和秦王怎麼會有感情？如今北元已經被聖上幾次北伐打服了，送來的王女肯定熟悉我漢家文化，只要肯好好守規矩，以後邊關寧靜，對咱們老百姓來說豈不是一樁大好事？」

眾人頓時紛紛贊成，那位常年在邊鎮來往經商的大叔，甚至開始暢想常年開關貿易的好日子了。

阿南慢慢喝完了茶，跟老闆娘打了個招呼，起身往外走。

她心裡有點懊悔，不應該點這味渴水的。

老闆娘這次的柳丁不知道怎麼回事，有點苦，有點澀，還有點酸溜溜的……

辭別了祖父，朱聿恆懷著重重心事來到驛站，問明了阿南的住處，拐過走廊敲了敲門：「阿南？」

裡面傳來阿南輕快的聲音：「阿琰，快進來。」

朱聿恆推門而入，誰知雙腳剛邁過門檻，只見面前黑影一晃，一條人影便向著他襲來，直取他腰間的日月。

他下意識一旋身，避開對方的來勢，正要反擊之際，抬頭看清了面前的人影，居然是阿南。

毫不遲疑，他便垂下了自己的手，任憑流光飛閃，腰間日月被弧形光點纏住，一拉一扯之際，脫離了他的身體，被對面的阿南牢牢握在了掌中。

「阿琰，你這可不行啊，連自己的武器都看守不住？」

朱聿恆望著她狡黠的笑容，揚了揚脣：「這是妳為我所製，拿走也是理所應當。」

阿南慢悠悠地在椅中坐下，散漫地盤起腿：「是嗎？那我可真拿走了，而且，我還要把它給拆了……」

話音未落，她的手一挑一勾，精鋼絲串聯的蓮萼頓時鬆開，所有珠光玉片散落滿懷，無法收拾。

朱聿恆略帶詫異地挑挑眉，卻並未出聲。

「真的不急啊？」阿南見他神色如常，終於笑了出來，從懷中掏出一束銀白絲線，在他面前一晃，說：「逗你都無動於衷，真是不好玩。喏，我拿到天蠶絲了，替你做個真正的『日月』。」

「天蠶絲？」那絲線輕如棉絮，入手沁涼堅韌，朱聿恆詫異問：「妳在京中，哪裡尋來的天蠶絲？」

阿南手下不停，將精鋼絲撤換成天蠶絲，隨口道：「我和金姊姊碰頭啦，給她送藥膏時她轉交給我的，說是傅准之前交給綺霞的，綺霞知道金姊姊要北上，就讓她帶過來了。」

「傅准？」朱聿恆顯然沒料到是他，略略皺了一下眉頭。

「是啊，想不到吧？不過傅靈焰傳下來的東西，也只有他能這麼快拿到了。」

阿南悻悻說著，專注地將玉片挽繫調整好，又處理好殘缺的玉片。

十指飛快穿梭，轉眼已經將玉片理好，她手指收束間所有天蠶絲瞬間收縮，迅捷地縮回蓮萼之中，形成了一個月牙包裹圓日的造型。

天蠶絲順滑無比，玉石月牙圍繞著夜明珠疾轉，珠光玉氣不可逼視。

「比之前輕了好多，而且用起來更為順滑，最重要的是，再也不會傷到你的手了。」阿南滿意地試著將它旋轉了一圈，交到朱聿恆的手中。「可惜有兩片已經無法使用了，如今剩了六十四片。一而二，二而四，四而八，八八六十四，這也挺好，你使力的時候還能更為均衡。」

朱聿恆接過來，入手果然輕了很多。他的手輕輕一抖，讓那些珠玉薄片在他和阿南的周身旋轉了一圈。

玉片籠罩住他們，如同花蕊輕顫，絲線盡頭的蕊珠燦爛無比，轉瞬間盛放又盡收歸他的手中，比之前更為迅疾與輕巧。

「還有你的手啊，之前被精鋼絲割了許多小口子出來，我剛去配了些生肌去腐的藥，和你給我的祛疤藥混調好了。記得要每天堅持塗抹，不許毀壞了你的手！」阿南說著，從懷中掏出一盒藥膏，又拉過他手，教他如何塗抹按摩。

朱聿恆低低應了，垂眼望著近在咫尺的她。

日光斜穿過小窗照在他們身上，她仔細地幫他按摩手指。在日光下淡淡生輝的，不只他的手，還有她隱在睫毛下專注的瞳眸。

她低垂的面容上映著日月的珠玉光華，偶爾那些光也似乎映入了他的胸臆，讓他的心口跳得既輕且快，亂了節奏。

明日便要出發，叵測的前程顯得這一刻的安寧尤為珍貴，讓他放任自己在這午後的日光中沉淪了片刻。

在她輕柔的按摩中，藥膏被他的手指手背吸收完畢。她也抬頭看向他，問：「記住了？」

「記住了。」朱聿恆朝阿南點了一下頭，張開手指試著活動了幾下，珍重地將日月握在掌中，說：「這下就算有十幾隻海雕一起進擊，我也不會讓牠們逃脫了。」

「行啊，到時候出了塞外，天高任鳥飛，說不定滿坑滿谷都是鷹啊雕啊隨你去捕捉。」阿南歪在椅上，托著頭打量著他掌握日月的英姿。「到時候，你就可以和北元王女縱橫馳騁，一起射獵啦。」

朱聿恆手中的日月輕微地一震，撞擊聲剛剛發出便被他收住。他看著她臉上那古怪的神情，問：「北元王女，妳……怎麼知道的？」

「今天在街市上聽說的，北元送王女過來與你和親，聽說架勢老大了，早就鬧得沸沸揚揚，滿城皆知了。」

朱聿恆端詳著她臉上的神情，那一向沉靜的面容上，忽然露出了一絲笑意。

他俯身湊近她，低低問：「如果是真的，妳不高興？」

日光透櫺而來，打在朱聿恆臉上，阿南抬眼看到他近在咫尺的粲然面容，呼吸滯了一瞬。

他貼得如此之近，她可以清晰看到他眼中倒映著的自己面容，那上面寫著的，豈止不高興，甚至看起來有些氣惱似地……

可她為什麼不高興呢？她又有什麼立場不高興呢？

阿南別開臉，哼了一聲，說：「反正我看你挺高興的。」

朱聿恆在她身旁坐下，他坐姿筆挺，與她那懶散模樣形成鮮明對比，可他口氣卻一反常態，不太正經：「有什麼可高興的，我並不想與一個鬼魂一起在草原上遊蕩，彎弓射雕更不行。」

阿南正想奚落他一下，腦中「鬼魂」二字忽然閃動，讓她錯愕地睜大了眼睛：「什麼？」

「北元確實送了王女過來和親，可我不會答應，聖上也不打算指婚給我。」

阿南對於這些皇家的彎彎繞繞不太瞭解，眨眨眼，問：「那北元王女送過來，是要嫁給誰的？」

朱聿恆朝她笑了笑，只是笑容已經不再輕鬆。

聖上當時對他所說的話，又在他耳邊響起——

「聿兒，你大概猜得到，北元送這個王女過來，是想與你結親的。」

朱聿恆哪能不知道。畢竟，如今皇室中適婚又未婚的，第一個便是他。

「但你是未來天子，若朕讓你娶個異族女子，怕天下人聯想到秦王故事，反而於你不利。因此北元使者來訪時，朕雖應了兩國之好，但只跟他們說，會從兒孫輩中擇優而配，定不會委屈了王女。」皇帝打量他的神情，又道：「朕五伐北元，如今他們王庭退避，民生凋敝，就連攝政王都是我朝扶持的，這王女如何安置，北元料來也不敢說什麼，只是……」

他的目光，定在朱聿恆身上許久，沉吟著，似難開口。

朱聿恆尚在思索話中之意，卻聽聖上又緩緩道：「只是聿兒，朕希望你能為你爹娘，也為朝廷，盡快留下一個孩子。」

朱聿恆胸口一慟，不知是絕望還是悲哀的一種涼意劃過他的心口，讓他喉口哽住，良久無法言語。

「朕並不是不相信你。朕知道你必能成功自救，並且為天下帶來福祉。朕也會調撥你所需的全部兵馬、人手、物資，傾力襄助你破解這山河社稷圖。」皇帝輕撫他的背，低聲道：「可是聿兒，咱們祖孫倆不能打無準備之戰，也總得做好最壞的打算。朕希望，你能盡快為我朱家留下血脈，相信孩子一定會像你一樣聰慧卓絕，是天底下最好的孩子……」

這一貫剛強酷烈的老人，講到此處，終於氣息凝滯，難以為繼。

朱聿恆雙手緊握成拳。他緩慢地，卻無比堅定地搖了搖頭，答：「不必，若上天註定我無法擺脫這厄運，我又何必非要留下些什麼？難道陛下和我父王母妃，需要一個孤苦伶仃的孩子，來昭示我曾經來過這世上？」

皇帝下巴繃緊，不讓自己流露出帝王不該有的悲慟，可那緊盯在孫兒身上的哀憫目光，卻終究出賣了他。

朱聿恆只能默然咬一咬牙，假裝沒看見祖父的哀痛，道：「還不如，讓我抓緊這最後的機會，竭盡全力去做我需要做的事情，縱然功敗垂成，孫兒亦會坦然受之，不留任何遺憾。」

見他如此堅持，皇帝只能別過頭去，道：「既然如此，那你便放手一搏吧。」

朱聿恆重重道：「是。」

在他退出時，聽到祖父和緩又冰冷地說：「聿兒，或許你可以再考慮一下。比如，你遇上了心動的女子，又或許……一個孩子會成為一條適合的鎖鍊。」

令他心動的女子，就在咫尺。

他曾遙望的遠天鷹隼，需要一條更強韌的鎖鍊。

可他望著面前的阿南，想著祖父的話，胸中那因為她而湧起的歡喜甜蜜卻漸漸變成了微麻的痛楚。

而阿南卻不饒過他，問：「所以北元王女呢？你說的鬼魂又是怎麼回事？」

「北元王女死了，就在進入玉門關時。」朱聿恆不願讓她思慮，便乾脆俐落道：「雖然我絕不會娶她，但她是為兩國交好而來，如今北元邊境異動，她又在進入我朝疆域之後離奇死亡，對朝廷來說，此事委實十分棘手。」

「離奇死亡？」見朱聿恆都說離奇，阿南不由皺起眉頭，也難免有些好奇。「有多離奇？」

「她在敦煌城外遭遇了一場暴雨，然後，在那場暴雨中，被天雷擊中，焚燒而死。」

阿南「咦」了一聲：「在敦煌城外被雷電擊中的，不是卓壽嗎？」

「對，這就是最離奇的地方。同樣的一場雷雨，同樣的敦煌城外，卓壽在城南，王女在城北，兩個人同時在十月的西北荒漠，被天雷擊中焚燒而死，妳說，這豈不是咄咄怪事？」

阿南眼睛都亮了，道：「這豈止是怪事啊，簡直是大怪事！而且，怎麼這麼巧就在我們要去的敦煌呢？」

她向來是不怕出大事、就怕事不大的性子，一聽到這詭異古怪的事件，當下就想要拉著朱聿恆奔赴敦煌。

「趕緊收拾吧，我們快點出發！」

一路向西而行，景色越見遼闊，山川也愈見荒涼。

十一月初，江南尚是寥廓清朗之時，西北卻已是萬木凋盡，寒風如刀。

車隊在官道上前行，阿南雖然怕冷，卻更不耐車中沉悶，時不時騎上馬，在荒原上馳騁一會兒。

穿過蒼茫碧藍的湖邊，飛雪落在狐裘上。她跑得太快，把車隊落下太多，正在路口等得不耐煩，正打算回馬去找他們時，一抬頭卻看見朱聿恆騎著馬，身後帶著十幾騎人，過來尋她了。

她策馬向著他馳去，與他並轡而行，望著前方綿延無盡的山丘，感嘆道：「阿琰，我從未見過這般遼闊景象，和海外、和江南、和中原，都太不一樣了。」

「西北的風貌，自然與他處都不相同。」朱聿恆隨祖父北伐時曾來過這裡，他以手中馬鞭直指前方，道：「等出了這大片胡楊林，穿過小片荒漠，便是敦煌了。敦意為盛大，煌意為輝煌。這座盛大輝煌之城依龍勒水而建，周圍有鳴沙山、月牙泉，是絕好的地方。」

身後車隊還未趕上，兩人騎著馬，慢慢沿著官道而行。

出了禿枝蕭瑟的胡楊林，前方果然一片坦蕩平原，枯木零零散散站在寒風中，野草荒丘一片寂寥。

「我看這敦煌往西百里開外，好像全是荒漠。你說，哪裡會是青蓮綻放之處呢？」阿南催趁胯下馬匹，沉吟道：「難道是月牙泉的水裡，養著蓮花？」

朱聿恆搖頭，肯定道：「月牙泉是沙漠中一泓清泉匯湧而成，岸邊倒是長著一些花草，但蓮花難合此間氣候，泉中並未種植。」

「也不知道這次的陣法，會隱藏在何處，如何布置……」阿南與他勒馬望著面前大片荒原，他們都沒說出口，但心中不約而同都浮起傅准提過那個暗示——

吧？

或許，只有竺星河的五行決，才能在這大片荒漠之中，找到那青蓮綻放之處

黃沙荒草平原彼端，敦煌遙遙在望。

朱聿恆與阿南一路西行，就在距離敦煌不遠時，發現前方官道兩側揚起灰塵，似有行人奔馬，混亂不已。

朱聿恆拿千里鏡看了看，正在沉吟，阿南問了聲「怎麼了」，拿過他手中的千里鏡一看，頓時冒火不已。

只見一群衣衫襤褸的民眾，正被一群官兵驅趕著往前走。那群百姓個個面有菜色，凍餓得走路都搖搖晃晃的。可後面官兵如狼似虎，哪管他們走不走得動，見誰落後了一步，手中馬鞭刀背便沒頭沒臉落在他們身上。

阿南千里鏡轉了個角度，正看見隊伍中一個五、六歲的孩子腳下趔趄，摔倒在了地上，後方一個士兵立即揮起馬鞭，劈頭蓋臉抽下，打得他小臉上血痕綻裂。

阿南氣炸了，把千里鏡丟給朱聿恆，一催胯下馬，立即向著下方俯衝而去。

正在鞭撻災民的士兵們聽到答答急促馬蹄聲，抬頭一看，塵煙之中一騎快馬疾馳而來，直奔向那個正在抽打孩子的士兵。

那士兵們看著奔馬，還未來得及反應，面前忽有個人影從道旁撲出，趁著他們在看阿南，抱住小孩退離了他們可及的距離，指著士兵們怒問：「你們這群混蛋，憑什麼對個孩子下這麼狠的手？」

阿南尚未到跟前，見孩子已經被人所救，不由詫異打量了一下這人。

原來是個十七、八歲的少年，濃眉大眼，長相倒是端正，但衣衫蔽舊灰頭土臉，看來不過是個普通的農家後生。

士兵見是個鄉下少年，頓時冷笑一聲，不由分說揮鞭也向他打去：「軍爺奉命清理這些礙眼的災民，哪來的野小子敢妨礙公務？滾一邊去！」

那少年抱著孩子不放，身手靈活地閃身避開他的鞭子，腳步輕旋，甚至還轉到了他的馬後。

那士兵跟著他的身影反手一鞭子抽去，只聽得一聲痛呼，旁邊一個士兵捂著臉狠狠踹了他一腳，怒罵出來：「老四你個王八蛋，你打我？」

持鞭士兵挨了他一腳，氣急敗壞：「媽的，我打的是那小子，鬼知道你幹麼站後頭？」

「你也知道我站在你後頭？你不長眼啊？」

兩個士卒都是暴怒，掄拳一起去打少年，卻見眼前一花，少年那尚未長壯實的身形跟泥鰍似的，往旁邊一扭，只聽得砰砰兩聲，又有兩個士兵捂著臉哀叫出來。

原來這少年古怪刁鑽，不知何時又將他們打來的雙拳往後方引去，打中了其他兩個士兵。

那兩個士卒無端受害，頓時怒不可遏，許是素日有隙，反手就去打動手的士兵，乒乒乓乓扭打成一團，場面一片混亂。

而少年抽空脫出戰隊，放下孩子就跑。災民中一個婦人早已淚流滿面，趕緊撲出去將孩子緊緊摟住，抱著他不敢撒手。

阿南眼睛都亮了，她順著少年的身影往看，眼見他快要跑上小道逃脫了，卻見路邊一匹馬竄出，一蹄子撅向他的面門，馬上人手持長刀，當頭便向少年劈落。

少年身形一矮，立刻從他的馬下鑽進去，手腳一收就抱住了馬肚子，在避開馬蹄的同時，也讓對方的刀硬生生劈向了馬脖子。

刀到半途，收勢不住，眼看便要割破馬脖。馬上人也算是機變極快，長刀脫手卸掉去勢，僥倖只拉了一道口子，未曾將馬砍傷。

胯下馬一聲慘嘶，痛得蹦跳起來，馬上人差點被甩出去。正當他緊揪住馬鬃維持身形時，緊抱住馬肚的少年在馬下將身一蕩，一腳狠狠踹向他的肚子。

馬上人身形未穩，頓時被他踹得重重摔落於地。

少年一閃身便騎上了馬鞍，抬腳狠踢馬腹。吃痛的馬兒頓時帶著他往前急奔，轉眼便衝入了一片雜樹林，消失不見。

這一下兔起鶻落，少年短短片刻之間救孩子、亂陣腳、傷頭領、劫馬逃離，一氣呵成行雲流水，讓阿南看得心裡大快。看著滾了一地呼痛的官兵們，她忍不住哈哈大笑出來。

在少年那裡吃癟的官兵們怒不可遏，那個馬匹被劫的頭領更是目眥欲裂，從地上爬起來瞪著她，暴怒喝問：「哪來的野丫頭，敢在這裡喧譁？」

阿南笑得更開心了：「怎麼，你輸得，我就笑不得？」

「呸！」頭領吐了口帶血的唾沫，指著阿南怒道：「這女人古怪刁鑽，我看必是青蓮宗妖女，來人啊，把她拿下！」

「呵……」阿南冷笑一聲，催促胯下馬往前踏上一步，左手虛按在右臂之上，只等著他們上前來，給每人臉上留個紀念。

身後朱聿恆已經率人趕到，見對方要攻擊阿南，立即抬手示意。

身後眾人立即弓箭上弦，齊齊對準正要撲上來的兵卒們。

朱聿恆一路身著便服，又只率韋杭之等十數人脫離了大部隊，是以那群官兵並不知道他們身分。那頭領在敦煌山高皇帝遠，儼然是當地一霸，何曾有人在他頭上動過土，當下咆哮著催促手下士兵：「上！都給老子上，殺光這群反賊……」

話音未落，他只覺喉口衣襟一緊，整個身體不聽使喚，筆直地摔了出去。

是阿南的流光已出手，倉促之間他根本來不及回應，便撲向了沙地之中。

總算是縱橫疆場的人，他手在地上一撐，雙膝一頂，好歹避免了摔個狗吃屎。但那手腳撐地的姿勢，赫然是屈膝趴在了那群災民面前，結結實實地來了個跪拜大禮。

災民們飢渴疲憊，見這凶神惡煞模樣的大官跪在面前，尚在木然，只有朱聿恆身後傳來噗哧一聲，打破了此時的沉寂。

發笑的人正是廖素亭，他一邊憋笑，一邊朝阿南豎起大拇指。

那頭領咬牙切齒，爬起來抹了一把臉上的灰，正要反撲之際，後方煙塵滾滾，諸葛嘉已經率眾趕到。

「馬允知，你好大的膽子！」

諸葛嘉當年率神機營隨聖上北伐，那馬將軍是見過的，見他喝斥完自己後，立即便躍馬於朱聿恆身旁，與韋杭之形成翊衛之勢，頓時嚇得變了臉色。

看這陣容架勢，必定是聖上西巡的先遣隊到了。而連京畿神機營的諸葛嘉都要回護的人，那身分自然不言自明……

他心驚膽顫，趕緊示意士兵們收好武器列隊肅立，上前來對他們行禮：「敦煌遊擊將軍馬允知見過列位大人！」

絲路遷移，邊關變易，敦煌如今地位衰微，與關西七衛聯繫亦不緊密，只是個羈縻衛所，設了馬允知這個遊擊將軍，雖是一地長官，但跟諸葛嘉這樣的京中大員自然是天上地下。

「諸位大人大駕光臨，怎麼不派人來知照一聲，敦煌衛早盼著替各位接風洗塵……」說著，馬允知又恭恭敬敬地朝朱聿恆陪笑，向諸葛嘉打聽：「不知這位大人是？」

剛剛還凶神惡煞，如今一下子已經俯首貼耳，這變臉的功力讓阿南嘆為觀止。

諸葛嘉根本不理會他的問話，只看向朱聿恆，等他示下。

朱聿恆看著那群災民，問：「馬將軍？」

馬將軍見諸葛嘉都要看他臉色，再一想到這個年紀這個氣派，全天下符合的人大概只有那一位了，頭皮頓時一麻，說話也結巴了：「是、是，下官遊……遊擊將軍馬允知。」

「為何縱馬驅趕災民？」

馬允知忙道：「回稟大人，下官接到京中公告，陛下將於近日西巡，或會途經敦煌。下官考慮到這些災民自外地流浪而來，身分難以查明，而且近期青蓮宗又在各地興風作浪，是以趕緊帶人清理掉這些閒雜人等，以免驚擾陛下西幸，確保萬無一失。」

他這一番話說得誠懇，朱聿恆卻絲毫不為所動：「自黃河水災後，朝廷雖大力賑災，但多有災民流散於各地。京中早已發布公告，各地需妥善安置災民，尤其不可造成凍餓情形，更應派遣人手及時查清籍貫，護送歸籍。」

說著，他抬手指向那群形容悽慘的災民，問：「你們就是這樣安置的？是沒有接到旨令，還是把朝廷旨意拋在了腦後，將黎民百姓視為累贅，一意驅趕出己方之境，只求無過，以免累及自己前程？」

馬允知慌忙辯解：「下官只是……只是想將他們遷到城外，到時會命人安頓好的。」

朱聿恆厲聲問：「如何安頓？你身為將軍，親自率人縱馬驅趕，鞭笞毆打，強迫災民們遷往這荒野中，要讓他們活活凍餓而死，這就是你的安頓之法？」

馬允知不敢再辯解，只能戰戰兢兢垂頭道：「下官知錯，是下官考慮不周。待回去後，定會好好籌劃安置災民之事，務必妥當，請大人放心！」

眼見朱聿恆親自出馬，阿南知道此間事情已定，便打馬向他湊近，使了個眼色道：「我去旁邊溜達一下，遲點咱們在敦煌驛碰頭。」

朱聿恆哪會不知道她的用意，看向少年消失的雜樹林，詢問地望她一眼。

「那位小弟弟身手了得，而且我對他的路數很有興趣。」她朝他一笑，丟下一句，打馬就走。「走啦，等我回來後再跟你詳細說！」

她說走就走，朱聿恆唯有無奈目送她身影飛馳而去。

身後廖素亭無奈而笑：「南姑娘真是想一齣是一齣，這都快到敦煌了，她怎麼又一個人跑了？」

「這有什麼好奇怪的。」身後傳來傅准輕咳的聲音，輕笑道：「南姑娘生性不拘小節，又最愛少年郎，何況這少年身手如此出色，自然要趕去結交。」

薛澄光隨行在他左右，聞言低低嘟囔道：「可不是麼，當初她在拙巧閣當階下囚，手腳都斷了，可遇見閣中清俊的弟子時，還要多看兩眼呢。」

廖素亭嘴角都抽抽了，明知千不該萬不該，可他還是難以控制自己，偷偷打量了一下皇太孫殿下的臉色。

朱聿恆望著阿南背影，心下忽然想起，第一次見面時，阿南就受了胭脂胡同的姑娘們攛掇，撒歡跑來偷窺他。

可有什麼辦法呢，她本就是這樣的阿南，在這世上隨心所欲地生長，如一棵蓬勃的大樹，不可能移栽到世俗的花盆中，受其拘禁。

「走。」他無奈地目送阿南追著那少年遠去，撥轉馬頭，打馬便向敦煌而去。

那少年騎馬逃脫之後，衝入了雜樹林，在其間七扭八拐就是不走直線。不過他遇上了阿南這個賊祖宗，哪能藏得住蹤跡。不多久阿南便尋到了樹林盡頭，看到那匹傷馬被拋棄在林邊，正在哀哀鳴叫。

阿南在四周細心搜尋，終於在林外行人的雜亂腳印中尋到了特殊的那一串——足尖斜，足跟輕，如燕子抄水般輕捷無比，正符合那少年的身型。

順著乾燥的黃土山道，阿南向前方村落循蹤而去，在一戶人家門前停下。

這是一戶看來普通的西北人家，籬笆紮得整整齊齊，門頭上的茅草也是新修剪的。再往裡面看，三間舊磚房，旁邊柴房豬圈菜園，都打理得整齊乾淨。

她正在看著，正遇上那少年從柴房抱著一捆柴草出來，一抬頭看見她騎在馬上，從籬笆外打量自家，便有些詫異地看了她一眼。

阿南笑吟吟道：「小哥，還燒柴呢？你禍事到了！」

那少年臉色大變，往屋內看了一眼，連手中柴草都來不及放下，便幾步跨到籬笆邊，低聲問：「妳是誰？」

「一個目睹你打了遊擊將軍和守軍的過路人。」阿南笑道：「怎麼，覺得自己仗義行俠乾淨俐落？結果沒料到吧，連我都能循著蹤跡找到你家，你說姓馬的會不會放過你？」

少年臉色大變，把手中柴草一丟，正想說什麼，聽得屋內有人問：「壘娃，外頭誰來了？」

門簾一掀，有個穿著舊青布衣衫的婦人走了出來，她看來有四十上下年紀，頭髮梳得一絲不亂，身上衣服雖有補丁，但漿洗得乾乾淨淨，和這個家一樣清爽俐落。

少年有些慌張，回頭道：「娘，我……她，她是過路人……」

「對，我路過的，向小哥問路呢。」阿南笑著向婦人點了一下頭，道：「行路缺水，有些口渴，我想討口水喝。」

婦人見她一個女子孤身騎馬，雖覺得有些古怪，但見她笑意盈盈的，便也放下了戒備，招呼道：「進來吧，我家還有自家結的梨子，我給妳洗兩個。」

見婦人和藹可親，阿南當即笑著應了，下馬進門。

那少年心下著急，又怕驚擾母親，只能默不作聲地撿起地上柴草送去灶房，又去水缸中給阿南舀了碗水。

婦人給阿南削了個大鴨梨，隨口打聽：「姑娘，這兒可不是什麼繁華市井，妳怎麼孤身一人到這兒來了？」

「不瞞阿娘，我是尋親來的。我家中有戶山東的親戚，最近搬到這邊了。」阿南將金璧兒尋娘舅的事兒套到自己身上，張口就來，毫無遲疑。

婦人笑道：「原來如此，我們這一批人確實都是從山東來的。老礦脈枯竭，這邊又出了新的大脈，這不就被遷過來了。」

阿南打量他家這翻新的舊屋，看簷下掛著的斗笠蓑衣上用紅漆寫著齊匠梁字樣，心裡估量著這家人應該是買了人家的舊院落，短短時間便打理得這麼好，不由讚嘆道：「阿娘真是能幹人，這園子打理得可真好。」

婦人顯然也對自己的家十分滿意，笑逐顏開地拉她參觀自己的菜園子：「姑娘吃蘿蔔嗎？今年的蘿蔔蕪菁長得可好，姑娘妳帶兩個回去！」

阿南這麼厚臉皮的人，剛見面就在人家裡又吃又拿的，也著實有點不好意思，連說「不必不必」。

婦人卻十分好客，早已進了菜園，到裡面拔蘿蔔去了。

阿南正想著是不是趕緊跑路，一轉頭卻看到了旁邊的柴房，當即便瞪大了眼睛，忍不住趴在窗口向內看去。

這竟是一間布置得整整齊齊的工具房，牆上按照長短大小，分門別類掛著斧、鑿、銲、鋸，下方則設著一排齊腰的櫃子，上方當案桌，下方儲物，裡面整整齊齊放著各式礦石、木頭、粗布、砂紙及各類小工具，那齊整完備的模樣，看得人神清氣爽。

少年在旁邊見她往裡面看，那神情跟落進了米桶的老鼠般，便抬手拿掉了支摘窗的杆子，不讓她再看下去：「妳一個姑娘家，看見我們石匠工具幹麼眼冒綠光？」

阿南當然不會說是因為血脈裡相同的東西在呼嘯，只朝他笑道：「你娘打理的嗎？我就愛這橫平豎直的模樣，跟墨斗彈出來似的，這可太令人舒爽了！」

少年心懷鬼胎，看著她的笑模樣就覺得心慌，阿南也不好意思再拿蘿蔔，趕緊解了馬韁，抄起梨子大聲跟婦人告別，便往村口方向走去。

那少年追出幾步，欲言又止。

阿南笑問：「喂，你家斗笠上寫著齊匠梁，你娘叫你壘娃，所以你叫梁壘？」

「對。」他別開臉，悻悻道：「趕緊走吧，別嚇到我娘……妳剛剛說姓馬的不會放過我是什麼意思？」

阿南攏著馬轡，笑著朝他一挑眉：「我逗你玩呢，馬允知就要被朝廷處置了，現在焦頭爛額，哪有空來管你。」

「真的？」梁壘懷疑地看著她。「馬允知在敦煌這邊作威作福好多年了，朝廷怎麼突然會處置他？」

「因為不巧，我就是跟著朝廷的隊伍來的，他的所作所為被上頭逮個正著，現在可有苦頭吃了。」

梁壘上下打量她，皺眉問：「妳到底是什麼人？又來找親戚，又和朝廷官兵一起來敦煌？」

「哎呀，我一個弱女子，要是孤身上路，你說怕不怕呀？所以我就跟著官兵隊伍走呀，反正我不妨礙他們，他們也不會趕我的。」

梁壘鄙視地看著她，總覺得她滿嘴沒一句正經話，哼了一聲，轉身就要走。

「等等啊！」阿南喊住他。「看你的模樣，應該也是在礦場做工的？是做什麼的呀？」

「我在礦下尋礦脈的。」

尋礦脈能尋出這靈活身法來？阿南當然不信：「那你今天怎麼沒在礦場？」

「礦脈漏水了，我爹帶人正在清理呢，我就先回家了。」

「奇怪了，這麼乾旱的地區，礦上居然還漏水？」

梁壘懶得和她多說，幾步就走遠了：「不懂就別多問，漏了就是漏了，我騙妳幹麼？」

「年紀不大，脾氣不小啊。」阿南笑著拋了拋手中梨子，塞入馬背囊中，轉身離開。

阿南孤身去追梁壘，身上並未攜帶行李，此時到了敦煌，也顧不得去驛站打理，先打聽了一下，跑去了卓壽住處。

卓壽被流放參軍，敦煌又是軍鎮，他和卞存安一起被安置在了城中一間僻靜小屋內，緊靠草料庫，日常還要照看草料。

阿南看著那古舊粗糙的門廳，心裡有些唏噓。

在門口繫好馬匹，她探頭往裡一看，這屋內也就一個小合院，無遮無蔽的，一下便看到了一身麻衣孝服坐在堂屋的卓晏。

院中衰草枯木，門廳陳舊，卓晏披麻戴孝守在靈前，景象一片淒涼。

聽到她的聲音，卓晏轉頭看見是她，愕然起身迎接她：「阿南？妳怎麼來了？」

「我跟阿琰來的。」阿南進內給靈位上了一炷香，叮囑卓晏節哀順變。

卓壽亡故已近一月，卓晏如今也已接受了這個現實，只是紅著眼圈點頭答應，將阿南帶到旁邊屋子去。

阿南道：「阿琰事務太忙，還沒進城又撞上壞人為非作歹，如今正在處理呢，估計要遲些才能過來了。」

卓晏搖頭道：「殿下身分何等尊貴，怎麼能來這裡呢？我如今正和卞叔商議，等天氣轉涼，想扶棺回鄉，畢竟，落葉總是要歸根的。只是卞叔有點擔心，說我爹是被流放至此處的，不知朝廷是否允許他遺骸歸故土……」

他口中的卞叔，自然就是卞存安了。

卞存安的太監身分被戳穿之後，本應是死罪，但因為朱聿恆相助，改成了與卓壽一起流放充軍。如今他已不必藏頭露尾穿女裝了，卓晏也改口喊他卞叔，只是兩人忽然從母子變成了這般關係，總還有些彆扭。

阿南聽卓晏話裡的意思，立即道：「放心吧，這事跟阿琰說說，他肯定能允的，我待會兒就去替你講一聲。」

卓晏感激不已，卞存安也出來向她致謝，他素來柔弱，這些時日飯都吃不下，看著靈堂上的牌位，又撲在供桌上哀哭不已，差點昏厥過去。

阿南勸解道：「卞叔，我知道你與卓叔情深似海，可去的人終究已去了，你一定得保重自己，不然，要是拋下阿晏一個人孤零零的，可怎麼辦啊？」

卞存安嗚嗚咽咽，泣不成聲，只是搖頭。

其實在阿南看來，葛稚雅和卞存安換了身分根本沒什麼大不了的，都只是個人選擇而已。可就因為卞存安是太監，卓壽與他在一起的性質便成了私自容留內官，成了僭越大罪，不僅被革職，還連累父祖爵位都被褫奪，自己被流放至此，死得不明不白，想來真是有些冤枉。

她嘆了一口氣，給卞存安倒了杯茶，道：「其實，我與殿下探討過卓大人的死因，認為其中必有內幕，畢竟……」

說到這兒，她頓了一頓，因為北元王女之死，如今尚是祕而不宣的大事，將其捅給卓晏，對他也並無好處，因此她轉了話鋒，只道：「西北這地兒，十月天雷說來詭異，殿下的意思，我們既然來了這裡，就不能對此事放任不管，至少，不能讓你爹蒙受冤名死去。」

卓晏眼圈通紅，哽咽道：「阿南，我真不知道如何謝妳……」

「謝我幹麼，你別忘了，我以前落魄的時候，你都不嫌棄我，還請我在酒樓大吃大喝呢。」

阿南安慰著卓晏，心裡不由暗自嘆息。

那時十足花花公子做派的卓晏，浪跡花叢風光無限，現在想來，大概也是恍然如夢吧。

短暫沉默後，阿南問他：「你來到敦煌後，便與卓叔、卞叔一起住在這裡嗎？在出事那幾天，可有什麼異常麼？」

「沒有，我爹來了這邊後，什麼雄心壯志全都沒了。他跟我說，也不求官復原職了，只願和卞叔一起平平靜靜活下去就行。」卓晏捂著眼睛，強抑要落下來的淚。「他在這邊照看草料，月頭月尾清點一下，倒是也悠閒自在，只是我們父子與馬允知並不對盤，每每意見相左，有過爭執。」

「不對盤才好啊，你和那種人走得近才要壞事呢。」阿南道，畢竟阿琰很快就要處理他了。

卓晏並不知內情，但見阿南附和，立即大吐苦水：「阿南，妳知道那人有多可惡嗎？他欺行霸市，在敦煌這邊就是個土霸王！而且、而且我過來的第一天，他知道我身分後，就對我們父子大加嘲笑，說什麼狗肉畢竟上不得席面……真是氣死我了！」

阿南聽出其中內情，問：「難道說，他之前就認識你爹？」

「是啊，我爹以前在邊境小衛所戍守時，與馬允知一起當過大頭兵。後來我祖父和我爹在靖難時立下戰功，祖父封了侯，我爹也步步高升。而馬允知這麼多年也就折騰了個遊擊將軍，估計早就對我們一家嫉恨在心了。」說到這兒，卓晏又嘆了口氣。「最氣的還是世態炎涼。我爹一出事，當年多少巴結他的人立即斷了往來，就連他去世了，也沒一個人來慰問，這麼多天了，沒人登門也就算了，連封弔唁信都沒有！」

阿南見他氣惱的模樣，正拍了拍他的背要安慰，卻聽到卞存安嘆了口氣，傷感道：「那些信，不來也罷，免得那些人還咒永年呢。」

永年是卓壽的字。卓晏愕然轉頭看他，問：「誰？誰這麼無恥落井下石？」

卞存安扶額垂淚道：「我也不知道是誰，前陣子你尚未到敦煌時，永年曾經收到過一封信，看完後他臉色都變了，氣得渾身發顫，把信撕了個粉碎，當時就丟進爐子燒了……」

卓晏素知自己的爹沙場征戰多年，早已泰山崩於前而色不變，就連被革職流放的時候，也不過一聲嘆息，並未怪罪卞存安。可他這樣的人卻被一封信氣成這樣，可見那封信上寫的事情，必定觸到了他最忌諱的地方。

「後來我倒紙灰時，在碎片上看到了幾個字，我識字不多，但那幾個字我還是認識的，寫的是……」卞存安說著，伸手蘸著茶水，在桌上慢慢地，一筆一畫寫下了四個字——

汝必慘死。

卓晏登時跳了起來，怒問：「是誰！爹都已經到這地步了，誰還寫這樣的信！」

卞存安搖頭道：「永年絕口不提此事，我也不敢問。後來你過來了，他也未對你說起，我以為事情已經過去了……直到他去世前幾日，我半夜醒來，發現他一個人在屋外踱步，便趕緊上前詢問，一摸永年的手，冰冷冰冷的，也不知道已經吹了多久夜風……」

卓晏悲從中來，通紅的眼眶中熱淚不由滾落下來。

「我勸你爹回屋休息，可他卻只問我：安兒你說，我這樣的人，真的會天打雷劈嗎？」

卓晏的臉色，頓時變得一片灰白。他不敢置信，目光從卞存安的臉上，慢慢轉至阿南的臉上。

阿南與他四目相對，也是一臉震驚。

「我當時……只以為永年是半夜睡迷糊了，胡亂琢磨，卻沒想到會一語成讖，他後來真的、真的死於了天雷之下……」卞存安泣不成聲，連身形也歪倒在椅子上，似要昏厥，話語也模糊起來：「難道說，真的是天意麼？」

卓晏趕緊去扶住他，忙亂地掐他的人中，但醒來後他也是兩眼渙散，意識不清。

阿南探了探他微弱的氣息，對卓晏道：「我看卞叔是太虛弱了，你讓他吃點東西，好好照顧他，好歹得把命保住。」

卓晏含淚點頭，將他瘦小的身子抱起，送到床上休息，又讓打理家務的老兵去請郎中，一陣忙亂。

阿南見這情形，自己也插不上手，只能先告辭出門了。

尋到敦煌驛站，裡面一應事務早已安頓好，候門的人見她來了，趕緊迎上前，將她帶到後院一間雅潔的房間。

她所有的東西都已經歸置在室內，打點得絲毫不亂。

阿南心中有事也來不及休息，問了朱聿恆下榻處，便急著出門去了。

尚未走到門口，她便看到馬允知戰戰兢兢地垂手立在門內。朱聿恆的聲音並不大，卻足以穿透院落，傳到她的耳中：「馬將軍，聖上並非必來敦煌，只是或許會在西巡之時順便經行而已。如今天下雖然大定，但各處飢荒災禍著實不少，聖上意思是一切從簡，切勿搞出什麼大陣仗，勞民傷財。」

「是，聖上體恤黎民之心，下官深知。只是我們做臣子的，也不能太過簡慢了，這是敦煌百姓的一片心意，若能博得龍顏大悅，也是黎民之福，我敦煌之幸啊！」

朱聿恆不再多說，抬手示意他退下。阿南在門口看見馬允知額頭的汗珠比黃豆還大，不由幸災樂禍。

別的不說，她可真喜歡看阿琰訓人的樣兒，尤其訓的還是她討厭的人。

進門見室內就朱聿恆與韋杭之、瀚泓幾個熟人，她便隨意往榻上一歪，問：「那個馬允知這麼討厭，阿琰你居然有興趣一路訓他訓到這兒？」

「實在太不像話，否則我哪有空理他。」朱聿恆看了她一眼，讓韋杭之與瀚泓都先退下了，神情有些淡淡的。「這邊縱馬驅趕災民，那邊卻在月牙泉大操大辦，說是給聖上西巡準備了曲目，讓我先去過過目。」

「可以呀，他肯定是要搞個大陣仗，搏得龍顏大悅，可不就升官發財了麼？」阿南見他神情不似以往，有點詫異，捏了個橘子剝著，問：「怎麼了，心情不好？」

朱聿恆瞥了她一眼，道：「看著某人行事討厭。」

「什麼人啊，敢惹我們殿下如此不快，我替你教訓他！」阿南笑嘻嘻地，將手中剝開的橘子分了一半給他。「那個馬允知？」

「哼，他值得麼？」朱聿恆嗤之以鼻，大失皇太孫風範。

阿南正思忖著讓他不開心的人是誰，橘子入口，酸得皺起了眉：「這邊的橘子可真不好吃。不過西北的梨子不錯，我剛吃了梁壘家的梨子，那份水潤甘甜，真是絕了！」

朱聿恆吃著她給的酸澀橘子，貌似隨意地問：「梁壘？」

「就是今天行俠仗義那個小兄弟，我找到他家了，你猜怎麼著？」阿南俯頭向他，壓低了聲音：「我就說他那身手熟悉，果然是九玄門的人。」

「哦？」朱聿恆眉頭微皺。「妳確定他是？」

「確定啊。但九玄門與青蓮宗關係甚密，他會不會也是青蓮宗的呢？」阿南往椅背上一癱，支著臉頰煩惱道：「他娘是個挺好的人，我今天還去蹭他家的梨子吃，改天登門就翻臉，不太好吧……」

「這倒也不必，青蓮宗的人未必都是亂黨匪類。西北這邊青蓮宗的情況我曾查過，與山東行省那邊作亂的派眾不同，多是貧苦百姓結社互助，這些年來與官府倒是沒有太大的衝突。」朱聿恆反倒勸慰她道：「我看梁壘今日的作為，也是一個扶危濟困的熱血少年，縱然是青蓮宗幫眾，也不像奸惡之徒。」

阿南點頭：「這倒也是……而且我聽說太祖當年一統天下，也有青蓮宗的助力嘛。」

朱聿恆並不與她談論此事，轉而問她：「妳怎麼從身法上看出他是青蓮宗的人？」

「我之前奉師命去各地尋訪門派時，和什麼人沒打過交道？他有九玄門的底子。」阿南興致勃勃，甚至連身子都坐直了一些。「關先生和傅靈焰都是九玄門下，也都是青蓮宗重要人物，我想我們可以從梁壘這邊下手，或許能更快揭開青蓮盛開之謎。」

原來她這一路尋去，是為了尋找山河社稷圖的陣法所在，歸根結柢是為了他。

不由自主，朱聿恆心下掠過一陣愉悅，只是那板著的臉一時難以鬆動：「可縱然九玄門與青蓮宗關係匪淺，但傅靈焰等人都是六十年前的人物了，我看就算九玄門當年有參與陣法，怕也是十分渺茫。」

「就算渺茫，也要抓住啊！難道你不想盡快找到青蓮盛放之處，將那個陣法給破解掉？」

見她如此認真，朱聿恆終於再也控制不住，唇角微微上揚，朝她露出笑容：「好，我會安排的。」

天色尚早，阿南掏摸出梨子去敲開了金璧兒的房門，興高采烈道：「金姊姊，來吃個梨子吧，這梨可甜了，在江南可吃不到！」

金璧兒身子虛弱，一路馬車顛簸，此時靠在榻上休息，神情略顯委靡。

楚元知自然不捨讓她起身，接過阿南手中梨子去清洗削皮。

金璧兒在室內不戴帷帽，阿南捧著她的臉看了看，驚喜道：「那藥膏真是有效，金姊姊妳臉上的疤痕已淡化許多，再多抹幾日，我看便能恢復如常了！」

金璧兒抬手撫摸自己的臉，感覺那伴隨了自己二十來年的坑坑窪窪感確實平復了，又對著阿南拿來的鏡子照了照，見自己確實恢復有望，欣喜得眼淚都湧了出來：「還是多謝南姑娘，若不是妳給我尋了這藥來，我可能、可能一世都無法見人了……」

阿南笑道：「我這不也是賠罪嘛，當初我還燒了妳家後院呢。再說這藥我拿著也沒用，能幫到妳才算它真正有價值了。」

她給金璧兒擦乾眼淚，楚元知也已將梨子削好了。

這梨子又甜又脆，尤其楚元知最嗜甜，若不是有人在旁邊，怕是手指都要舔一遍。

阿南笑道：「好吃吧？我改天找梁壘多買幾個，這次可不能吃白食了。」

金璧兒聽她說「梁壘」二字，竟怔了一怔，問：「梁壘？」

「是啊，那小子叫梁壘，帽子上寫著齊地匠戶，他家應該也是從山東遷來的這批工匠。」阿南說到這裡，才錯愕回神，問：「難道說，金姊姊妳的舅父……？」

「我娘便是姓梁。我記得十八年前舅父的信中提及自己喜獲麟兒，便是取名梁壘。」

阿南下巴都差點掉了：「真的？那這事可太巧了！」

楚元知則道：「是與不是，我明日去礦場打聽一下便知。」

「要是就太好了，金姊姊，妳那舅母真是爽利人，我老喜歡她的院子了，還有個我一看就迷上的工具房！」阿南說著，忽然又想起他家與青蓮宗有關，那歡喜的模樣頓時被沖淡，手裡的梨也不太甜了。

她有些蔫蔫地啃了兩口梨，看著喜悅的金璧兒與楚元知，將一切都嚥回了肚中。

算了，阿琰說得對，又不是所有青蓮宗的人都是壞的。

梁壘就是個很不錯的孩子嘛！而且他身法是九玄門的，與青蓮宗究竟有什麼瓜葛，目前還不知道呢。

第六章　青蓮盛綻

第二日消息傳來，阿南喜憂參半。

喜的是梁家果然就是金璧兒要找的舅家，憂的是梁壘的底細被查清楚了，果然與青蓮宗許多幫眾過從甚密。

不過畢竟是金璧兒的喜事，她也把一切先拋到腦後，歡歡喜喜地陪著金璧兒和楚元知出門，帶他們去梁家。

誰知一出驛站門口，她竟先遇到了卓晏。

卓晏在熱喪期，依舊穿著麻衣孝服，驛站內外的人紛紛側目而視。阿南詫異問：「阿晏，你來這邊找人？卞叔身體好些了嗎？」

他點頭道：「好多了，我本想在家照顧他的，可他一定要我來找妳，說讓我盡快帶妳去勘察我爹出事的現場，以免時間久了，有些蛛絲馬跡湮沒了。」

阿南眨眨眼，問：「卞叔這麼相信我啊？」

「是啊，他覺得……」卓晏嘆了口氣，把後面的話吞回了肚中。

卞存安叮囑他說，當初他與葛稚雅一案，本是二十年前的隱祕之事，可阿南能在這麼多塵封線索之中準確地抽絲剝繭，將案件分毫不差地推斷出來，絕對是個舉世難見的聰明人。

如今她既然到了這邊，又有意過問卓壽的死因，想必一定能幫助他們查明他爹案子的真相，至少，不能讓他爹帶著被天打雷劈的冤名在九泉之下死不瞑目。

阿南心下了然，看看後方蒙著面紗依舊略顯緊張的金璧兒，說道：「剛好我要出城，那便一起走吧。我先送金姊姊去梁家，然後咱們去看看出事的地方。」

梁家人早已接到消息，知道外甥女過來探親，阿南剛出城，就看見梁壘候在道旁等他們。

一見阿南，他臉色就有些不好：「妳……怎麼是妳？」

「感謝我吧，要不是我跟乾姊提起你，你還沒這麼快見到你表姊呢。」阿南笑吟吟道。

梁壘好奇的目光在蒙面的金璧兒身上轉了轉，然後看見了後方的卓晏。

只一眼，他的神情便僵住了。那目光在卓晏身上掃過後，假裝不經意，又轉回來，偷偷再打量了他一眼。

可他畢竟年少，涉世未深，那難耐偷瞄的模樣，雖竭力掩飾，依舊讓阿南一下便看出了他對卓晏的濃厚關注。

卓晏並不認識他，見是個大眼睛的鄉下質樸少年，便向他點了一下頭，算是打招呼了。

他現在遭逢巨變，心事重重，哪有心情去關注一個少年的異樣目光。

而梁壘早已別過頭去，一聲不吭埋頭向前走。那腳步不停的模樣，像是身後有什麼在追趕似的，甚至帶著一絲慌亂無措。

阿南若有所思地看了他一眼，又看向卓晏。

父親去世不久，卓晏今天披麻戴孝地出門，看起來確實怪了點，但也不至於把這個膽大包天的少年嚇到吧……

心懷疑竇的阿南，快步追上了前面的梁壘，道：「梁小哥，你慢點啊，你表姊身體弱，跟不上你的步伐。」

梁壘這才如夢初醒，應了一聲放緩了腳步。

阿南饒有興致地打量他，問：「你認識卓少？」

「卓……卓少？」梁壘遲疑了一下，彷彿才意識到什麼，回頭迅速地又瞥了卓晏一眼，問：「原來他姓卓，叫卓少？」

阿南啞然失笑：「不是，他以前是個大少爺，所以大家這麼叫他，其實他叫卓晏。」

「哦……」梁壘埋下頭，勉強道：「我又不認識他，這跟我有什麼關係？」

阿南意味深長地看著他，而他竭力讓自己臉色如常：「就是……覺得他穿成這樣出門，怪怪的……」

阿南瞥著這個埋頭快走的少年，又看看後方的卓晏，眼前忽然閃過卞存安虛弱哭泣的模樣。

她口中不由下意識地喃喃：「不會吧……」

這種事兒不會有家學淵源吧？

梁家院門口，昨天的婦人早已與一個長相敦厚的男人站在門口等候著，一見他們過來，立時迎了上來。

金璧兒臉上蒙著面紗，男人一時不敢問，但金璧兒卻一下子便認出了他，拉著楚元知跪在青石板上，聲音哽咽地拜了下去：「舅舅，我是璧兒啊！」

「璧兒，二十年沒見，妳怎麼……」舅舅梁輝趕緊扶住她，上下打量，透過面紗隱約也看到了她臉上的疤痕，不由大驚。

「二十年前我到外婆家中，您當時尚未娶親，見我水土不服臉上長了痘子，還從外面買了梨子給我熬梨膏喝……舅舅您還記得嗎？」

梁輝頓時老淚縱橫，拍著她的背哽咽道：「記得記得，彷彿還在昨天似的，可一轉眼怎麼就這把歲數了，咱們親人怎麼到現在才再見面哪……」

舅媽在旁邊安慰道：「外甥女、娃他爹，親人重逢是喜事，別哭別哭。咱家現在的梨也挺好，這兩天再摘幾個，你們舅甥倆還能熬梨膏糖喝！」

一番話讓正在哭的兩人都破涕為笑，場面頓時熱鬧歡喜起來。

梁輝給金璧兒介紹了家中情況。舅媽名叫唐月娘，他們膝下兒女雙全，兒子便是梁壘，還有個雙胞胎姊姊梁鷺。只是她如今正在月牙泉那邊，金璧兒尋親的消息還沒來得及告知她，因此沒能趕回來。

唐月娘熱情好客，忙前忙後給他們布置下點心，一轉頭看見站在院外的阿南，趕忙招呼道：「姑娘，妳可是我家團聚的大恩人，來來，趕緊來喝杯茶！」

阿南笑道：「不了，今日你們親人重逢，必定有許多體己話要說，我改日再來叨擾，到時候說不定剛好喝上梨膏呢。」

告別了這個熱鬧門庭，阿南拐出村落。披麻戴孝的卓晏不便在人家團聚之日打擾，只站在村口等待。

阿南與他一起騎馬向前，往城南而去。

荒野之上，冬日平原一片寂寥。黃沙之中零星的荒草吃不到水肥，早早枯黃，觸目所及盡是蒼涼。

阿南向前望去，下意識問：「這麼大片荒野，怎麼也沒個亭子什麼的？」

「這邊一年四季下不了幾場雨，哪需要亭子？」卓晏說著，又想起難得下一場雨，居然還是雷雨，而他的父親更是在這場難逢的大雷雨中殞身，不由悲從中來，肩膀又下垂了下來。

阿南哪會看不出他的心思，打馬過去，輕拍了一下他的後背，說：「這不是更蹊蹺了嗎？所以我們非得解開這個謎不可！」

兩人催馬行了十餘里，前方遙遙看到一個小土丘，根腳處挖了幾個土窯子，供行路人歇息。

卓晏抬手一指中間那個土窯子，道：「我之前便是來這裡，將我爹……屍身帶回去的。」

阿南躍下馬，快步走到土窯子面前一看，荒漠貧瘠，附近村民在土丘上挖了幾個洞，聊供行人經過時遮陰歇腳。裡面一無所有，只在牆上挖了幾個小洞，勉強可坐。

阿南目光在土窯子內掃了一圈，一下便看到了洞口外沿有幾抹火燒的焦黑痕跡。她走到痕跡邊蹲下來看了看，抬手輕刮這新鮮的熏燎灰跡，回頭看卓晏，問：「這……是？」

卓晏啞聲道：「我爹當時……被雷擊後，全身起火，倉皇奔進土窯子避雷，但在洞口這邊……便倒下了。」

阿南心道果然如此。她仔細地查看那煙熏痕跡，還原卓父當時的方位，一邊聽卓晏述說當時的情形。

原來那日洞內有幾個過路的村民在此處避雨，正談天說地之際，只聽得遠遠雷聲傳來，夾雜著慘叫哀號，令人毛骨悚然。

眾人驚得跳起來，立即到洞口朝外面看去，只見雨幕中一人身上正熊熊燃燒。

卓壽畢竟是行伍出身，身體壯健，意志剛強，雖撲倒在地全身起火，卻依舊還殘留著意識。

歇腳的鄉民中，有人認出了他，立即喊：「卓司倉，快在地上打滾滅火啊！」其實不需他說出口，卓壽也早已支撐不住，整個人撲倒在地打滾，希望能撲滅火焰。

但他全身的衣服都已在燃燒，而且身上的雷火怪異至極，眾人明明看到雨水在下落，可他身上的火卻越燒越劇烈，甚至煙焰外冒，火燒刺眼……

阿南聽到這裡，不覺想起了當初萍娘之死，心中一凜，心想，難道卓壽也是死於那種從骨殖中提取的「即燃蠟」麼？

但……即燃蠟最是怕熱，要保存於冷水之中，才能阻止燃燒。而卓壽卻是在雷雨中起火，與即燃蠟的機制，似乎截然不同。

阿南思忖著，聽卓壽又含淚道：「就這樣，眾人眼睜睜看著我爹被雷火燒死……民間傳說，雷擊之人不可救護，否則會殃及他人，是以大家都只在這裡邊看著，不敢出去……」

阿南皺眉思忖：「你爹剛到敦煌，當時又全身起火在地上打滾，那些鄉民眼神怎麼那麼好，一下子便認出他來了？」

卓晏呆了呆，倒是沒想過這件事，臉上變色喃喃道：「這麼說的話……那幾人對我的描述，大有可疑啊！」

「豈止可疑，我得找他們詳細問問當日情形，還有眾多細節需要盤問呢。」

這土窯子是附近村民所挖，當時在裡面避雨的也全是鄉里人，阿南與卓晏問到那幾個人都在礦上打雜工，便立即策馬尋了過去。

正是梁輝所在的礦上，他們過去時，見裡面忙得熱火朝天。一隊隊精壯漢子，有的扛大槓、有的運泥土，更多的是扛著一根根木頭的，正往礦洞裡面而去。

敦煌是軍鎮，一應事務都由將軍府差遣，礦上也不例外。管事的素知將軍馬允知與卓家不對付，看見卓晏過來，陰陽怪氣便問：「唷，卓兄弟，你這披麻戴孝地來我們礦上，怕是不太吉利吧？待會兒我們兄弟怕是得多給土地公燒兩炷香了。」

卓晏當了十幾年的侯府世子，天天在花叢中被人捧著，哪見過這樣的小人，頓時氣得臉色發青。

阿南拍拍他的手臂示意別和這種人置氣，一邊掏出三大營令信在管事的面前一晃：「少廢話，神機營執行公務，難道你們這邊不肯配合？」

管事的瞪大眼看看令信，又看看她的模樣，遲疑又懷疑：「這……神機營哪裡的女子？妳怕不是偷來的令信吧？」

阿南一聲冷笑，把令信往他臉上拍去：「偷來的？你倒是去哪兒偷一個給我看看啊？」

管事的被拍得噭噭叫，只能一臉晦氣地帶著他們往礦區走去。

礦區在黃沙瀰漫的荒野之中，大地上數個斜斜向下的洞口，上面搭了破爛的簡易棚子聊做遮蔽，彷彿荒漠中生出了數個瘡痍。

阿南打量那些將木頭抬進礦洞的礦工們，問：「怎麼回事？礦下需要這麼多木頭？」

馬管事苦著一張臉，道：「嗐，咱也不知道捅了哪條老地龍的窩，礦下如今整日漏水。前兒好歹填埋修補好，梁工頭怕其他礦洞被浸泡坍塌，因此提議要將所有礦道加固一遍。」

「梁工頭？」阿南料想便是金璧兒的舅父了。「是山東調來的那位匠戶梁輝嗎？」

「是，姑娘您也知道啊？他之前在山東一個礦上的，因那邊礦脈採完了，這邊則新發現了個好大銅礦，還伴生雲母，因此從全國調集匠戶過來。梁工頭做事確實穩妥老到，我們將軍親口誇過的。」

在礦場邊的蘆棚內等了許久，那些鄉民才陸陸續續上來了。地下黑暗，個個都蹭得一身泥水，顯然下方礦洞漏水嚴重。

聽說是詢問卓壽出事那日的情形，其中一個黝黑精壯的漢子抹了把臉，率先道：「那日我們下工回來，遇到雷雨便在洞中歇雨，後來聽到叫聲便到洞口去看了，正逢卓司倉全身起火，面目焦黑——」

阿南打斷他的話，問：「既然全身起火，你又如何一眼認出他便是卓司倉呢？」

「因為事發當日，卓司倉剛好押送草料到我們礦上，他身材高大，與我們礦上其他人都截然不同，這誰能認不出來？」

阿南詫異問：「卓司倉是押運草料來的？」

卓晏對於父親如今的職責自然有所瞭解，當即道：「那我爹不可能是一個人來的吧？而且他身為司倉，理應清點完草料，交割後再走，為何卻孤身一人回去呢？」

眾人都搖頭道：「這我們就不知道了，你得問劉五。不過他是管物資的，如今應該下礦清點木材去了吧……」

話音未落，外面忽然一片亂哄哄的叫嚷聲爆發開來，隨即，沉悶的轟隆聲自地下傳來，讓他們腳下的大地都在隱隱震動。

阿南臉色大變，將茶杯往桌上一擱，霍然站起身衝出蘆棚。

滿目瘡痍的大地早已變了模樣，無數水花自地下噴湧而出。一股股碧水齊齊狂湧向半空，直衝雲霄達數丈之高，又同時落下，墜落於地四下飛散。

那些水花長短錯落，規模又十分齊整，圍成一圈同時自地下迸射而出，竟似蒼黃大地上綻開了一朵巨大的水花，在瞬間開謝。

隨即，整片大地驟然空塌，沉悶的聲響中，面前的土地肉眼可見地向下低矮了尺餘，整個大地頓時布滿了坑坑窪窪的瘡瘢。

阿南愕然睜大眼，不敢置信地望著這朵在天穹下剎那開謝的水花，呆站了許久，彷彿連腳下的震動都感覺不到了。

「這……這地下礦脈裡怎麼這麼多水啊，而且沖出來的力道還這麼大！」卓晏雖也被那些噴湧的水嚇了一跳，但他於機關學見識不深，以為只是地下礦脈的水湧出來了。

礦場的人驚呼著，四下逃竄。

也有人聲嘶力竭地大喊：「礦下還有兄弟！被埋了，他們都被埋了！」

可如今整片大地都坍塌了，顯然下面的礦洞終究沒能撐住，已經被湧出來的水花徹底沖垮。

卓晏驚魂未定，轉頭看見阿南臉色極為難看。

「阿南，妳……妳說，咱們要找的那個劉五，是不是……」

「阿晏……」阿南已經顧不上劉五了。她死死盯著那片方圓數十丈、依舊還溼漉漉的地方，低低問：「你覺得，那像什麼？」

「什麼？什麼像什麼？」

「地下湧出來的，這些水……」

卓晏不解地轉頭看著被沖毀後顏色變得深暗的大地，回憶著剛剛那驚魂一刻，心有餘悸道：「像……像朵花吧？」

阿南點頭，緩緩道：「蓮花……一朵自地下冒出來的，在蒼穹之下綻放的青蓮。」

灰黃沙漠飄起了細雪，敦煌城外胡楊林落光了葉子，一棵棵虬曲樹幹立於陰暗天色中，更顯蕭瑟。

阿南緊了緊身上的赤狐裘，催趁胯下馬匹，縱馬馳出大片樹林。嘩啦啦聲中，捲起萬千細雪如雲，在她身後一路飛揚。

按照瀚泓所指的方向，鳴沙山以西、月牙泉之外，滾滾黃沙中，一片綠洲依稀呈現在她面前。

所謂綠洲，其實只是沙漠中一片草木比較密集的地方而已。沙棘樹、駱駝刺、沙蒿互相錯落地生長著，缺水的莖稈多是棕褐色的，上面長著些稀疏的灰綠色葉片，在雪中更不起眼。

從馬上躍下，阿南正撣去身上的碎雪，一把傘遮在了她的頭上。

阿南抬頭，正是朱聿恆。

「你怎麼知道我過來啦？」

朱聿恆握傘替她遮住雨雪，道：「我剛看到妳一路馳來。」凝望著她微微喘息的側面，朱聿恆想起適才一抬頭時，看見她縱馬自沙漠彼端而來，令他胸口瞬間悸動。

她鮮衣怒馬，攜著身後那萬千碎雪，就如滾滾紅塵一瞬降臨至他的世界。那一日，她曾一襲紅衣衝破西湖碧波，而如今這條身影拋卻了前塵過往為他而來，這算不算是他這一路走來最大的成就？

「我正要回去，妳怎麼趕來了？」

「我聽瀚泓說，你來這邊調查北元王女之死，所以跑來找你。」阿南著急趕來，自然是要跟他說礦區之中青蓮的事情，但看這邊人多耳雜，便拉他到一旁，壓低聲音問：「你不是說王女之死關係重大嗎？怎麼不私下機密調查，反而這麼勞師動眾地來了？」

朱聿恆與她一起走向綠洲中心無人處，低道：「王女出事之時，出現了青蓮跡象。」

「怎麼回事？」阿南錯愕地睜大眼睛，沒想到這邊也會出現青蓮的痕跡。「帶我去看看。」

「來。」兩人往綠洲之中而去，幾個侍衛正抖擻精神守衛在一個坳處，面朝外背朝內把守著。

阿南朝坳地看了看，枯草叢中赫然有一個燒焦的人形印跡，雖然上面燃燒的東西早已不在，但依舊可以看出那是一具趴在地上、四肢扭曲痛苦不堪的人形。

阿南仔細審視那焦痕，隨即發覺不對，拉著朱聿恆往後退了兩步，踮起腳尖俯瞰整片窪地。

窪地在綠洲的中心，大略是個圓形，而這不太規則的圓形之中，零零落落地生長著些生命力頑強的草木。它們當中有一部分如沙冬青，長得格外茂盛，與綠洲中其他萎敗凋零的灰褐色植物不同，呈現出稀疏的灰綠色。

而，這些灰綠的植物，在這枯黃的沙漠綠洲之中蔓延生長，以黃沙和其他乾旱植物為背景，組成了一朵巨大的青蓮圖案，呈現於蒼茫大地之上。

長空之下，沙漠之中，阿南與朱聿恆長久凝望這黯淡的綠洲青蓮。它的正中心，正是王女殞身之處。那扭曲的身影痛苦趴伏於花蕊蓮房之上，宛如獻祭。

望著這詭異的場景，阿南不由喃喃：「青蓮盛綻處……」

朱聿恆點了一下頭，說道：「這就是北元王女被燒死的地方，妳覺得……與所謂青蓮盛放，是否有關聯？」

「沒關聯的話，你怎麼會特地來這邊跑一趟？」阿南說著，貼近了他低低道：「可是阿琰，我在礦區那邊，也遇到了青蓮盛放的怪象。我這急匆匆跑來，正是要告訴你這件事的。」

朱聿恆難免一怔，立即問：「怎麼回事？」

阿南便將自己與卓晏如何尋到礦場、如何看到青蓮自地下湧出的情況詳細說了一遍。

朱聿恆沉吟片刻，問：「依妳看來，這兩處青蓮，哪一處比較接近傅靈焰的手劄所記？」

阿南毫不猶豫道：「既然咱們人手夠，那當然全都查一查！」

朱聿恆點頭，召了韋杭之過來，命他立即去敦煌衛所調集人手救護地下礦工，同時囑咐詳加查探地下情形。

等韋杭之奉命離去，他才帶著她，往窪地的那朵巨大青蓮走去。

身處這朵由植株構成的青蓮邊緣，比在外面看得更為清楚。明明是相同的兩蓬沙冬青，相距不到兩尺，可一株在青蓮範圍內，便是蔥蘢鮮綠，而不在青蓮內的那株則明顯要枯槁焦萎，與另一棵天差地別，明顯有異。

兩人穿過組成青蓮的繁盛植被，來到這片詭異綠叢的最中心。在那裡，王女被焚燒的焦痕至今猶在。

阿南蹲下來仔細查看，那扭曲痛苦、慘不忍睹的人形痕跡，她卻看得分外認真，甚至還抬手比劃著焦黑邊緣。

朱聿恆甚至懷疑，若是旁邊沒人，她可能還要撲到焦痕中，自己擺出那個姿勢試試看。

朱聿恆走到她身後，俯身看向焦痕，問：「怎麼樣？」

「你肯定也看出來了吧？簡直有點詭異。」阿南折了根樹枝，比劃著痕跡，那燒焦的痕跡，明顯是一個人雙手扼住自己的喉嚨掙扎的模樣。「咱們在雷峰塔時，曾把雷引下來劈過葛稚雅。按照常理來說，人被雷劈之後，會立即昏厥、喪失意識，就算身上沒有燃燒，也該是抽搐昏迷。但王女的死狀……很值得玩味啊。」

「對，空中雷擊，必定殛其頭、背部較高處，可王女保護的，卻是自己的喉部……豈不是咄咄怪事？」朱聿恆俯身與她一起端詳地上痕跡，眉頭微皺。

「這場雷、這個地方，很有問題。」阿南將手中樹枝一丟，站起身問：「要不，去查驗一下屍身吧，王女的屍體現在何處？」

「祕密收殮在義莊，妳要看的話，待會兒我陪妳過去。」

阿南詫異朝他挑眉：「什麼，皇太孫殿下這尊貴的身子，居然要踏足那種地方？」

「到了這兒，妳該叫我提督大人。」朱聿恆正色道。

畢竟，他如今身處地方上，用一個官場上正式的身分，總比皇太孫這個身分合適。

阿南望著他俊美無儔的面容，心想，諸葛嘉都被人誤會是太監呢，你長這麼好看，就不怕這回又有人把你當成是朝廷下派的宦官內臣？

想著自己一開始對他的誤會，阿南忍不住笑了出來，即使這個地方詭祕異常，實在不適合她燦爛的笑顏：「好吧提督大人，去義莊，咱們看屍體去！」

敦煌是軍鎮，一切都以屯田駐軍為首務，軍中生死是常事，因此義莊的規模也非尋常可比。它坐落於城西通衢處，院落雖低矮，但屋舍打理得十分齊整。

楚元知如今是官府中人，朝廷有需要，他只能先行辭別舅丈一家，趕到了義莊。

阿南早已在門口等他，一見面便問：「怎麼樣，和舅舅一家見面，情況如何？」

「都好、都好。」楚元知擦擦額頭的汗，對朱聿恆見了禮，才對她道：「還好璧兒精神不錯，我一開始還擔心她過於激動，不然我也難以放心一個人先回來。」

阿南對他們這老夫老妻如此恩愛而嘖嘖稱羨：「別擔心金姊姊啦，先進來看看這具屍身，這次的雷火可詭異得緊。」

守義莊的老頭沒見過世面，阿南這個女子進來驗屍，顯然是他生平僅見，不由咂舌：「姑娘，是妳要看屍身？」

阿南點頭：「那具屍身在哪兒？」

「那具屍首……委實有點不好看。」老頭說著，再看看後頭一派尊貴模樣的朱聿恆，更是震驚。「這位公子也……？」

阿南忍不住笑了：「有什麼好驚訝的，這位公子在戰場上見過的屍體，說不定比你這輩子見過的還多呢。」

等進內看到王女的屍身，他們才發現真的不好看。

燒焦的女身呈現一種扭曲蜷縮的模樣，與他們根據焦痕推測的結果一樣，她的雙手緊緊地捂住自己的喉嚨，顯然極為痛苦。

三人蒙上面罩，楚元知戴上仵作那邊拿的手套開始翻屍體。阿南則取過旁邊的登記冊子，將上面關於女屍的記載念了出來：「死者身長約莫五尺，年可十七八上下，牙齒細密整潔，全身骨骼無殘無缺。內外衣著均為北元華服，脖、臂金珠首飾尚存，貼身衣上織藍紅犄紋……」

楚元知一邊聽著，一邊小心翼翼地將王女捂在喉部的手掰開來：「這屍身，燒得很脆啊……」

只聽得「喀嚓」一聲脆響，王女被燒焦的手臂頓時被他拉出了一條裂痕。

他下意識便道：「抱歉……」

一抬頭正對上屍體的面容，它被燒得焦黑猙獰，整個五官扭曲剝落，連長什麼樣都看不出來了。

楚元知不由嘆息，問：「這姑娘是誰？怎麼落得如此之慘？」

阿南看向坐在旁邊的朱聿恆，他開口：「北元王女。」

楚元知頓時愕然，聲音也不由緊了緊：「北元王女死在我朝疆域？這……這怕是……」

他沒說下去，只忍不住搖了搖頭。

阿南看著這具屍身，也覺得她挺慘的。被父親當成犧牲品送到異國，連自己過來後會被許配給誰都還不知道，就被殺死在了他鄉，還死得這麼詭異痛苦。

如今，因為她的身分，更要鬧一場血雨腥風。

楚元知心懷憐憫，盡量放輕動作，小心翼翼地將王女的手慢慢挪開，查看她掌下的痕跡。

她全身都被燒得焦黑，但頸部與手掌卻尤顯恐怖，幾乎已經被燒穿，輕輕一敲便有焦炭狀的碎屑混合著沙土掉下來，可見當時灼燒的雷火有多熾烈。

楚元知指著頸部與鎖骨相接處，肯定道：「這是雷火的中心點，也是最為劇烈的地方。」

阿南贊成，但又道：「楚先生你見多識廣，可有見過雷火劈在人咽喉處的嗎？」

楚元知搖頭：「未曾見過。」

「所以，我也懷疑這並不是天降雷火，楚先生你說，有沒有可能，這是人造的？」

楚元知家傳六極雷，最擅長便是驅雷掣電，他仔細審視王女身上的傷痕，遲疑道：「火確實是從她鎖骨正中心開始燃燒無疑，而且是極為猛烈的火焰，在瞬間燒穿了她的咽喉，導致她未來得及反抗便倒下，痛苦死去——但依照氣味和跡象來看，絕非屬於火藥硝石之類的物事，與我家的六極雷更是迥異。」

阿南便問：「那，可能是當初葛稚雅的即燃蠟之類嗎？」

「即燃蠟燃燒後有劇毒灰白粉末，她身上可沒有……唔，傷口附著了一些沙土狀的東西。」楚元知撚了撚，說道：「貌似就是燒焦的砂石。看她的衣料皺巴巴的，還沾了沙土，難道事發時在下雨？」

「對，下雨，一場敦煌多年難遇的雷雨。」阿南說著靠近了王女的屍身仔細端詳，問：「她身上的衣服居然還沒燒完？」

「腋窩、雙股及其他肢體緊貼處尚殘留著一點。」

阿南打量楚元知神情，問：「難道你認為，她確實是死於天降雷電之下？」

「初步看來是這樣的，畢竟……雷雨之中，又斷非火藥等造成，我看這位王女死於雷擊的可能性確實存在。」楚元知琢磨推敲著。「若是如此，這姑娘當時究竟是何種姿勢，才會讓雷電擊中此處呢？」

阿南仰頭向後，比劃了個姿勢：「難道說，她在雨中仰頭看天，所以咽喉鎖骨處暴露了？」

「南姑娘，妳可別開玩笑了。」楚元知啼笑皆非。「妳說當時還在下雨，她抬頭看的豈不是傘了？」

一直在旁邊不說話的朱聿恆，此時開口：「待會兒將當時在場的人叫來問問即可。」

「對，這個傷大大不合常理，我倒要看看王女臨死前到底在做什麼。」

驗完王女的焦屍，眾人潔手完畢出了義莊，回到驛站。

驛站已候著幾個男女，有身著北元服飾的王女侍從，也有中原服飾的，那是當地去迎接王女的隊伍。

他們都是親眼目睹王女出事的一干人等，如今因為朝廷對王女之死祕而不宣，所以這些時日都被帶到此處不許與外人接觸，人人心中都很忐忑。

阿南問：「妳們當中，哪位是貼身服侍王女的？」

其中一個年紀較大的婦人指了指身旁幾人，強抑悲聲：「我們幾個婆子便是。王女這一路都是我等服侍的，也……一起親眼看見了王女慘遭天雷焚燒。」

阿南微微頷首，問：「那日既然有雷雨，王女為何要冒雨跑到窪地去？」

「此事說來詭異，全是因為王女這一路上夢魘纏身……」那婆子擤了一把鼻涕，鼻音濃重：「自離了王都之後，王女便時常夜半從惡夢中驚醒，她說……說夢見自己葬身於火海之中……」

阿南與朱聿恆不由對望了一眼，沒想到，卓壽生前被人預言天打雷劈，王女居然也夢到死於火中。

「奴婢們自然一直勸慰，但王女夜夜惡夢，怎能聽得進去，精神也一日差過一日。她在馬車上日日昏睡，總不下車，奴婢們都是憂心忡忡，直到那日經過綠洲之時，璐日布忽然跟我們說，王女讓我們將車停下，如今正在下雨，應無火燒之虞，要下去走一走。」

「瑙日布是誰？」阿南問。

「是從小跟隨王女的侍女。我們都是臨出發時被擇取來伺候王女的，她卻不同，仗著自己與王女親近，開口閉口王爺、王女的，盛氣凌人，倒顯得她才是主子似的……」

婆子一肚子怨氣，說事細碎繁雜，絮絮叨叨。阿南卻一點也不急，甚至還從果點盤中摸了把瓜子，嗑了起來。

王女既然要下去散心，侍衛們肯定不敢怠慢，把綠洲內掃蕩了一圈，見毫無異狀，才圍住了綠洲。

所謂綠洲，只是草皮略為豐茂些而已，有幾棵稀疏的樹，但也無法遮住王女和幫她打傘的瑙日布身影。

王女與瑙日布走了一圈，看見下方綠洲中間的窪地，忽然咦了一聲，似是看到了什麼有趣的東西，兩人打著傘，便向下走去。

窪地下陷，足以遮蔽他們大半的視野，但並不能掩蓋全身。站在綠洲周邊的眾人始終可以遙遙看見那把露在上方的傘，傘一直撐在她們上頭，沒有收起或者倒下過。

只過了數息時間，天空忽然一陣雷聲響過。嬤嬤們有些擔心，想著這天氣畢竟不能讓王女在外面多待，便趕緊往綠洲中間走。

誰知，就在他們向內走去時，只聽得啊的一聲驚叫，雷聲之中，那把傘驟然冒出火光，燒了起來。

傘面的雨水頂不住下方冒出的那團火焰，砰地散開，帶著火花四下飛濺。

眾人大驚失色，個個拔足向窪地急奔去。

在尖叫聲中，眾人便看到瑙日布連滾帶爬地向他們跑來，口中不住地大叫：「救命，王女燒起來了……快救救王女啊！」

眾人顧不得撲打她身上的火苗，抬頭便看見王女全身起火，趴在窪地中間只是抽搐，早已沒了站起來的力氣。

大家一哄而上，趕緊扯下旁邊的樹枝，拚命拍打她身上的火苗。

可她身上的火早已遍及全身，連皮膚也灼燒了起來，極難撲滅。天空那點雨水和他們手上這些樹葉稀少的枝條，在短時間內根本無法奏效。等火苗終於熄滅時，王女也早已嚥了氣，全身焦黑，死狀慘不忍睹。

說到這裡，那婆子早已老淚縱橫，其他人也是個個抹淚。畢竟，王女在路上出事，他們身為隨行人員，個個逃不了責任，等待他們的不知是何等悽慘下場。

而負責去玉門關外迎接王女的使者們，也是個個嘆息，同時點頭表示婆子所說屬實，沒有虛言。

阿南琢磨著他們的述說，問：「王女在坳地裡待了多久？」

「沒多久，大概就十幾息時間吧。」

十幾息，那就是十幾次呼吸而已，這麼短的時間，除了一個雷劈下來外，旁人能做什麼事情？

阿南思忖著，見楚元知在旁邊欲言又止，示意他先別說，又問婆子：「那個侍女瑙日布，如今身在何處？」

「她……她畏罪自盡了！」婆子憤恨道。

阿南倒是不意外，問：「怎麼死的？」

婆子目光落在一個中年婦人身上，道：「妳把東西拿出來，給諸位大人瞧瞧。」

那婦人慌忙從懷中掏出一封信，戰戰兢兢道：「王女出事後，奴婢與瑙日布同住，發現她半夜偷偷去藏東西，我把它取出來給大家一看，就是這封信！」

阿南接過來，拆開看了看，上面寫的赫然竟是漢文。只是寫字者應是初學，寥寥數字在紙上歪歪扭扭。

「事已畢，求釋放吾家小弟。」

「看起來，好像是有人以她的弟弟作為要脅，讓她去幹什麼事情？」而且，收信方應該還是漢人。

婦人頭如搗蒜：「奴婢們也是這麼想的，於是便立即盤問她。結果瑙日布無可抵賴下，居然畏罪跳井了！」

「跳井？哪口井？」

「就是那些個穿井啊！」

所謂穿井，後世也叫坎兒井。沙漠之中流水珍貴，露在外面很快會被沙土吸走、被日晒蒸發，因此無法引流明渠。當地百姓便將龍勒水引到掏挖出來的地下暗渠之中，在地下形成一條條水道。為了取水方便，暗渠上頭每隔一段距離會鑿一眼豎井，人們可以從井中取水灌溉飲用，因此名為穿井。

若沒有穿井，敦煌周邊百姓便無水可喝，更不可能屯田造林，世代繁衍於此。

「那穿井口子極小，下方連通暗渠，水流湍急。瑙日布跳下去之後，我們拉不住她，眼看著她就被下方的水流沖走了！」婦人雖然梗著脖子覺得自己沒有大錯，但想起瑙日布跳下去的那一幕，還是心悸不已。

那領頭的婆子也嘆氣道：「那地下河溝縱橫交錯，穿井又直上直下根本不可能爬得上去，這……必死無疑了！」

打發走這一群人，阿南問楚元知：「楚先生，我看你剛剛聽到他們說了現場狀況後，似乎想說什麼？」

楚元知點了點頭，道：「按理說，雷劈的必是高處之物，而且傘若被淋溼了，亦是導引雷電之物。」

阿南頓時就理解了，說：「可不是麼，結果撐傘的侍女沒被雷擊，反倒是傘下的王女被擊中而死。」
「可惜，那個侍女瑙日布已經自盡了，她本應是個重大的突破口。」
「她是王女死前唯一在場的人，說不定我們所有的疑問，都可以從她那兒得到解答。可如今這條線已經斷了，我們若要尋找突破口，除非……」阿南思索著，朝著楚元知露出詭祕的神情。「楚先生，一具屍體也是驗，兩具屍體也是查，要不……咱們再去驗一個和王女死得差不多的人？」
旁邊的朱聿恆一聽便知道她打的什麼主意，不由對她皺了皺眉。
單純無知的楚元知則詫異問：「什麼？敦煌這邊，還有一個死在雷雨中的人？」
「不但有，而且，他們的死因、死狀甚至時間都是一模一樣。我相信，其中必有關聯——就算沒有關聯，應該也能為此案提供重要線索。」
在楚元知迷惑的眼神中，朱聿恆終於對阿南皺起了眉，開口：「但自古以來，蓋棺定論，入土為安。妳覺得……阿晏會同意你們對他爹開棺驗屍嗎？」
楚元知頓時瞪大眼睛，不敢相信阿南前一刻還和卓晏稱兄道弟，下一刻就想把他爹的棺材蓋給掀了。
「是啊……這事可難搞。」阿南這種厚臉皮，也終於露出了不好意思的神色。
「所以，我想看看能不能和楚先生一起偷偷地把這事兒給辦了。」
楚元知埋頭一聲不吭，顯然並不想跟她偷偷摸摸幹這種損事。

「但是，阿晏父親之死，真的很可疑，尤其是和王女的案子聯繫起來，確實值得一查！」阿南屈起手指，給他們點數。「第一，卓壽也是在那場雨中被雷電所擊；第二，他在眾目睽睽下全身著火，而且火勢一起便很劇烈，雨水彷彿還加強了火力；第三，王女去世時身旁唯一的侍女瑙日布死了，而唯一知道卓壽為何孤身冒雨離開礦場的目擊人劉五，也在我和阿晏過去探訪時，被活埋在了突發事故的礦下；第四，卓壽生前接到信件、王女生前作夢，似乎都知道自己要死於雷火之下。」

楚元知這個老實人，也被她列出來的疑點給打動了，臉上現出「確實值得一驗」的神情。

但還沒等他點頭答應，驛站外頭傳來夥計熱情的招呼聲。天色不早，金璧兒已經被梁家人護送回家了。

楚元知趕緊出去迎接妻子，看見送她回家的正是梁壘。

阿南和金璧兒打招呼，一邊笑著問梁壘：「梁小弟吃過了嗎？留下來一起吃飯吧。」

梁壘上次與官兵動手的把柄還握在阿南手中呢，哪敢應她，趕緊搖了搖頭，告別了楚元知和金璧兒，轉身就走。

「這麼怕我啊？我還想從你身上挖點什麼出來呢……」見他們都走了，阿南抱臂望著他的背影，一臉笑嘻嘻。

朱聿恆淡淡道：「別為難這小兄弟了，青蓮宗我已遣人暗查，不日定會有消息的。」

「不單只為青蓮宗的事，這小弟弟身上，肯定有什麼問題。」阿南湊近他，悄悄和他咬耳朵，把之前他看到卓晏的奇怪表現給繪聲繪色地形容了一番。「我覺得他啊，絕對有問題！」

「瞎操心。」朱聿恆哪會不知道她的意思，肯定是指梁壘對卓晏有異常情愫。

「哎，萬一阿晏家學淵源，也有斷袖之癖，那……你說卞存安會贊成還是反對？」

朱聿恆哪會搭理她這種見風就是雨的臆想，轉身就走。

阿南追了上去，又問：「如果不是我猜測的這樣，那你說，原因是什麼？」

朱聿恆腳步不停，只道：「無論是什麼，我們在這兒猜測有什麼用？查一查不就行了？」

「哎，真無趣啊，猜猜未知的事情，探索未知的地域，這是人生一大樂事呀。」阿南跟在他身後，道：「我就很樂觀。我覺得，如果梁壘對阿晏不是那種心態的話，鑑於他根本不認識阿晏，那麼他或許與卓壽有關，而梁壘又與九玄門有關、九玄門與青蓮宗有關、青蓮宗與關先生有關、關先生與山河社稷圖有關……所以兜了一圈，這小弟弟啊，說不定和一切都有關！」

朱聿恆腳步略停了停：「我會加派人手去查。」

「就是嘛，這麼大一個突破口，不得好好查查？」阿南滿意地笑了，又想起一件事，忙道：「對了，還有卓壽生前收到的最後那封詛咒信，查到是誰寫的了嗎？」

朱聿恆道：「這個倒很簡單。卓壽是被流放的，而敦煌又是軍鎮，寄給軍中司倉的信，驛站必有登記造冊的，稍等一等吧，很快就能有結果了。」

第七章　龍戰於野

都說胡天八月即飛雪，但玉門關今年地氣倒是暖和，前幾日一場小雪下過，很快又是晴好天氣。

玉門關遙遙在望，周圍一片荒涼，風吹起沙子如流水般湧來。

阿南趕緊背過身去，拉起紗巾蒙在頭上。

道旁草木已徹底絕跡，眼前再也沒有任何綠色，天地只剩下蒼茫黃沙，令阿南想起被關先生刻在陣法中的那千古名句——

羌笛何須怨楊柳，春風不度玉門關。

驀的，一隻金碧色的孔雀在灰黃沙漠的半空翱翔而過，那鮮明亮眼的色彩，在日光下熠熠生輝，猶如神鳥降臨。

駝隊一行人都因為這亮眼的孔雀而精神一振，以為是神跡。唯有阿南抬眼看了看，目光隨之轉向孔雀下方的玉門關。

連天相接的黃沙平原中，玉門關殘存的方形城牆之下，傅准正一身黑衣站在日光的背後，靜靜等待她到來。

他的肌膚蒼白得發光，衣服又是純黑，站在蒼黃的背景之前，天地灰黃，而他如一幅水墨畫，溫潤而詭異，與這個衰敗的世界格格不入。

那雙比常人要幽深許多的黑瞳，目光落在她身上時，微微瞇起，露出攫人的光彩。

阿南從馬上躍下，將蒙在頭上的紗巾一把掀開，透了口氣。

在這無遮無掩的沙漠上，唯一可以擋風沙的地方，只有傅准所處那片殘垣背後。

但阿南可不敢往他旁邊站，只抱臂靠在牆邊，寧可吹點風沙。

傅准抬手讓吉祥天落回到自己肩上，似笑非笑地捋著吉祥天的尾羽，斜睨著她：「如此千辛萬苦來找我，我一時倒有些感動了。」

「哼，誰找你？」阿南翻他一個白眼。「要不是看在殿下的面子上，你以為我願意來這兒奔波？」

「一口一個殿下，嘖……一門心思只有他，明明我認識妳的時間可比他早多了。」傅准捂胸輕咳，有點幽怨道：「可憐我拖著這副殘軀，勞心勞力孤苦伶仃在這兒辦事，結果妳連個好臉色都不肯給我，我心中這委屈也不知道該與何人說……」

「少給我裝模作樣，趕緊帶我看看玉門關這邊的情況。」阿南看見他這模樣就來氣。「禍害遺千年，區區沙漠，能奈你何？」

說著，她拉上頭巾遮住日頭，抬腳向著方形的小城內走去。

當年宏偉的玉門關，如今已只剩了殘垣斷壁。千百年前沙土夯築的城牆依舊佇立在風沙之間，殘破不堪，不再有人駐守。

登上城門，阿南朝四下望去，只見長風呼嘯中，黃沙漫漫。天地相接處唯見昏黃起伏，盡是沙漠。

明知道青蓮盛放就在玉門關百里方圓，可一時要找到，談何容易。

「此次西來人手充足，這幾日我們便以這玉門關為中心，四面八方每日向外梳篦輻照，尋找陣法痕跡。不過目前尚未有什麼發現。」傅准撫著吉祥天的翅膀，問：「妳不是一向與殿下形影不離的嗎？怎麼今日一人大駕光臨？」

「他要去祭奠前幾次北伐時犧牲的烈士，我不便跟隨，左右無事，先過來了。」阿南手扶城牆，四下張望。「畢竟這裡是地圖上明確標記的方位，很可能是一個突破口。」

「南姑娘說什麼，我們就遵照妳的意願行事吧。」傅准微微笑著，慢條斯理道：「畢竟，妳與殿下關係可不一般，別說我這種掛個虛名的，就算是韋杭之諸葛嘉這種正經官身，也得聽妳的。」

阿南揉著自己的手肘傷處，覺得它依然在隱隱作痛：「怎麼，殿下看重我，傅閣主不開心？」

傅准雲淡風輕道：「怎會，世間種種自有因果，各取所需而已。」

阿南冷哼一聲，想說阿琰與她關係非比一般，可話未出口，心下忽然一跳，升起了一絲疑竇。

阿琰素日如此謹慎自持，為何竟能將三大營的令信交予她這個女海匪？他在順天才將此物送給她，說明是得到皇帝許可了的。他所做一切的背後，應該是得到了皇帝的支援。

可……若說阿琰可以為她不顧一切，那麼皇帝又是為什麼而首肯呢？

抬頭看見傅准似笑非笑的神情，阿南又察覺他如此發問肯定沒安什麼好心，哼了一聲便將隱約的不安拋諸腦後，只指著周邊荒漠中依稀呈現的一痕村落，問：「那邊有人居住？」

傅准瞇眼看了看：「有數十戶人家住在那兒，靠山後綠洲活下來的。」

「有人就好。」阿南喝了兩口水，轉身便往下走。「我過去看看。」

傅准見她蒙好面巾，騎上駱駝便向那邊出發，他追了上來，問：「難道說，因為地上的實物難尋，你們想找找那些看不到的痕跡？」

「若真是土陣法，那麼很可能會藏在地下，我們在這片荒漠之上，如何才能定位？」阿南眼望前方，隨口問：「你帶人在這兒搜尋好多天了，還不是一無所獲？」

傳淮無奈望她一眼，正要訴苦，她已經「哼」了一聲，道：「我看，就算你有發現，也不會告訴我們的。」

「南姑娘怎麼可以冤枉我這般赤膽忠心為國為民的人？妳知道這些天，我這虛弱的身子是怎麼在沙漠中熬下來的嗎？」

阿南一拍駱駝，懶得搭理他。

傳淮又問：「所以，你們想找的，是人，而不是物？」

「六十年一甲子，說長不長，說短不短。當年關先生在這邊設置陣法，若有年輕人目擊，未必不可能記到現在。」

「有道理，果然是冰雪聰明的南姑娘。」傳淮拊掌，皮笑肉不笑道：「只是，這茫茫沙漠，活著就不容易，要活到七老八十的，那就更難了吧？」

「那也比你在這兒無所事事消磨時間好！」

到了村子中，阿南驚喜地發現，原來村子翻過兩座沙丘就有片綠洲，甚至拜穿井所賜，村後平原還能墾出幾塊麥地，是以村中人能一直在此繁衍生息。如今有七、八十戶人家，年逾古稀的也有五、六個人。

排除了兩個五十多年前嫁來此處的老婆婆，村長請來了三個六十歲以上的老人。問起六十年前附近有沒有異常所見所聞，眾人都是搖頭。

「那麼，附近有沒有什麼花，或者像花的景色之類的？尤其是像蓮花的。」

阿南細細詢問，可惜一無所獲。她只能起身請村長送幾位老人回去。其中落在最後的一個老頭，傴僂著背走了幾步，停下了腳步，又慢慢走了回來，吧答吧答抽了兩口旱煙，欲言又止。

阿南記得這老人是村裡一個羊倌，如今已經七十有三。他飽經風霜，臉皮皺得跟老樹根似的，倒是精神矍鑠。

阿南看他這模樣，忙問：「老人家是想起了什麼嗎？」

他坐回阿南面前，遲疑道：「小娃兒，俺活了七十三咧，都說七十三、八十四，閻王不請自己去，可俺心裡有件事兒啊，記了六十四年，怕是到了閻羅殿，俺也忘不了嘞。」

阿南一聽，這老頭話裡似乎有戲，當即追問：「難道說，您小時候見過什麼怪事？」

「要說怪，倒也不怪，只是恁說到花兒朵兒的，俺就想起來了。」老頭說著，把旱煙桿在桌上磕了磕，嘆道：「哎呀，俺在這活了老久嘞，這沙漠啊，俺有時候也挺咬牙。昨兒風沙，把俺的羊跑沒了兩頭，那可是今年開春剛出的兩頭羔羊，長得壯壯實實……」

阿南啼笑皆非，道：「行，只要您想起的事兒確實與我們要尋的有關，我必定叫人給您把羊找回來。就算找不到，也給您牽兩頭去。」

老頭登時咧嘴樂了，說：「恁這女娃兒真像俺當年遇到的仙女，一樣漂亮一樣良善，唔……就是恁比她黑點！」

本以為是關先生線索的阿南，頓時有些詫異：「仙女？」

「是嘞……」老頭瞇眼想了想，然後才抽著旱煙道：「小老兒姓秦，打小住這塊，從記事起就放羊，最遠只去過敦煌。八、九歲那年青黃不接時候，俺娘餓得躺在床上下不來，俺那時年紀小不知怕，半夜偷偷摸到人家地裡，想薅幾把未熟的麥穗，給俺娘弄點青麥㖼兒救命……」

初夏的後半夜，促織、蟈蟈、螻蛄不停在暗夜中叫喚。天空陰雲籠罩，迷迷濛濛透著幾分月色。

他摸黑走到村邊，又擔心被人發覺，於是拐了個大彎，從村後貼著沙丘往田裡走，聽聽四下僻靜無人，便彎下腰去抓住了那些剛灌漿的麥子。

就在他慌裡慌張捋了幾把麥穗之時，忽聽到一陣清風過耳的聲音，隨即，急促而輕微的鈴聲在暗夜低低響起。

他心驚膽顫又疑惑萬分，正側耳傾聽之際，突然有無數銀亮絲綸從後頭射出，就像蜘蛛絲一樣纏縛住了他的手腳。倏地之間天旋地轉，他便被拖出了麥地，重重撞在石頭上。

臉上火辣辣的痛，他抬手一抹，摸了一把血，嚇得放聲大哭，拚命掙扎。

旁邊忽然有人噗哧一聲笑出來，說：「原來是個小弟弟啊，你深更半夜的跑我陣中幹麼？」

他聽出是個年輕女子的聲音，又清又脆，和越過自己耳邊的鈴聲一樣輕靈。隨即，她抬手一招，纏住他腿腳臂膊的銀絲便全部縮回了她手中一朵蓮花菡萏中。

她打量他掉在地上的青麥穗，問：「大半夜的，你一個人摸到這邊偷麥子，不怕被人抓住了，把你吊起來抽鞭子？」

月光下他看見那女子，和他見過的十里八鄉的姑娘家都不一樣，皮膚白白的，在月光下泛著光，眼睛清清亮亮，在黑暗中像井水般蕩啊蕩。

只是他當時年幼，哪懂得這般月下美人的風華，只瞅著她手裡那銀亮亮的絲線，想著不會是蜘蛛精晚上出來吃人吧，因此嚇得不敢抬頭，只哭道：「俺娘……俺娘餓得起不來了，恁把俺吊起來打吧，可、可別把這麥穗拿走……」

「唷，還是個孝順娃兒。」那姑娘捏捏他髒兮兮的臉頰，大概是瘦巴巴的手感不好，便轉而揉了揉他的頭髮，問：「讓你一個小娃兒出來偷東西，你家大人呢？」

「都死了……俺爹放羊遇上官兵，他們要把羊拉走當軍糧，俺爹不肯給就被打死了……」小孩梗著脖子，啪答啪答掉眼淚。「後來朝廷說要打仗，把俺爺押去做工了，再也沒回來。秋後村長還上俺家要錢，說是澆……澆水……」

那姑娘說：「交賦稅。」

他也不懂，就點頭道：「反正，俺家準備過冬的糧食都給搶走了。奶奶頭天跟俺說，家裡這點存糧，不夠咱們祖孫三個人活下去嘞，第二天，她就吊死在村口那棵樹上了……」

那姑娘聽著，嘆了口氣，拍拍他的頭道：「你還是趕緊走吧，得虧我在旁邊，不然你今晚就沒命了！記著，不許跟任何人說你在這兒見過我，不然我就跟人說你偷青麥的事！」

小孩應了一聲，慌裡慌張攏好地上的麥穗，轉身就跑。沒跑出多遠，他聽到那個姑娘又追上來了。她看起來是個身材纖細的姑娘，可身形趕上來，比他撒丫子跑得還快。

她手中甚至還有一隻正在掙扎的半大黃羊，丟給他說：「帶回去吧，我出來沒帶銀錢，你跟你娘一起吃點肉。」

他大喜過望，死死拖著這隻有他半人高的黃羊，跌跌撞撞跑回家去。看到兒子半夜帶著一隻黃羊回來，餓得奄奄一息的母親也不知從哪兒來了力氣，也不問哪來的，撐著起來便燒水割肉。

羊肉在鍋中咕咚咕咚燉著，香氣勾得母子兩人一邊燒火一邊急不可耐地掀鍋，頻頻查看肉是不是熟了。

等一碗羊肉帶湯水下了肚，他們才緩過一口氣來。母親盤算著明日把剩下的羊肉拿到集市去賣了，換點粗糧慢慢挨到新麥出的時候，懷著幸福的笑意睡去。

而他等母親睡著後，揣著一塊煮好的羊肉，又偷偷摸摸回去了。

在起伏的黃沙荒原中，他看見那個姑娘正站在月光下，轉動一個羅盤，似乎在尋找什麼。

他跑過去的聲響驚動了她，回頭看見是他，她皺著眉收起了羅盤，問他：「你又回來幹什麼？」

他忙從懷中掏出那塊羊肉，遞到她面前，說：「俺娘把肉燉好了，很香的，俺……俺知道餓肚子不好受，恁是不是也沒吃東西？」

那姑娘笑了，卻沒接他手中的羊肉，說：「真是個好娃娃，你自己吃吧，我可不餓。」

他有些訕訕，見她在月光下端著羅盤走了一圈，又走一圈，便問：「妳在找什麼嗎？」

「我在找花開的地方。」她指著廣袤無邊的沙漠，道：「找一個天女散花、地湧金蓮之處，設下一個禁錮，讓這裡從此再也沒有征戰爭奪的必要，一切歸於靜寂。」

他手捧已經冷掉的羊肉，呆呆聽著，問：「這沙漠裡，會開什麼花呢？」

她笑了一笑，仰頭望著天空那輪西斜的月亮，說：「青蓮。」

六十多年前的舊事，即使深深烙印在年少的孩童心中，如今想來也已經有些模糊，似真似幻。

大爺一口當地土話，又因為記憶而將那夜的事講得磕磕巴巴的，但是最後那姑娘說「青蓮」二字，卻讓阿南的眉心微微跳了一下。

「後來俺便再也沒有見過那個姑娘了。要不是俺娘第二天拿羊肉去集市換了糧食，讓俺們母子兩人終於活了下來，俺真覺得那是在作夢咧……」秦老漢呵呵笑著，指著面前大片黃沙道：「估計著那仙女也沒尋到蓮花，反正老頭在這兒活了這麼多年，從沒見過沙漠裡開出蓮花來，更沒見過附近啥時候出了什麼怪事，那女娃講的話兒啊，一句都沒實現嘞。」

阿南問：「老人家你別是記憶出錯了？她說的真是青蓮？」

「保準是咧！俺後來跟俺娘去趕集，還問鎮上說書先生啥是青蓮，他臉色大變，連聲讓俺不許多問。俺後來才知道，敢情那時候韓宋軍隊已經打過來，聽說龍鳳皇帝麾下的青蓮宗有排山倒海之能，打得北元節節敗退，最後被趕回了大漠。所以要是別的花花俺肯定也忘記了，但青蓮俺是絕對忘不了，沒記錯！」

阿南深皺眉頭，問：「大爺，你再仔細想想，那個姑娘，是不是額頭有一朵花鈿？」

秦老漢手中的旱煙桿頓了頓，一拍大腿道：「女娃兒，恁咋曉得嘞？年歲太久了，老頭都有點記不住了，不錯不錯，俺記得她眉心正中有朵火焰，藍汪汪的色兒！」

秦老漢把自己當年的記憶抖摟了個乾淨，滿意地牽著兩頭羊離開了。

阿南回頭看向傅准，卻見他慢悠悠地揣起手，感慨萬千地望著老頭離去的方向：「真想不到啊，在這種地方，居然能聽到我祖母當年的仙姿傳說。」

阿南鄙夷地看著他，期望他能提供點突破，他卻只無辜地看著她，臉上掛著薄薄的笑意。

阿南不得不開口問：「傅閣主，這事情是不是有點兒不對勁？」

「是嗎？哪兒不對？是我祖母不應該救濟那對可憐的孤兒寡母嗎？」

「我們都知道，設下這山河社稷圖的人是關先生，他當年為了對抗北元朝廷，才在大江南北設下這些驚世陣法。而且在出發的時候我們也看到了，玉門關這個陣法，正處於青蓮盛綻處——」阿南若有所思地瞧著他，道：「可按照這位秦大爺的記憶，當年在這裡設陣的人，似乎是你的祖母？」

「可不是麼，我也是大惑不解，妳說這到底是怎麼回事呢？」傅准臉上的疑惑比她還要深濃，習慣性捂著胸口咳嗽。「難道說我祖母和關先生當年同為九玄門中流砥柱，所以互相幫助，抽空幫他幹點活？」

這陰陽怪氣的態度，讓阿南滿懷惡氣堵在喉口，簡直想狠狠呸他一口。

「行了，我看這邊也只能問出這些了。」她揪住駱駝飛身而上，攏好頭巾擋住寒冷風沙，一催駱駝，向著玉門關返回。

面前風沙瀰漫，阿南心緒紊亂，難以輕易理順。

一開始以為無法找尋的青蓮盛綻，結果現在短短時間一下子出現了三處線索，反而令她陷入了更大的謎團。

尤其是，這三處青蓮似乎都符合那本手劄的紀錄，如何甄選實在是個難題。

但她著急也沒用，駱駝依舊是那個步伐節奏，穿過沙漠翻過沙丘，只是比其他駱駝稍微快了一點。

玉門關就在眼前，她抬頭看見在空中翱翔的吉祥天，轉頭回去，看見傅准在她不遠處，而其他人卻落在了後面，尚未翻過沙丘來。

傅准催促駱駝趕上來，問：「難道說，南姑娘真的打算在這裡尋找花開之地？」

「你的祖母既然能找到，我又如何會找不到？」

「出謎容易解謎難啊，再說了，妳這位三千階出自公輸一脈，對地勢山川可並無優勢。」他指著四面八方的茫茫沙漠，說：「妳看，妳從敦煌來到這邊，騎駱駝走了大概有大半天吧？可惜啊，尚未走完這片沙漠的百分之一。如今時間緊迫，妳準備如何在這蒼茫大漠之中搜尋那個地點呢？」

阿南抿緊雙唇，沒回答他。

「不肯承認嗎？那還是我替妳挑明了吧——妳找不到的，我也找不到。這世上唯一有把握將其找出來的……」在蒼茫風沙之中，他微瞇雙眼望著她，若有所思地打量她。「只有身懷五行決的竺星河。」

阿南扯著駱駝轡繩的手默然收緊，定定地望著面前這片無際無涯得令人畏懼的沙漠，可能是口鼻與喉嚨太乾了，她只覺得焦躁感從胸口湧出，焦灼焚燒了她全身。

「可惜啊，妳如今站在殿下這邊，就等於背叛了海客，更背叛了妳家公子。妳覺得竺星河會對一個叛徒，以及這個叛徒的新歡伸出援手嗎？更何況，妳明知道竺星河回歸中原，真正的目的是什麼……」他假裝悲憫，語氣中卻盡是幸災樂禍的意味：「在這世上，他可以救任何人，就是不可能救妳的殿下……」

「閉嘴！」阿南狠狠打斷他的話，一抖轡繩，催促駱駝向前跑去。

傅准卻笑出了聲：「惱羞成怒了？南姑娘，妳現在越來越沉不住氣了啊！」

他回頭看後方，沙丘上人影隱現，但與他們還有一段距離。

他微微一笑，追向阿南，道：「怎麼，妳真以為我在這邊幾天，什麼事也沒幹，什麼也沒發現？」

阿南皺起眉，懷疑地看著他。而他臉上的笑容卻更委屈更真誠了：「哎，我也就是個勞碌命，天天幹些吃力不討好的事情……算了，還是直接帶妳去看看吧，免得妳覺得我整天閒著，吃妳家殿下的空餉呢。」

阿南半信半疑地看著他，而他帶著她進入玉門關，來到城牆之內。

經歷了千年風霜，玉門關早已殘破，但它佇立於大漠之中，卻能遮蔽住外面一切，包括後方隊伍。

阿南知道傅准絕不是什麼好人，暗暗提起注意，跟著他下了駱駝，不遠不近地隔了兩尺距離。

只見城內堆積的黃沙之中，隱現一片淺坑。風沙捲起沙子，簌簌掩埋了它，但阿南依舊可以察覺出這片沙子顯然與其他的不一樣。

阿南往小坑走了兩步，警覺地瞥向傅准。

傅准攤開雙手，說：「我過來查看了幾處地方，此處應當是最可疑的。在數十年前，這裡應該是一口穿井入口，只是如今玉門關廢棄，這口井無人維護，被風沙掩埋了。」

阿南橫了他一眼，跪在那小坑邊，戴上一雙鞣得極為薄軟的皮手套，將手插入沙子中，向著四方探去。

薄薄的皮手套將沙子的溫度和觸感準確傳遞到了她的指尖，她很快便探出了鬆軟的一片圓形井口及井口上的石頭。

她抓住石頭一角，向上掀起。出乎意料，這片蓋在井口上的石頭雖然大，卻並不厚實，她一動手便掀起了一角，下面有陰涼的氣息冒了出來。

阿南將它一把掀開，身形隨之往後立退，免得被下方冒出來的穢氣侵襲。下面的氣息雖然陰涼，卻還算清新，並不渾濁。顯然，這個穿井雖然被廢棄了，可下方還是與各處相通的。

阿南用流光勾住自己的火摺子，拋進去照了照下方。

直上直下的井壁，洞壁上有兩個開口，連通乾涸的水渠，果然是廢棄的穿井水道，只是不知通往何處。

「妳看，蓋在井上的這片石頭。」傅准指指井蓋道。

阿南低頭一看，臉色不由凝重起來。

石匠在打刻石頭之前，往往要先整出需要的薄厚。這個時候，他們會將一排鐵楔整齊釘入石中，然後稍加敲擊，石塊便能按照鐵楔分布的方向，嚴整平直地裂開，供他們取到需要的厚度。

所以在劈開之時，兩邊石頭的紋路必然都是一樣的，也就是說，這塊被廢棄的殘石，與那塊被取走雕琢使用的石材，有著一模一樣的花紋圖案。

而這塊石材之中隱藏的紋路，依稀正是數片花瓣托舉出一座詭異雙人影的模樣，可以想見，被取走石材上的圖案，只要加深顏色紋路，浮雕出細節，很有可能就會是——

「青蓮綻放處，照影鬼域中……」阿南喃喃。

「要下去看看嗎？」傅准指了指穿井。

井口的沙子被風所捲，不停往井中流去，坑口下方顯然另有出口，那些沙子不知道瀉到了何處，再不見蹤跡。

阿南瞥了後方玉門關殘垣一眼，不假思索地彈出臂環中的流光，勾住井口，縱身向下撲去：「你在上面替我看著，等他們來了告訴一聲。」

她這麼爽快便下了井，倒是令傅准有些詫異：「別衝動啊南姑娘，還是等大隊人馬回來，商量了再說？」

阿南沒理他，流光帶著她向下降去，她很快落地，晃亮她那異常明亮的精銅火摺，向前走去，漸漸隱入了黑暗中。

殘破城牆外隱隱傳來人聲，是跟隨阿南過來的駝隊已經返回了。傅准望著下方，微瞇雙眼。

穿井下方的黑暗之中，火光黯淡到幾近消失。而傅准那雙幽黑的眼眸，倒比井中更為暗沉。

「阿南，妳都跌落三千階了，還是這麼自信麼……」他捂著雙唇輕輕咳嗽著，一腳踩在那塊依稀有著蓮花紋的石頭上，俯下身將右手輕插入井口的浮沙之中。

滿意地摸到冰冷的鐵環，他用手指穩穩勾住，向下看去。

「等妳只剩一口氣時，我會把妳接出來的……這一次，我連接續手腳的機會，也不會給妳。」

駱駝的噴噓聲傳來，他們很快就要來到這邊。

傅准閉上睫線深長的雙眼，臉頰與肩上的吉祥天貼了貼，手指扣緊鐵環，右手用力一拉。

流沙無聲傾覆，下面那原本便已微弱的光芒，瞬間熄滅。

太過順遂便得了手，反而令傅准微皺眉頭。一種異樣的感覺浮現於他的額頭，令他胸口氣血波動，忍不住又咳了出來。

後方城牆之外，駝隊漸近，傳來整齊人聲：「參見提督大人！」

那聲音明顯是朝上的，那些人正仰頭向上喊話。

傅准的腦中，忽然閃過阿南跳下穿井時，朝城牆上的一瞥。

他的手頓了頓，輕輕地拍去上面的沙粒，抬頭向上看去。

玉門關殘破的城牆之上，站著一條修長而端嚴的身影，他居高臨下俯瞰這殘破的玉門關，日光在他的身後逆照，他籠在燦爛光暈之中，無人能看清他的面容神情——

但傅准知道，他在看著自己，也看到了他將阿南騙入穿井的這一刻。

落在朱聿恆身上的目光變得意味深長，他抬手輕撫著自己肩上的吉祥天，手指慢慢捋過它鮮明的尾羽，溫柔又輕緩。

朱聿恆自城牆上走下，來到他的身旁，俯身看向下方穿井。

下面是一片無聲無息的黑暗。

他抬眼看向傅准，聲音冷冽：「怎麼回事？」

「南姑娘一意孤行，不顧我的阻攔，要下去看看下方。」傅准神情淡然道：「她剛下去，好像還沒什麼動靜，提督大人看，是否需要找幾個人進去接應一下？」

朱聿恆略一沉吟，回頭看向身後眾人：「墨先生。」

後方一個中年男人應了一聲，既然知道下方有問題，侍從們立即布好繩梯，準備下去。

沙漠之中一陣喧鬧，未免塵土飛揚。傅准抬手輕撣吉祥天羽毛上的薄灰，對著檢查隨身物品的墨先生微一頷首：「墨先生，我聽著下方動靜不大，而且南姑娘下去不過一瞬，若是有異，想必下方的機關非同小可，務必小心。」

墨長澤是現任的墨家鉅子，雖然自秦漢以來墨家已衰落，但千年傳承一脈綿延自然非同小可。

他身材高大長相粗豪，一身布衣滿是風塵，性格卻十分謹慎細緻，向傅准問明了阿南的火摺子所去方向之後，在地上比劃預計好，才順著繩梯攀爬下去。

腳一觸地，令他意想不到的是，朱聿恆也隨之下來了。

皇太孫殿下用的火摺子，是阿南在路上替他做的，與她在楚家用過的那個是一套，光亮無比，照得井下亮如白晝。

方才他站在城牆之上，眼看著阿南跳進去，可如今他們所處的井底，只有直上直下的丈許方圓，而且早已被砂石填埋了大半，甚至因為上方的隱約震動，沙子還在不斷細細下洩，似要將這口枯井填滿。

墨長澤皺眉叩牆道：「若按照傅閣主的說法，南姑娘下來時這裡還是有通道的，甚至還向著這邊而去……這須臾之間無聲無息便轉了環境的，究竟是什麼機關？」

朱聿恆聽著他叩擊的聲音，將耳朵貼在上面聽了聽。

他的分辨能力極強，曾在水下石壁後準確聽出一個破損的細微機括。可深而長的穿井將地下一切聲響全部混雜在一起，連同流沙的聲音一起轟擊他的耳膜，無論他如何凝神傾聽，終究一無所獲。

他只能對墨長澤道：「這沙漠土壁裂痕無數，怕是每一條的後面都有可能是藏著機關的所在。墨先生，你們墨家絕學『玄如一』不是能將所有機關化繁為簡，抽取軸心理念迅速擊破嗎？不知這些紛繁複雜的跡象，你是否有頭緒？」

「我試試吧。」墨長澤說著，從袖中抽出自己隨身的一個物事，抬手按下機括。

那是個黑色圓筒，隨著他手指微張，倏地間風聲響起，四隻黑鐵守宮從中驟然飛出，深深扎入四壁，攀附於沙壁之上。

朱聿恆知道這便是墨家的「兼愛」，他以火摺照亮它們，只見巴掌大的黑沉沉鐵守宮的五爪扎入土壁之中，紋絲不動。

見他關注兼愛，墨長澤在他身後解釋：「這守宮看來是死物，但其實由三百六十五個細小零件組成，對於所接觸之物極為敏感。南姑娘被困地下，我們既辨不清方向，不如讓它們代替我們感受震動，去查看地下有何異動吧。」

朱聿恆點了一下頭，示意上方將流沙遮擋住，維持下方井中的靜寂。他手中火摺的光定在守宮的身上，只見它們一動不動，哪有半分敏感的樣子。

目光緊盯在它們身上，他想著阿南如今被困於地下，不知情況如何，那握著火摺的手雖然還穩定，可心下卻已被湧起的恐慌感填滿。

沒事的，阿南強悍無匹，每至絕處必能逢生，此次定然也不例外。

雖然這樣想，但看著伏於壁上一動不動的守宮，再看周圍還在無聲無息向下傾瀉的流沙，他還是覺得這短短的時間難捱極了。

就在這一片寂靜中，被火光照射的一隻守宮，忽然微微動了一下。

朱聿恆立即舉高手中火摺，照向東南方向那一隻。

只見守宮的一隻爪子在沉凝的土壁之上，微微地動了動，隨即，體內精細的三百六十五個零件被這極小的動作帶動，緩緩開始運轉。在他們的注視下，這隻黑沉沉的守宮，向著斜下方爬出了一步。

墨長澤立即將其餘三隻鐵守宮抓起，安放在東南這邊的土壁之上。

守宮的爪子緊緊附在壁上，探查土層之中任何人都無法察覺的微震異動，直至四隻守宮都微不可查地挪動著，向同一方向緩緩地移動了分寸，墨長澤才以手指在土層上斜斜畫了一個十字，道：「左為經，右為緯，上為深，下為廣，守宮三寸，幅距千倍，所以機關陣所發動之處應為……」

他說著，正曲指在算方位與距離，卻見朱聿恆已將手中的火摺迅速合上，足尖在土壁坳處一點，抓住繩梯便已翻身上了地，對著侍衛們喊了一聲：「素亭，讓楚先生過來。」

廖素亭應聲而出，趕緊跑到城牆之外去尋找楚元知。

墨長澤從穿井中爬出時，卻見皇太孫殿下已經疾步向東南方走去。看著他果斷的身影，墨長澤心下遲疑，那麼龐大複雜的計算，他以為殿下上去後是要召集幾個術算高手確定方位的，結果他卻是直接便向著前方走去了？

這世上，真有人能具備如此可怕的算力，在一瞬間便憑藉「兼愛」而準確定位到自己要搜索的地方？

尚未等他回過神，楚元知已經在廖素亭的引領下，小步追上了朱聿恆。

日頭西斜，大漠沙丘被照得一半蒼白一半陰黑，拖出長長的影子。

朱聿恆背對著日光，以腳步度量距離。事情雖緊急，但他下腳依舊極穩，挺直的脊背，紋絲不差的步幅，在走到第一百七十六步之時停了下來，他抬手示意楚元知過來。

「正下方八尺四寸，以我所站處為中心，方圓四尺二寸。」他以腳尖在黃沙之中畫出大致範圍。

楚元知提過隨身箱籠。他於雷火一道獨步當世，雖然雙手顫抖不已，耽擱了一點時間，但分量早已熟稔於心，控制得極為精準。

引線布好，所有人退後，捂住耳朵。

出乎眾人意料，爆炸激起的沙塵並不大，聲音更是沉悶。楚元知將炸藥埋得很深，摧毀的是八尺以下的地下機關，而且下方應該有空洞之處，使得氣浪被分散了力量，並未將所有砂礫噴揚至上方。

待塵沙落定，硝煙尚且未散，廖素亭便已一個箭步率先衝出，走到被炸開的地方朝下方看去。

朱聿恆找的位置準確，楚元知炸得深淺精準，黑洞洞的下方，被剝離了砂石土層，赫然顯露出枯乾的水道：下方顯然是個廢棄的暗渠。

此時暗渠已經坍塌，露出幾根折斷的石柱與木料。在瀰漫的煙塵之中，他看見一道人影正向這邊衝來，身後是洶湧流瀉的黃色巨浪——

那黃色的巨浪，攜帶著滾滾的煙塵，如夭矯的巨龍，自穿井水道的彼端疾衝而來，張大猙獰的巨口，要吞噬前方那條奔跑的人影。

他尚未看清那條即將被黃龍追上的人是誰，耳邊風聲一動，身旁的皇太孫殿下已經抄起了旁邊侍衛的一桿長槍，躍下了被炸開的缺口。

他愕然叫了一聲：「殿下！」

而後方的眾人沒看到下方的情形，更是不知道發生了什麼，見朱聿恆居然躍入了正在隱隱震動的下方，趕緊一湧而上，觀察下方情形。

黃色巨龍已經奔湧得更近，那並不是水流，而是滾滾沙流匯聚而成。不知受了後方何種驅動，沙龍奔流的速度狂暴如風，在它之前狂奔逃生的，正是阿南。

她奮力奔跑，讓所有人掌心都捏了一把汗，因為他們一眼便可看出，即使她用上了拚命的速度，可後方的沙流已經追上了她；有好幾次，她的腳踝已經被流沙堪堪吞沒。

而躍下乾涸水道的朱聿恆，正盡力向著她奔去，彷彿沒看到她身後那足以吞沒一切的黃沙，不顧一切地撲向她。

看見殿下這殉身不恤的決絕，韋杭之頓時肝膽欲裂。他隨之跳下水道，拔足向他們狂奔而去，企圖以自己的身軀為殿下擋住那滾滾沙流。

枯水道並不長，彷彿只是剎那之間，沙流、阿南、朱聿恆，在同一點交會。黃沙噴薄蔓延，即將淹沒他們的那一刻，朱聿恆高舉手中長槍，奮力將它穿進了後方的黃沙之中。

七尺二寸的鋼槍，徹底淹沒在黃沙之中，發出了尖銳而混亂的怪異聲響，金鐵交鳴，令所有人耳朵刺痛。

而就在他手中鋼槍脫手的那一瞬間，阿南雙臂展開，緊緊抱住了面前朱聿恆，藉著自己向外俯衝的力道，卸掉他往前疾奔的力量，帶著他向前方狠狠撲去。

後方緊追的沙流將鋼槍徹底絞入，吞沒得只剩一個槍尾，但也因此被卡死，砂礫傾瀉而下，再也沒有那種席捲的力道，散落在了水道中間。

阿南的衝撞，使朱聿恆避免了被沙流捲入，但也因為力道太過迅猛，兩人失去了平衡，抱著在地上骨碌碌滾出好遠，才撞在水道土壁上停了下來。

水道斷口處，所有看著他們在這驚心動魄的一瞬間逃生的眾人，都感覺胸臆受了劇震，望著緊擁在一起的兩人，久久無法發聲。

唯有傅准靜靜盯著他們，面容愈顯蒼白冰冷。白得幾近透明的手無意識地握著吉祥天的尾羽，任由那些華美鮮豔在他的指縫間變得凌亂不堪。

距離阿南與朱聿恆最近的韋杭之幾步趕上前，聲音因為惶急與震驚而變得嘶啞：「殿下，您……沒傷到吧？」

朱聿恆與阿南都是一頭一臉的沙土，全身隱隱作痛，動作也格外遲鈍，一時竟無法分開。

許久，是阿南先喘過一口氣，抬手拍了拍他的後背，問：「阿琰，你沒事吧？」

「沒……」他聲音嘶啞，終於回過神來，慢慢放開了緊抱著她的雙臂，撐著土壁勉強坐起來。

阿南抬抬手腳，發現自己還是囫圇個的，欣慰地笑了出來。可惜她此時臉上糊滿黃土，笑起來十分難看。

眾人將他們攙扶出水道，到玉門關的殘墟中休息。

隨隊的大夫檢查了他們的傷勢，確定沒受內傷，才放下心來。

侍衛伺候他們淨了手和臉，又在城內陰涼處鋪好氈毯，備下酒水瓜果，請兩人好生休息，等恢復後再啟程。

阿南此時氣力不濟，癱在毯子上的姿勢比往日更像爛泥，但她灌了兩杯水後，還不忘誇獎一聲：「阿琰，這次多虧了你，判斷準確，又當機立斷。不然怕是青蓮沒找到，我這條小命倒先凋零在這裡了。」

兩人相擁落地時，朱聿恆後背撞在洞壁上，如今那幾條傷過的經脈抽痛不已，如利刃亂刺。

他強忍疼痛，聲音有些飄忽：「以後別這麼衝動了，什麼地方都一個人下去闖，好歹先跟我商量一下。」

「我不是看你已經來了嘛，想著先下去看看，誰知道下面機關發動如此迅速，又如此凶險……唔，甚至感覺不像傅靈焰的手筆，太過決絕狠辣了。」阿南啃了兩口瓜，想想又問：「對了，這機關藉水道而設，依滑軌而動，你是怎麼準確尋到軌跡的？」

朱聿恆慢慢將當時情形說了一遍，道：「楚元知炸開的地方，大概就是滑軌的驅動處，墨長澤的『兼愛』捕捉到了運轉的些微震幅，幫我確定了準確地點。」

「好險，好險。」阿南拍著胸脯，心有餘悸。「要是今天你沒有來，或是你在判斷時稍微差了些許毫釐，或者你在接應我的時候有一絲猶豫，我都已經不在人世了。」

「知道就好。」朱聿恆看她兀自嘻嘻哈哈的模樣，忍不住抬手，撫過她臉頰上的青腫。「以後無論做什麼，先和我商量過，知道嗎？」

剛洗過的手略帶微涼，他的指尖輕輕地按在她臉頰之上，那凝視的目光卻如此灼熱，讓她的臉有些燒起來。

下意識的，她略偏了一偏頭，逃避這種因親暱而帶來的心慌：「說來說去，都是我的身體不中用，在逃跑的緊急時刻不知道怎麼的，我的舊傷忽然發作了，手腳一下子痛得抽搐起來，導致誤觸了機關。」

「我看看。」朱聿恆身上的血脈也在抽痛，但他還是先捋起阿南的衣袖，看了看她的手臂。

猙獰的兩層傷疤還深烙在她的臂彎上，但肌膚是完好的，傷口並未迸裂，也不見任何痕跡。

「可能是牽動了之前癒合不良的傷處吧。」阿南揉著尚在隱痛的傷口，恨恨道：「傅准這個混蛋，不知道他如何下手的，我歷經千辛萬難終於接好的手，也永遠恢復不到之前了！」

朱聿恆輕握她的手腕，想要安慰一下她，誰知喉口一緊，整個人倒了下去。

阿南大驚，一把將他扶住，見他身體微微抽搐，顯然正在忍受劇痛，忙將他的衣襟一把扯開。

果然，那幾條瘀血刺目的經脈，彷如受到了無聲的感召，正在突突跳動，怵目驚心。

阿南倒吸一口冷氣，抬手覆上那些可怖的經脈，急問：「你怎麼樣？怎會突然發作，難道是……玉門關的陣法突然啟動了？」

朱聿恆抬手緊握著她的手臂，強忍劇痛，艱難地低低道：「不是……是我全身的經脈……都在痛。」

阿南趕緊將他上身的衣服都解開，看到確實只有那幾條發作過的經脈紅赤跳動，並沒有新的出現，並又問：「之前也出現過嗎？」

「偶爾……劇烈活動後，會出現不適，但從未……這樣發作過。」

「你怎麼從沒跟我說過？」

朱聿恆抓緊她的手，熬忍著身上的疼痛，等待它漸漸過去，才勉強喘息道：「我……還想在妳面前留點面子，不想讓妳當我是廢人……」

阿南頓了頓，目光從他的血痕遍布的胸口，轉到他慘白的面容上，只覺一陣酸澀衝上鼻腔，眼圈不由得一熱。

這素來高傲尊貴的男人，究竟隱藏起了多少不為人知的苦痛掙扎。

「你放心……」她放輕聲音，貼近他道：「我不會食言的。」

朱聿恆輕輕的，長長地出了一口氣，緊張的軀體終於慢慢鬆懈下來，脫力躺在了她的懷中。

阿南查看著他發作的經脈，有些欣慰地發現，被她剜出了毒刺的陽蹺脈，發作不甚明顯，比之前毒刺在經脈內破裂的要輕微許多。

「現在未到月底，距離下月底第五根毒刺發動還有時間……我們一定能趕在山河社稷圖和玉門關陣法發動之前，將陣眼中的母玉取出來，避免你身上淬毒的子玉再被呼應碎裂，又毀一條經脈。」阿南抬手輕撫他身上的殷紅血線，斬釘截鐵道：「只是阿琰，你可不許再這般胡來了！明知自己身體情況如此，還動不動就豁命，怎麼行動前不多想一想呢！就算撇開山河社稷圖不談，若剛剛你預估錯誤，機括的中心並不在我身後的黃沙之中；或者我未能在最後一刻收住你衝出去的勢頭，你現在可能和我一起，被絞入黃沙機關，已粉身碎骨了！」

「當時情勢，容不得我多想，再說……」朱聿恆定在她臉上的眼神顯得深暗了些許。「阿南，妳要是出事了，我肯定也活不了的。」

阿南喉口哽住，低低道：「如今你身邊多的是得力能人，他們今天不是助你一舉擊破危局了嗎？就算是我，可能也無法做得比你更乾脆俐落。」

「可我……不信他們，我只信妳。」

阿南默然垂頭望著懷中的他，許久，嘆了口氣，又笑了出來。

血脈的跳動舒緩下來，深紅的顏色也逐漸不再那麼刺目。她慢慢將他的衣襟理好，扶他做起來。

「對了阿琰，我這次下去，還是有收穫的，咱們這場危險也算值得啦。」阿南從懷中摸出一個東西，在他面前晃了一下。「你看，這是什麼？」

朱聿恆目光瞥過那金燦燦的東西，聲音略沉：「金翅鳥？」

「對，北元王族才能擁有的金翅鳥。這個顯然是臨時從項圈上扯下來的，翅膀與鳥頭勾連的地方都扯斷了。」這是一隻展翼飛翔的金翅鳥，比阿南的掌心略大，鑲嵌著白珍珠、紅珊瑚與綠松石，十分精巧。

朱聿恆身上的疼痛漸散，慢慢坐起將其拿起，端詳著：「這邊的地下穿井雖然乾涸了，但只要沒有坍塌堵塞，與其他水道還是連通的。而……」

「而北元王女身邊的侍女瑙日布，就是跳下了穿井自盡的。」阿南朝他一笑，用手指撥了撥上面的珍珠，道：「這珍珠如此瑩白，珊瑚與綠松石鑲嵌處也並無積垢，顯然是剛剛被人丟棄在此處不久，甚至可能就是幾天前。」

「回去後，咱們查一查這是不是王女的首飾。」朱聿恆說著，又思索道：「可就算這是北元王女的，就算瑙日布跳井沒死，她們下窪地僅僅十數息的時間，夠幹什麼呢？」

「大概夠走到坳地中心，然後瑙日布一把扯掉這個金翅鳥吧。」阿南說著，將金翅鳥拋了拋，揣回了懷中。「剩下的，就是查金翅鳥和雷火的關係了……畢竟，這可是王女早就夢見的一場火，對方可是早就安排她死在青蓮裡的。」

說到這裡，阿南又想起一件事，道：「說到青蓮，咱們前幾天的猜測應驗了，六十年前，果然有人在這附近遇見過傅靈焰！」

朱聿恆精神見長，阿南切了瓜，和他一起坐在避風處，一邊吃瓜，一邊慢慢將旁邊村落中秦老漢的回憶給朱聿恆詳細講述了一遍。

「所以現在，我們尋找青蓮陣法，已經找到了一朵水湧青蓮、一朵木生青蓮、一朵自天而降，令傅靈焰四下尋找的青蓮……」

兩人相視苦笑，這千頭萬緒，輕易之間如何能迅速理出。

「另外就是……」阿南扶著頭，喃喃道：「在看到穿井上那塊石板的時候，我心裡忽然閃過一個念頭，可是一下子又抓不住……」

「是那塊蓋在井上的石板嗎？」朱聿恆瞥過一眼，亦有印象。

「嗯，你想到了什麼？」

朱聿恆毫不遲疑道：「歸墟青鸞臺上，那塊怪異的第八幅石雕。」

「是啊，那肯定存在、我們卻找不到的第八個陣法……為什麼呢？為什麼它的圖樣與眾不同，為什麼我們找不到匹配的地點，為什麼傅靈焰的手劄裡沒有它的存在？」

然而，沒有答案。擺在他們面前的，全是謎團。

「算了，那都是後面的事了，先專心對付玉門關這個陣法吧。」阿南幾口吃完了手中的瓜，感覺自己已緩過來了，起身向他伸出手。「不早了，咱們走吧，總不能在這裡過夜。」

朱聿恆緊握住她的手，兩人一起站起身。城牆的缺口外，顏色鮮明的孔雀正從漫漫黃沙中掠過。

朱聿恆問：「妳下去查探那口枯井，是傅准的主意吧？」

「這混蛋表面上說有線索，其實把我騙下去，肯定有所圖謀！」阿南憤憤道：「我還以為他在你面前會有所收斂，看來我是低估他了！」

「雖然我們都知道他不懷好意，但他的解釋冠冕堂皇，說是妳衝動而下，未曾聽他的勸阻。」朱聿恆想起自己在城牆上方時看到傅准的舉動，也不能說有什麼問題，但就是感覺有些彆扭，只能道：「妳多加留意，最好，別再和他接觸。」

阿南氣鼓鼓地點頭，瞪著日光下光輝耀目的吉祥天。

朱聿恆問：「傅准為什麼製作這只機械孔雀，隨身相伴？」

「傅准不是很年幼的時候，父母便被閣中叛徒暗害嗎？他被忠於父母那派的老人們救走後，蓄意復仇。他那時候挺慘的，唔……和我憋著一口氣拚命學藝去剿殺海匪為我爹娘報仇差不多吧。」阿南望著空中絢爛輝煌的吉祥天，隨口說道：「那時候他身邊唯一陪伴的，只有這隻孔雀，那是他五歲生辰時母親送給他的蛋裡孵出來的。」

朱聿恆問：「孔雀能活多少年？」

「二十來年吧，不過傅准擔心牠老死後毛羽會不鮮亮，所以在牠活著時就把牠殺了，剝皮製成了機關傀儡。」

朱聿恆微皺眉頭：「妳說這隻孔雀是他幼年的陪伴，還是他母親送的。」

「是啊，可傅准想下手的時候，立刻就做了，毫不猶豫。」阿南的目光也隨著吉祥天而遊曳，聲音略帶寒意：「可能他喜歡一樣東西，就寧可自己動手將其終結，不會允許牠衰老頹敗。」

朱聿恆知道她曾被傅准囚禁在拙巧閣，是以深刻知曉他的過往。

城外風沙漫漫，城內日光也逐漸偏轉，阿南與他望著流轉的光線，暫時地陷入了沉默。

阿南低下頭，望著自己的手，略略曲著手指，彷彿在再次確定這雙手還是自己的。

而朱聿恆凝望著她的側面，心裡忽然閃過一個念頭——

傅准將阿南的手足挑斷，是因為，她也是他人生中最絢爛最渴求的那個存在，所以，他絕不允許她離開自己，就像……

就像在孤島之上，不顧一切，瘋一般強行挽留她的自己一樣嗎？

這可怕的念頭，令整個沙漠的寒意風沙似全都聚攏到了他的身上，他的身體灼熱，掌心卻湧出冷汗，讓他悚然而驚。

他強迫自己從那可能會失去阿南的可怕念頭中抽身，轉頭看日頭已不再炎熱，他調勻氣息，轉身慢慢向外走去：「走吧。」

阿南問：「回敦煌嗎？這麼遠，估計今晚趕回去也很晚了。」

「去月牙泉吧。西北落日晚，我們入夜時應該能到。」

第八章　月牙鳴沙

一路行去，月出東方之際，一成不變的昏暗沙漠中忽然奇蹟般閃現出一彎湖水，在月光之下波光如鏡，靜靜安憩於沙丘懷抱之中。

天上地下，兩彎月牙一大一小，彼此相映。泉邊的樓閣之中，此時已是燈火通明，在月牙泉中上下倒映，如瓊樓玉宇，飄渺仙闕。

可惜，在這般美景中，卻出現了一個他們並不想看見的人。

「提督大人親往沙海巡視，辛苦辛苦！下官已備了薄酒，望提督大人千萬莫要嫌棄，大人，請！」

敦煌將軍馬允知，彷彿忘記了自己如何在朱聿恆這邊一再碰壁，笑容滿面地率眾站在道旁迎接，一副盛情款款的模樣。

阿南朝朱聿恆挑挑眉，朱聿恆給她一個「我也不知道他怎麼會出現在這裡」的表情，敷衍地朝馬允知點了一下頭，說：「有勞馬將軍。」

見他沒有像之前那般斥責自己，馬允知喜不自勝，忙道：「不敢不敢，能為提督大人效勞，那是下官的福分。」

朱聿恆沿著月牙泉向旁邊閣內行去，問：「馬將軍案牘勞形，怎麼有空來這邊？」

「下官正要請提督大人幫忙，看看我敦煌為聖上西巡所備是否合適，更望大人能指點一二，以免下官出了什麼紕漏……」

聽他又提起此事，朱聿恆不由眉頭一皺，正要開口，耳邊已經傳來絲竹樂聲，面前月牙泉的弧形水面之上，忽有明燈亮起，照徹了湖面上一片絢爛景色。

眾人抬頭望去，只見湖面上忽然漂來一座蓮臺，蓮臺之上燈光漸亮，眾人才發現，那燈正持在一個身披五彩輕紗的舞姬手中。

此時那舞姬提著手中宮燈，向著岸上的朱聿恆盈盈下拜，隨即提著宮燈擺了一個嫋嫋飛升的姿勢。

湖面風來，吹起她遍身的輕紗，踩在浮蓮上直欲乘風而去，也送來了絲竹管弦之聲。她藉著樂聲翩翩起舞，便如千佛洞壁畫之中那些散花的仙女般，姿態柔美飄逸。

蓮花在月牙泉上漫無方向地飄蕩，美人手中的燈隨著動作而火光明滅。月光燈光在湖面上閃爍不定，波光倒映著她婀娜輕盈的身姿，水面上下照影相對，渾如姑射神人。

周圍所有人都沉浸在曼妙的舞姿之中，一時不知今夕何夕。彷彿他們在這個沙漠腹地望見了海市蜃樓，窺見了奇蹟仙蹤。

阿南悄悄湊近朱聿恆，低聲笑道：「哇，這個馬允知，欺壓人有一套，討好人也有一套啊，在這種邊疆當個遊擊將軍真是屈才了！」

朱聿恆微皺眉頭，一言不發。

馬允知顯然對自己安排的驚喜十分得意，他示意侍女們將手中的燈籠高舉，將月牙泉上的情形照得更清晰一些，光影匯聚中，蓮臺之上的婆娑舞姿更顯動人。

馬允知撫鬚自得，待一曲即將舞畢，忙小步趨至朱聿恆面前，笑問：「提督大人，您看這小小布置，應當不會驚擾聖上吧？」

月光下朱聿恆的神情有些疏淡，聲音也自偏冷：「馬將軍真是有心了。只是聖上大概更願意看到你將這些精力放在敦煌一地的百姓身上。」

「這個自然，卑職也是希望聖上對敦煌留個好印象，讓我方百姓沐浴天恩哪！」

朱聿恆淡淡一哂，此時絲竹之聲已經漸歇，岸上人以絲繩牽著蓮臺近岸。舞姬提起輕紗裙裾上了岸，朝著朱聿恆盈盈下拜：「拜見提督大人。」

北國佳人冶豔奪目，就算面容低垂，也依然看得出她那嫵媚的眉眼，濃睫高鼻格外搶眼。

誰知朱聿恆未曾搭理她，目光從她臉上掃了過去，連一瞬也未曾停過，反而望向了阿南，輕聲道：「沙漠風大，妳還是先進閣內吧，免得被水風吹到了。」

「我哪有這麼嬌弱。」阿南依依不捨地又看了美人兒幾眼，被她氣惱地翻了個白眼後，才發覺這個美人脾氣和外表一樣咄咄逼人。

她挑挑眉，轉而去打量那朵蓮花去了。

本以為這蓮花浮在水上，應該是木頭所製；可她一打量才發現，這蓮花居然是石頭所雕，浮在水上既穩且沉，頓時興趣大發。

眼見朱聿恆被一群人簇擁進閣內去了，阿南沒跟上去，而是上手摸了摸石蓮。

那美人心下正自鬱悶，當下便打開阿南的手，道：「別亂摸，小心弄髒了我的花！」

「妳的花？」阿南笑笑，敲了敲石頭，頓時了然——這是用浮石榫接拼湊起來的蓮花。

浮石多出於火山之處，石中充滿孔竅，因此比尋常石頭輕上不少，自然能浮在水面之上。

只是搜尋這麼多、這麼大的浮石，並且做出這麼大一朵蓮花，實屬不易。

而這個美人能在這樣的浮石蓮花上穩住下盤翩翩起舞，也肯定是下了一番苦功的。

進了閣內。

阿南朝她一揚脣，見她只惱恨地瞪著自己，也懶得逗她，幾步追上了人群，

高閣三層，臨泉而建，頗有氣勢。閣內鋪了猩紅氈毯，陳設鮮花香爐，侍女手捧果盤，正候在樓梯下，迎接來客上二樓。

在馬允知的殷勤引導下，朱聿恆一行人上了二樓，尚未走完樓梯，只見眼前一亮，燈火通明的二樓，正中間陳設著通天徹地十二扇雲母屏風。

那屏風由五色雲母雕鏤鑲嵌而成，匠人巧手藉助雲母天然生成的顏色花紋，拼接成瑩瑩放光的一條夭矯巨龍，飛舞於祥雲之中。

阿南抬手撫摸屏風，讚嘆不已：「這也太美了吧，真是巧奪天工！」

「姑娘，雲母輕薄，下手小心點。這可是我敦煌一鎮獻給聖上的貢品，毀壞了一星半點，妳擔得起責嗎？」馬允知這邊訓斥著阿南，轉頭他便變了臉，滿臉堆笑對朱聿恆道：「這是新發現的雲母礦，特地雕琢進獻。」

阿南卻存心拆他的臺，指著屏風上的龍眼，說道：「這龍的眼睛，好像做得差點。」

朱聿恆仔細看去，只見煥發雲母輝彩的整條龍，果然只有眼睛灰白濛濛，大失氣勢。

馬允知悻悻答：「這個得等待聖上畫龍點睛。」

原來是準備好的馬屁呢。阿南嘆服著此人的功力，笑著越過屏風。後面是寬闊的樓閣，擺了十八人大圓桌尚不見擁擠，旁邊分列四對交椅茶几，外面還有挑出來的飛簷欄杆，正對下方月牙泉，景致如天上仙宮。

侍女們沿著樓梯而上，擺放酒菜。朱聿恆示意她與自己在閣中交椅上坐下，先喝一盞茶休息。

阿南啜了一口，抬眼看見外面是被燈光照亮的月牙泉湖面，水波粼粼，在沙海之中令人心曠神怡。

「真沒想到，在這般沙漠中，我們居然也能賞景喝茶。」阿南正說著，忽聽得轟隆隆的聲音從四面八方湧來，就如萬千海潮鋪天蓋地湧來，要將他們連同這沙漠中小小的泉眼一同掩埋。

阿南錯愕抬頭，見朱聿恆和旁邊眾人都是面不改色的模樣，頓時了然：「這就是鳴沙山的聲音嗎？」

朱聿恆點頭，與她一起起身，並肩看向後方。

月光之下，沙漠如起伏時被瞬間凍住的大海，凝固出一種波瀾壯闊的氣勢。

鳴沙山的沙子在月光下白亮如雪，而未曾被照亮的那一邊則是漆黑如影。在這對比強烈的黑白山巒之上，是橫亙長空的銀河，如仙子們潑灑了一片凌亂珍珠，漫天光彩幽瑩。

而天河之下最亮的這座沙丘，因為搜檢巡邏的護衛們從上面滑下，正發出呼嘯咆哮聲，讓站在樓閣之上的他們都感覺到了隱隱震動。

「世上事真是無奇不有，這麼一座山丘，下面到底埋藏了什麼，會發出這麼大的雷霆聲響？」

朱聿恆見欄杆低矮，便示意她別往外探身太多，一邊道：「聽說距玉門關百餘里，還有一處魔鬼城，裡面怪石林立，每逢大風吹過，便有鬼哭狼號之聲，可見世事的奇妙之處，我們常人難以想像。」

「那咱們有空一起去看看？」阿南開玩笑道：「照影鬼域中嘛，或許過去一探，裡面也能呈現出一朵青蓮來呢？」

朱聿恆想起短短時日出現的三處青蓮蹤跡，不由搖頭苦笑。

後方馬允知帶著那個舞姬走近。她毫不忸怩，落落大方地請朱聿恆上座，又侍立在他身後斟酒布菜，殷勤萬分。

朱聿恆並不動筷，而韋杭之已經走到她身旁，將她夾的菜與斟的酒全部撤掉了，又對馬允知說道：「馬將軍大概尚未知曉，未經查驗的陌生人，不得近提督大人身旁伺候。」

他是東宮副指揮使，對一個地方遊擊說話自然老不客氣，馬允知的笑容僵在臉上，只能趕緊示意美人退下。

美人臉上終於有些掛不住，強自笑意盈盈，施了一禮就姿態曼妙地離開了。

馬允知訕笑解釋：「這……梁鷺絕無問題，不然我也不敢讓她出現在提督大人面前……」

聽得梁鷺二字，阿南覺得有些熟悉，正在想著，卻聽身後韋杭之低聲提醒：「梁輝的女兒，梁壘的雙生姊姊。」

他負責皇太孫安全，所以周圍一應人等，不論是否會出現在殿下面前，他全都曾經摸過底細。

阿南詫異地回頭看他，問：「什麼，她居然就是那個梁鷺？」

梁鷺和梁壘這對雙胞胎姊弟，雖然長相都是濃眉大眼圓臉寬頤，但他們的神態舉止也未免太過迥異。梁壘看來就是個淳樸的鄉下少年，可這個姊姊卻看來頗有氣勢，絕不像是出身農家的模樣。

朱聿恆對此並無興趣，只低聲詢問阿南，西北這邊的菜式是否符合她的口味。

「好吃！」阿南開心地手抓羊肋排，還給他撕了一根遞過去。

皇太孫殿下擦淨手，極自然地接了過去。

馬允知在旁邊偷偷關注，內心受到了極大震撼。他埋著頭，苦苦思索皇太孫的口味。

這女人一身塵土臉上帶傷，既沒有絕世姿容，皮膚還黑，何德何能與皇太孫如此親密，甚至連他出巡都帶在身旁寸步不離？

在沙漠中折騰到深夜，一行人都有些疲憊。

阿南與朱聿恆的房間就在旁邊，侍女幫她弄洗澡水。沙漠之中弄一浴桶水頗為費勁，她便裹上袍子，去樓下觀賞了一會兒月牙水月。

腳步輕響，她抬頭看見韋杭之從樓上下來，對她打了個招呼：「南姑娘。」

阿南見他神智清明，不由敬佩：「你怎麼日日夜夜不用睡覺，永遠這麼盡忠職守？」

韋杭之道：「我夜間已很少當值了，但殿下今夜在陌生地方留宿，我肯定要各處巡視一遍。」

「趕緊去睡吧。」阿南說著，見他看著自己欲言又止，便往柱子上一靠，問：「有事嗎？」

「沒什麼……」韋杭之移開了目光，在她面前筆直站了片刻，才道：「今日發生的事，我至今尚在後怕……若殿下當時有個閃失，我們東宮一眾侍衛除了自戕，無法向聖上交代。」

「是啊，我也跟他說過了，以後不可如此冒險了。」阿南語氣有些無奈，心道：你還沒見過他更不要命的時刻呢，這男人看起來沉靜淡定，可骨子裡那股潛藏的狠戾強悍，每每令她心驚，甚至有些懼怕。

韋杭之也知道殿下行事任何人無法阻攔，更何況他當時是為了救阿南，她更無立場幫他勸阻殿下，因此只點了點頭，抿緊了雙唇。

「放心吧，我以後會盡力注意他的，看能不能把他性子磨一磨。」阿南說著，又隨口問：「韋指揮使跟殿下多久了？我看這天底下，你應該是與他最近的人了吧？」

「七年。」韋杭之居然真的開口回答了她，令阿南有些詫異。「十七歲時我被聖上親自選拔為貼身侍衛之一，從此後改名換姓，再也沒有親人與家族，此生只有殿下。」

「改名換姓，所以其實你本來不叫韋杭之？」

「誰謂河廣，一葦杭之。殿下要去任何地方，我便是他踏足的依憑。」

所以，因為皇帝一句話，他的父母便失去了孩子，可能再也見不到了。

阿南有些彆扭，繼而一想，把這麼好的兒子獻給了朝廷，那麼他的家人肯定得到了很好的安置，說不定還受人羨慕呢。

朝他笑了笑，阿南道：「好的，我知道了，關愛你們殿下就是關愛你們一群兄弟的命，我一定督促他好好保護自己！」

韋杭之是個正經人，見她這嬉皮笑臉的模樣，便只沉著臉向她點了一下頭。

其實阿南想問他，這麼好的身手，卻只能沉默地為另一個人奉獻一生，值得嗎？

但她隨即又想起，她當初在公子身邊時，也並未覺得那樣的人生不好，甚至，她也願意將一輩子徹底燃燒殆盡，只為照亮公子腳下的路。

但很快，她又自嘲地笑了起來。

一定是黑夜讓她情緒低落了，這些當年往事，全都已經沒有意義，記憶也變得意趣寥寥。

阿琰射出的那支回頭箭還在她心中。道不同不相為謀，她終究是要重新出發了，縱然再留戀過往，又有何意義呢？

回到樓上，洗澡水已經備好。

阿南正要脫衣服，卻聽隔壁阿琰的房間傳來一聲重物落地的聲音。她遲疑了一下走出去，聽韋杭之已在門口詢問：「提督大人可有吩咐？」

「唔……無事，退下吧。」

阿南聽朱聿恆的聲音有點模糊，便叩了叩門，問：「阿琰？」

他在裡面似鬆了一口氣，說道：「進來。」

阿南與韋杭之相望一眼，便跨了進去，卻見朱聿恆在內室指了指門，便把門關好了，才走過去，問：「怎麼啦？」

朱聿恆有些彆扭遲疑，將桌上藥瓶遞給她，低聲說：「我抹不到後背，反手太用力時，凳子倒了。」

阿南一看他後背，頓時心驚不已。今日將她在流沙中救出時，為了護住她，他的後背重重撞上了水道洞壁，如今早已是瘀青一片。

她心疼地將他按在圓凳上，取過水和布將他後背擦乾淨，再將藥膏倒在自己的掌心，在他的背上揉開塗抹。

朱聿恆的毒刺發作時，她曾解開他衣服幫他吸掉毒血；而在海島上時，她也多次幫朱聿恆換藥，早已看遍了他的裸身，因此兩人也並未覺得有太大不妥。

等妥貼地將所有青紫處揉上藥後，她才問：「幹麼不讓韋杭之幫你？」

朱聿恆道：「我身上有山河社稷圖。」

阿南想著剛剛韋杭之在外面與自己交心的話，輕嘆了一口氣：「你還真是只信我啊？杭之跟了你可有好多年了。」

「畢竟，我身邊潛伏著內應，所以跟著我越長久的，嫌疑越大。」朱聿恆淡淡道：「阿南，我是在朝堂風雨中長大的，除了祖父與父母外，這世上沒有可信的人。」

阿南幫他攏好衣服，輕輕拍了拍他的肩，看著燈下他晦暗的神情，想安慰句什麼，而他的手已輕輕按在她的手背上，凝望著她道：「不過，現在我能穩妥放在心中的，有四個人了。」

阿南心花怒放，翻過手一拍他的手背，朝他一笑：「那就好，不枉我也這麼信你！」

反正提起這茬了，她乾脆坐了下來，問：「對了，那個內應，你有頭緒了嗎？」

為了保證埋在他身上的毒刺與陣法同步啟動，他身邊必定有一個操控的人存在。否則，應天的毒刺不可能提前發動，而錢塘灣的陣法也不可能引動身在西湖的他。

朱聿恆道：「此事聖上與我父親都在替我探查，但至今未有任何線索。」

阿南覺得不可思議：「怎麼會沒有呢？把你毒刺發作時，每次都在身邊的人篩查一遍不就好了？」

「只有三個人。」朱聿恆肯定道：「其他的，順天、開封、杭州、渤海，跟隨在我身邊的人，全都不同。」

「哪三個？」

「第一個，韋杭之。」

「呃……」阿南覺得有點牙痛。「下一個呢？」

「卓晏。」

阿南的臉上顯出痛苦的表情：「阿晏確實……但是我實在不信他是這樣的人。」

「其他人如諸葛嘉，我去開封視察水患自然不會帶神機營的人；瀚泓是內官，沒有隨我去開封與渤海；楚元知，他這兩年沒去過順天，甚至曾潛入宮中的竺星河，也從未去過開封……」

「你忘了說第三個了。」阿南提醒。

朱聿恆卻笑了笑，若有所思地在燈下望著她：「是啊，還有一個人，與我一路同行，每次我出事時，她都在我的身邊。」

阿南自詡對他身邊人十分熟悉，卻一時沒想到這個人，正在苦苦思索時，看見他凝視自己的眼神，才明白過來，這第三人，就是她。

她不由啼笑皆非：「好好討論，性命攸關的嚴肅問題呢！」

「其他的，確實沒有了，我已詳細篩過很多遍了。」

他這般肯定，阿南也只能喃喃道：「難道說……是我弄錯了，對方利用的，是別的法子？」

「而且，你們三人全都沒有可能在我年幼時下手，畢竟那時候，杭之不過六歲，阿晏與我一般大，而妳，尚未出生。」朱聿恆皺眉道：「我父王曾查到邯王與薊承明有私下接觸，但宮中檔案證明，我在乳母那邊出事時，薊承明受宮中派遣不在順天。」

「這麼說，當時那個荷包的線索也斷了？」

想著當時阿南說自己「查人查事你天下無敵」，如今卻一籌莫展，朱聿恆點了一下頭，不由沉默。

「怕什麼，先把擺在面前的青蓮陣法找到，跟幕後凶手算帳的事咱們先推一推。總之我覺得，只要揪住青蓮宗，一切迎刃而解！」

昨日累得脫力，第二天早上阿南起來對鏡一照，發現沒睡好的自己果然臉色發暗，臉頰上還青一塊紫一塊的，昨天受的傷全都顯出來了。

一想到月牙泉現在美女如雲，自己卻是這般模樣，阿南趕緊撐起盒蓋，準備先給自己弄個漂亮妝容。

「南姑娘，妳醒啦？」似是聽到了裡面的動靜，外面有個姑娘敲了敲門，捧著熱水推門進來。

阿南見是昨晚幫梁鷺拉石蓮靠岸的女孩子，便朝她一笑，問：「是妳呀，梁鷺呢？」

「她啊……」鶴兒神情有些古怪地覷著她，道：「鷺姊去服侍提督大人了……」

阿南一看她那神情，不由笑了，說：「怎麼，妳以為我是提督大人帶來的侍妾，怕我吃梁鷺的醋？」

鶴兒乾笑了一聲，說：「不會不會，姑娘看著不是這樣的人。」

「看臉也不像吧。」阿南摸著臉，轉了話題問：「現在敦煌流行什麼妝容呀？我今天沒法見人了。」

「放心吧姑娘，妳這臉上青腫不嚴重，我幫妳把妝弄濃豔些，絕對漂漂亮亮的！」

鶴兒幫她刷牙洗臉後，抬手便幫她在臉上鼓搗。

阿南托腮看著鏡中的自己，與她搭話：「有個事情我有點奇怪啊，梁鷺家裡不是從山東轉來的匠戶嗎？怎麼她會是月牙泉的舞姬？難道你們馬將軍一聲令下，良家子都可以充作歌舞伎家？」

鶴兒忙道道：「這與馬大人無關，是鷺姊早年被樂戶收養，因此才入了那邊的籍。」

「咦？梁鷺不是在梁家養大的？」難怪她那氣派與梁壘看來一點不像，而且對家人似乎也沒有太多感情似的。

「是啊，聽說梁家爹娘以前可窮了，她娘是逃荒去的山東，生了姊弟雙胞胎後沒吃沒喝的，奶水哪兒夠養活兩個孩子呀？無奈下，他們將姊姊送給了一對打花鼓的老夫妻。」鶴兒一邊給她描眉，一邊有一搭沒一搭地說道：「直到現在，梁匠頭領了礦場，日子好過了，兒子也長得挺好，才又想起女兒來……」

阿南皺了皺眉頭，問：「但梁鷺已經隨那對夫妻落了樂籍？」

「是呀，而且她養父母已去世了，便隨他們回了家。可太祖定的戶籍政策，說是朝廷根本，咱們誰改得了啊？另外這不是有風聲說聖上要西巡嘛，可敦煌這邊是軍鎮，根本找不出幾個歌伎，就召了她先來這邊。鷺兒姊也跟我說，她在家裡對著陌生的家人和陌生的地兒，待著也難受，還不如跑來這邊，跟我們一群姊妹整日唱唱歌跳跳舞，還開心點呢。」

「原來如此……」阿南頓覺梁鷺對家人疏遠是情有可原。「真是一筆糊塗帳。」

鶴兒手腳很快，迅速幫她理妝完畢，拿鏡子讓她看看是否滿意。

敦煌這邊的妝容受了異域影響，飛揚豔麗，阿南英氣鮮妍的五官與其正相配。而為了遮掩阿南臉上的青腫，妝容又格外濃豔些，黛眉紅唇襯上胭脂底織金裙裳，鬢間是鮮豔欲滴的簇金嵌寶石榴花，令整個房間都亮了起來。

阿南對著鏡子一照，十分滿意，抬手在鏡前轉了轉，聞到衣裳上熏的熟悉香氣，不由笑了出來——

還記得剛見面的時候，她從困樓中脫身時，還調戲過阿琰，問他身上的香氣是什麼呢。

「這衣服和首飾，是你們準備的？」

鶴兒抿嘴笑道：「我們可備不起，是提督大人隨身的人送來的。大概是因姑娘的衣服殘破了，他們昨晚連夜去敦煌取的。」

難怪就連香氣都一樣。

阿南開心地朝鏡中的鶴兒一笑，提起裙角蹬蹬蹬下了樓：「我走啦，多謝妳了，下次再來找妳和梁鷺玩！」

月牙泉邊晨霧靄靄，眾人正在忙忙碌碌，收拾行裝準備出發。看見光彩照人的阿南從樓上下來時，所有人都只覺眼前一亮。

就連垂手恭送朱聿恆的馬允知，都結結實實地驚到了，心道這女人盛裝打扮原來這般搶眼，難怪皇太孫殿下正眼都不瞧別的女人一下。

而朱聿恆望著阿南，眼中有些微火光灼燒，許久未曾挪移。

阿南自然也看到了朱聿恆眼中的亮光，她大大方方地朝他一笑，提起裙裾在他面前展示了一下，紗巾上綴的金鈴聲響清脆，與她的笑容一樣輕快：「阿琰，好看嗎？」

她毫不羞怯，朱聿恆亦不掩飾自己的喜愛：「很好，這豔烈的顏色很襯妳，也只有妳壓得住。」

阿南打量他今日穿的朱紅圓領袍，肩背壓團金麒麟，襯得阿琰更顯尊貴凜冽。

「你也很好看。」她笑道，快樂地翻身落鞍，一揚手打馬率先衝了出去。

從月牙泉出發，眾人直奔礦場而去。

自阿南在礦區發現青蓮異狀後，諸葛嘉便率人介入調查。可劉五遭遇意外，至今在礦下生死不知，當日卓壽究竟為何獨自一人先行離開，至今尚無法取證。

朱聿恆身上有傷，在房中休息。阿南去礦場一看，時隔兩日，可現場狼藉狀況與上次看到的差別並不大，只是地下湧出的水已經退去，留下的水紋痕跡也已經因為救援踩踏而徹底消失。

礦場眾人揮汗如雨，各個礦洞入口絡繹不絕地運送出一筐筐的泥土，已經在旁邊堆起了小山。

礦場邊緣，還有幾具蒙著布的屍體停在草棚下，顯然是剛挖出來的。

阿南正看著，猛然一個滾了滿身泥土的身影從礦洞爬了出來，旁邊人給他遞了巾子，他胡亂擦了幾下，露出眼睛鼻子，阿南才看出來，正是梁輝。

他坐在礦洞口，大口喘著氣，示意眾人圍上來。

拾起地上一顆石子，梁輝在地上草草繪了幾條線當作地圖，對著眾人道：「看到沒，就是剛堵住咱的那個拐彎處，李老四，你帶兩個人拿槓桿下去，把那大塊岩石給撬開。趙三兒，這可是剛蓋下來的泥土，為了防止二次坍塌，你得給它撐住了！篾席不夠，得上竹排和大槓！」

眾人忙不迭點頭，抄起他說的東西，魚貫進入礦洞。

身後梁壘拿著個包裹過來，遞到梁輝面前：「爹，你都下去兩、三個時辰了，先吃點東西再下，這是娘烙的餅。」

梁輝呼哧呼哧喘勻了氣，接過他遞來的溼布擦了手，然後抓起裡面的煎餅捲上大蔥，大口嚼著。

阿南見狀，忙上前給他遞水，又抽空詢問下面的情況。

「難說，這都兩天過去了，才挖到一多半。」梁輝說著一抬眼，認出了自己面前的阿南，錯愕道：「咦，姑娘，妳不就是那個……我外甥女的乾妹妹麼？」

「是啊，舅父喊我阿南就行。」阿南說著，在他旁邊蹲下，道：「我是來找劉五的，那日出事時我就在這裡，看到地下好大的水湧出來，這是挖了哪兒的地下水道了？」

「劉五在那邊呢，也不知留下孤兒寡母怎麼辦。」梁輝指了指那邊草棚下的屍身，道：「我跟這些礦脈山道打了幾十年交道了，也沒見過這麼詭異的情況。日他娘，怎麼在沙漠裡還挖到了龍王廟！」

阿南指了指西面，說道：「雖說沙漠中無水，但您看……龍勒水就在不遠，而且那邊還有月牙泉的泉眼呢。」

梁輝皺起眉頭，思索片刻，才搖頭道：「礦洞滲水已有十天半月了，若真是挖到了月牙泉的地下泉眼，那月牙泉必定會水位下降，可這沒聽到消息啊。」

阿南剛從月牙泉而來，想了想月牙泉邊那水滿滿當當地盈溢岸邊，哪有任何水位下降的跡象？

梁輝心中記掛著下面，幾下吃完了東西，胡亂擦了擦手又下了礦洞。

阿南轉頭見梁壘正收拾地上的東西，便問：「梁小哥，你也要下去？」

梁壘望著父親的背影搖搖頭，道：「礦上的規矩，爺倆都在這邊的，我爹下去了，我就不能下。」

阿南立即便知道了他的意思，這是擔心父子倆同時在礦下遇難，一家人便絕根了。

望著這黑洞洞的、彷彿能吞噬世間所有生靈的礦洞入口，即使是幾番刀山火海出生入死的阿南，也只覺一股冷氣從中間衝出，令這冬日更顯陰寒。

她後退幾步，不防後背撞上了一個人，忙回頭道歉。後方是個眼睛腫得跟桃子似的女人，根本沒理會她，衝到礦道口朝下看了看，嘶聲問梁壘：「你爹呢？」

梁壘遲疑道：「我爹帶人下去清礦道了……」

話音未落，那女人的巴掌已經沒頭沒腦朝他砸了下去。梁壘對上士兵時身法超俗，可此時被她抓得臉頰都破了也不躲避，只呆呆地站著任她胡亂抽打自己。

阿南忙上前卡住女人的雙臂，將她拖了回來，皺眉問：「妳這人真沒道理，怎麼上來就打人？」

「呸！他爺倆害死我男人，還跟我講道理？我跟他們拚了！」那女人猛地掙起來，還要瘋狂往前撲，阿南忙將她抱住，和周圍人一起將她帶到棚下。

女人撲在劉五屍首上痛哭，阿南聽眾人議論，才知道女人以前嫁過礦下苦工，在礦洞垮塌時被壓死了。所以她二嫁的時候找了管庫房的劉五，以為這次日子該能安生了，誰知這次為了趕工挖雲母，礦下人手不夠，梁家父子作為工頭，便讓劉五幫忙下去運送東西，結果一去不復返，女人二度做了寡婦。

眾人說著，唏噓不已，給女人找了輛驢車，幫她將劉五的屍首抬上去。

女人卻不依不饒，坐在地上大哭，非要梁家父子償命。

阿南見諸葛嘉在旁邊棚下，便將手中三大營的權杖朝他一晃，攤開手：「借點錢。」

諸葛嘉清冷秀美的眉眼難免跳了跳：「妳怎麼日日在我這兒打秋風？」

「因為是自己人嘛，你看我會向馬允知借嗎？」

諸葛嘉狠狠飛她冷眼，終究還是掏出了兩塊碎銀丟給她。

阿南將碎銀交給那女人，她千恩萬謝，一邊抹淚跟著牛車往家裡走，一邊指著礦洞口對阿南說道：「姑娘，那一家人都不是好東西，妳可要小心點！」

阿南眨眨眼，還沒來得及說什麼，那婦人已經湊到她耳邊，啞聲道：「梁匠頭老婆偷人，被我男人發現了，他們父子肯定是因此惱恨，才害死了我男人的！」

阿南沒想到居然還有這樣的內幕，趕緊拉住她的手，說道：「嬸子，話可不能亂講啊！」

「我沒亂講，這是我男人生前親口對我說的！他親眼看見唐月娘私下與男人拉拉扯扯，還摸出了挺大一塊銀子塞到對方手裡！我男人就繞過牆去，想看看唐月娘跟誰在那兒，誰知一轉過牆，那男人早就跑了！」婦人咬牙切齒，恨恨道：「莫不是那兩父子知道礦洞要漏水垮塌，所以故意把我男人引進去？不然怎麼出事時他們倆全都沒事，我男人竟死了！」

阿南只能代為解釋：「那天他們家裡親戚來了，一家人都不在礦上，哪能對妳丈夫下手呢？再說這是天災，誰又能預料得到呢？」

婦人想來也是這個理，只能又抹了幾把淚，扶著驢車哭天喊地地走了。

而阿南目送她離去後，久久佇立在礦場，面對這片隨時能吞吃掉性命的地下世界，陷入了思索。

朱聿恆在屋內略為休整，出來尋找阿南，一眼便望見了蒼黃大地之上，她身著紅衣，讓整片蒼涼大地渲染上明媚光彩。

正要向她走去，身後的韋杭之近前來，低低對他說了句什麼。

他神情微變，轉身便與韋杭之走到了礦場的草料房一側。

在牆角之上，用白灰刻劃著一個毫不起眼的塗鴉標記。

看起來，這白灰出現的時間應該不久，塗痕還未被太多灰跡覆蓋。

朱聿恆示意韋杭之，他會意，抬腳將那標記徹底抹去。

朱聿恆轉身回到礦場，不動聲色地向阿南走去。

竺星河一行人，已經來到了這邊，並企圖召喚阿南回歸。

海客們與青蓮宗糾葛甚廣，他雖不確定究竟有多少，但至少，他們知道阿南會來礦場、會來檢查與卓壽失蹤有關的劉五，因此才會在劉五看守的草料場留下標記。

由此，是否可以反推，卓壽的死亡，竺星河與青蓮宗或許會知道內情，甚至插手或者下手，都很有可能。

「阿琰！」阿南的聲音打斷了他的思索。他抬頭看見她朝他勾手，面露詭祕的神情。

畢竟剛剛做了瞞著她的事，朱聿恆走過去時，神情有些許不自然：「怎麼啦？」

「我聽到一件事情。」阿南神祕兮兮地趴在他的耳邊，把唐月娘和男人私相授受的事情和他說了一遍，然後抬手拍拍身旁的馬匹，道：「所以，聽說金姊姊和楚先生都去梁家了，梁壘昨日獵到了好大隻灰雁呢，我也要過去蹭肉吃！」

說著，她對朱聿恆擠了擠眼，暗地示意他一起去摸摸底細。

「去吧，帶兩壺佳釀，以免空手過去禮節不周。」朱聿恆哪有不懂她心思的，貌似隨意道：「我這邊事務倒是告一段落了，其實也想去湊個熱鬧，替楚先生賀喜。」

阿南故意為難地看向梁壘，梁壘此時摸著臉上抓痕，神思還有些恍惚。他在鄉野長大，也不甚在意朱聿恆是什麼身分，便道：「那自然歡迎之至，提督大人別嫌棄我家簡陋就行。」

梁壘還要等他父親從下方出來，阿南與朱聿恆兩人便先行前往梁家。

沿著平原一路往前，冬日荒漠天氣晴朗，日頭照在身上暖洋洋的，阿南一路奔馳，蓬鬆的鬢髮微鬆，頰飛霞色。

抬手拭去額上微汗時，她摸到了那支石榴簪有鬆動跡象，便將其抽出，緊緊綰好髮髻，看看手中紅寶石榴花又忽然笑了。

「阿琰，你還記得不，我把你贏到手的第二天，你幫我折的就是一枝石榴花。」

「這朵與那朵，都很襯妳。」朱聿恆望著她鬢邊殷紅的嵌寶榴花，嗓音與目光一般溫柔。

阿南忽然探手入懷，從中取出一個東西，向他拋去：「對了阿琰，這個給你。」

朱聿恆抓住一看，又一個岐中易。

它形制與前兩個完全迥異，並不像一個岐中易，更像是從連鎖鎧上裁下來的數十片相扣銅環，環環相扣，所有指甲蓋大的鐵環都與周邊三、四個環扣相連，結成一片。

而阿南眉眼彎彎，笑意也帶著點神祕：「其實這東西，我在應天時就開始弄了，但它只存在於傳說中，我也只聽師父談起過理論，從未見過實物，因此做得比較慢了些。」

朱聿恆注視著它過了數息，便看懂了其中的構造。

他伸手撫過攤在手心這一堆扁扁的銅環，尋到了關竅之處，三指穿過其中提綱挈領的幾個環，指節牽拉，那銅環便自然撐起，形成一個圓球形狀，甚至順著他的掌心滾到了手腕之上，又滾了回來。

但待朱聿恆鬆開那幾個作為支點的銅環，再將略為揉捏，它便又化為綿軟的一片鎖環，靜靜躺在了他的掌心，尚帶著她的體溫，並無金屬的冰冷。

他抬眼看阿南，她的雙唇微噘，兩腮有些鼓鼓的，似乎還在猶豫要不要將這東西送給他：「它叫『初闢鴻蒙』，以後你好好拿它練手吧。它與十二天宮和九曲關山不同，聚攏攤平，撐立成球，是個縱橫立體的機括，難度比之前兩個要高出一大階。」

可其實……她之前一直在猶豫，要不要將這東西製作出來給他。

她忘不了在海島上時，阿琰這個混蛋為了不讓她離開，居然敢對她設下羅網，而且因為她一時心軟，還真的得逞了。

那夜他暴起發難將她制住，居高臨下抵在沙灘上時那瘋狂的神情，她至今想來依舊心悸。

所以她這一路做做停停，一則是因為在研究揣摩這個岐中易的機制，二則是因為，她內心深處有隱隱的害怕。

她害怕阿琰這瘋狂的成長，害怕他前方最終能達到的境界，害怕有朝一日他太過強大，自己再也無法對抗他。

他乖乖聽話、願意當她家奴的時候固然很好，但如果他長大了，身上長出了反骨，那她要如何才能控制他呢？

但，在背後沙流急轉的那一刻，在阿琰豁命向她奔來，生死之際與她緊緊相擁之際，她終於不再遲疑。
東西既然送出，她也下定了決心：「努力呀阿琰，你一定要變得很厲害很厲害，別讓我失望。」
朱聿恆握緊了岐中易，低低地「嗯」了一聲。
阿南催馬向前方而去，朱聿恆卻忽然抬手，抓住了她的馬轡繩。
「怎麼了？」她抬眼看他。
他看著面前的道路，想起來了海客們畫在牆角的那個記號。
他對於密記、暗號一類，雖無深入研究，但畢竟曾因阿南而接觸過他們所做的標記，因此，即使只看了那個標記一眼，他已分辨出具體的地點。
他想賭一把。
賭阿南與竺星河已經過去，賭自己已經來到。
「我看過附近地圖，這邊有近路。」他轉了馬頭，沒有沿官道而行，而是示意韋杭之等人在後方遠遠跟著，轉而帶阿南打馬上了另一條小路。
這條小路顯然是村人們所闢，比官道蜿蜒狹窄。行了不久，前方路邊大樹下，有人擺下果品茶水，供應過往行人。
阿南身影乍一出現，樹下正在喝茶的一個少年立即蹦了起來：「阿南阿南，妳終於來了？是看到記……」
正是司鷲。他一直瞅著道路等待阿南，看見她來了，歡欣地向她迎去，卻在看到他身後的朱聿恆時，將後面的話卡在了喉嚨。

阿南下意識勒住了馬，沒料到會在這裡突然遇到昔日同伴，既驚且喜地跳下馬，問：「司鷲，你怎麼會在這兒？」

司鷲本以為她是看到標記過來的，但見她身邊還伴著朱聿恆，不由有些詫異，將阿南拉到一邊，壓低聲音問：「妳怎麼還在他身邊啊？趕緊回來呀，我想死妳了，公子也是！」

阿南聽到「公子」二字，腦中似被寒冰一撞，乍看司鷲的熱切歡喜忽然消散，頓覺有些恍惚。

見她不說話，司鷲聲音壓得更低了：「一開始，妳說去救公子，後來公子救出來了，可妳又離開，說要洗清自己的汙名。現在洗清了吧，怎麼還不回來啊，妳知不知道上次妳為我們豁命殿後，至今未曾歸隊，兄弟們多擔心妳啊！」

阿南張了張口，料想公子必定是未曾將他們決裂的事情告知大家，因此司鷲他們都還在等著她回去。

「難道說……」司鷲瞄瞄後方馬上的朱聿恆，問：「妳奉公子之命，還潛伏在官府刺探什麼大事？」

他這話出口，阿南卻忽然笑了。

「別胡思亂想，我只是……這麼多年來刀山火海奔波，覺得累了，想去做一些自己真正想做的事情。」她抬手輕拍司鷲的肩，說：「公子的大業，我怕是幫不上忙了。回去替我向各位兄弟問個好，告訴他們，我心中永遠記掛著昔日情分，永不會忘。」

說罷，她朝司鷲笑著揮揮手，拋下他便向著來時路走去。

「阿南。」

卻聽身後的茶棚內，傳出低低的一聲輕喚。

這熟悉的溫柔嗓音，讓阿南心口傳來莫名的悸動。她的腳步不覺停了下來，慢慢回頭。

茶棚的葦窗已推開，現出一條清卓身影。

窗內人以三指拈著瑩潤如玉的甜白茶盞，抬眼之際眉梢朝她微微一揚：「難得重逢，何必急著要走呢？」

即使在這般粗陋茶棚之中，他的身影依舊挺拔端整，皎白面容上俊逸五官太過完美，如同畫中人。

而這畫中人望著她的那雙眼睛，卻是世間所有丹青手都繪不成的溫柔蘊藉，穿越了十四年的時光，依舊落在她身上的這一刻，讓阿南的心口難以抑制地微顫起來。

竺星河也在打量阿南。

驚濤駭浪中相別月餘，她豔麗遠勝往昔，容光也更顯灼灼。荒漠的灰黃天地無法抹除她絲毫光彩，反而令她越顯燦爛奪目。

她那一身豔麗的紅衣讓竺星河目光微冷，瞥向她身後的朱聿恆。朱聿恆淡淡看著他，不動聲色地催促馬匹，離阿南更近了幾步。

兩人一式的鮮亮紅衣，織金團花，而竺星河淡青的錦衣上橫斜銀線竹枝紋，韻味如水墨般雅致深遠，與他們的飛揚絢爛大相逕庭。

他在海上時，從未見過阿南這般濃豔妝容，這般驕縱模樣。

曾在他身邊多年的女子，如今因為另一個人，脫胎換骨，徹底變了模樣。

這念頭如蝕骨的毒蟲，讓他的手指不覺收緊，幾乎要將手中薄瓷的茶盞捏得粉碎。

侍立於他身後的方碧眠低低地「呀」了一聲，對著阿南笑臉相迎，彷彿已完全忘了之前被她擒拿下獄的事情，聲音中還帶著些驚喜：「南姑娘，久違了。公子正喝茶呢，我給妳點一盞渴水吧？」

司鷲立即道：「對，方姑娘手藝可好了，做一個金橙渴水吧，阿南最喜歡了！」

阿南見他依舊與往日一般親熱，只覺眼睛一熱。

只是，她抬起目光，與竺星河對望的剎那，心口忽然呼嘯而過一陣冰涼長風。

他早已不是那個，在十四年前的風雨中握住她的手，將她拉上船舷的公子了。

他如今是與青蓮宗連袂顛覆天下的人。而為了與青蓮宗結盟，他可以毫不遲疑地對她的朋友下手——哪怕他明知道，綺霞曾為她付出過多少。

十年執著苦練，四年生死相隨，最終落得那一日渤海風浪之中，她一個人豁出性命，生也好，死也好，徹底斬斷過往恩義。

阿南對著司鷲笑著搖了搖頭：「不了，我還有要事在身，等……我們都無牽無掛的時候，或許我再回去吧。」

司鷲頓時大驚失色，眼看她轉身上馬，要隨朱聿恆一同離去，嚇得轉頭衝竺星河道：「公子，您看阿南發了什麼瘋，咱們好不容易在這兒重逢，她卻說這種胡話！您……您趕緊把她勸回來啊！」

不需他多說，竺星河的目光始終定在阿南身上。

他與一無所知的司鷲不同，清楚知道阿南那一日決絕的去意。

心頭莫名湧起憂懼，他維持住平靜神情出了茶棚，但向著阿南走去時，那一貫飄逸出塵的身姿終究有些僵硬了。

而阿南死死地扯住轡繩，制止自己那要落荒而逃的衝動。

韋杭之早已率領一干護衛跟隨至此，一眼認出了竺星河便是那日在西湖放生池傷了殿下逃脫的亂賊。

他的手立即搭上了佩刀，身後眾人也是齊齊警戒，道旁頓時殺氣瀰漫。

朱聿恆抬手示意他們退下，淡淡看向竺星河。

笁星河含笑向他點頭示意：「渤海一別，殿下別來無恙？」

「不勞笁公子掛心，有阿南伴本王馳騁，天下之大皆為坦途，風雨無懼。」朱聿恆說著，側臉朝阿南微微一笑。

笁星河見阿南無比自然地與他目光交會，一副莫逆於心的模樣，饒是他一向泰山崩於前而如拂清風，此時也不由喉音略緊：「西北苦寒之地，殿下遠別繁華至此，怕是要多加留意，好好照拂己身。」

「普天之下莫非王土，是我臣民所居之處，何談苦寒。」朱聿恆一攏韁繩，朗聲道：「更何況本王與阿南來此，是為本地黎庶謀福祉而來，若只顧照拂己身，豈非淺見薄識？」

他句句不離阿南，令笁星河右手微攏，食指與中指輕觸大拇指上的銀白色「春風」，微瞇的目光頓顯幽深。

朱聿恆卻彷如未察覺到他眼神中的寒意，目光淡淡掃過他的右手，對阿南溫聲道：「咱們走吧，鄉野風大，妳小心著涼了。」

他的聲音似是將阿南從恍惚中拉了回來，她輕出一口氣，朝他一點頭：「好。」

眼見公子竟留不住阿南，而她揚鞭策馬便要離開，司鷲哪還察覺不到她根本不是去朝廷當探子的，急得撲過去就攔下她的馬：「阿南，妳怎麼才說兩句就要走？公子……公子還有話要與妳說呢！」

「阿南，妳上哪兒去？」不知是因為司鷲的鼓動，還是因為心頭難以抑制的衝動，竺星河向她更近了一步，溫聲開了口：「留一留步吧，上次渤海一別，兄弟們都很掛念妳，一直期盼妳歸隊，要好好與妳喝一杯，以表謝意。」

停頓片刻，他仰頭看她，輕聲道：「我……也是。」

人心真的是很奇怪啊……

阿南勒馬望著近在咫尺又似乎已遠在天邊的公子，一瞬恍惚。

若是當初的她，就算面前是刀山火海，也會披荊斬棘向著公子而去，哪怕鮮血淋漓痛斷肝腸也在所不惜。

可，如今她心中那些長久的期待與潛伏的失望，在最後那根引線的誘發下，已經徹底爆炸開，鋪天蓋地淹沒了過往那個心存幻想的司南。

她這支奮不顧身的箭，想要回頭，不願眼睜睜射向黑暗沼澤了。

在她身後靜候的朱聿恆，終於貼近了她，低低出聲問：「阿南？」

阿南望著公子，臉上忽然露出了笑意。

她盛裝靚飾，被日光照得豔麗無匹，連方碧眠那般清麗絕俗的美人兒，在她笑容面前都顯得容顏黯淡。

她聲音輕快道：「多謝兄弟們盛情了。這些年來我與大夥兒守望互助，刀山火海共同進退，恩義自在心中，何須謝字出口？只是如今我還有要事在身，這杯酒就先寄下啦，改日得空，我一定回來好好陪大家喝個痛快！」

竺星河沒料到她居然能神情如此輕鬆地與自己告別，心口一緊，「阿南」二字就要脫口而出之際，張口忽覺鼻間微香，聞到了阿南身上的香氣。

這香氣讓他神情陡僵，抿緊了雙脣，將一切消弭在了沉默中。

而阿南再不說什麼，衝他一笑，又向司鷲一揚手，打馬便要離去。

司鷲急了，當即追了上去。

荒漠之中，道上塵土飛揚，司鷲被迷了眼睛，不料阿南的馬正在轉身，一蹄子已經撇向了他的腰間。

坐在旁邊馬上的朱聿恆反應迅速，手中馬鞭揮出，勾住司鷲的右臂，一拉一帶，他猝不及防失去平衡，身體往旁邊一偏，堪堪與馬蹄相擦而過。

司鷲跌在道旁的草叢中，狼狽不堪。

右臂衣服被扯破，他察覺到是朱聿恆讓自己摔跌的，來不及拍去身上的塵土草屑，便跳起身指著朱聿恆，衝阿南大吼：「阿南妳看，他居然偷襲暗算我！妳……妳還不趕緊回來，跟這種小人混在一起幹什麼？」

阿南解釋：「司鷲你別誤會，阿琰不是這樣的人。」

「不是這樣的人，卻故意讓我跌跤出醜？妳看我衣服都被他扯破了！」司鷲一拉自己的衣袖，見朱聿恆神情平淡，一氣之下，憤恨地猱身而上，便要將這個搶走阿南的罪魁禍首從馬上踹下來。

朱聿恆看在阿南的面子上，也不與他計較，揮鞭纏住他的手腕，手腕勁道一發，將他再度摔在了道旁草叢中。

司鷲爬起來，氣憤揮手，手背迅疾擦過朱聿恆的馬身，然後重重地「哼」了一聲，轉身連退數步。

雖只是一瞬間的交錯，但朱聿恆料想他必定對自己的馬做了什麼。

他生下來便在朝堂與老油條打交道，司鷲這種心機在他眼裡等同白紙一張，因此他神情無異，也不去查看馬身，只對著阿南微微一笑，雲淡風輕。

阿南嘆了一口氣，抬手示意司鷲：「司鷲，把解藥給我。」

司鷲氣怒交加：「阿南，妳還維護他！妳沒看他剛剛怎麼對我嗎？妳居然替一個外人譴責我！」

阿南無奈，對朱聿恆道：「算啦，就是點麻藥，此處離梁家不遠了，我們到那邊後，換匹馬便是。」

朱聿恆也不介意，兩人撥轉馬匹，沿著官路便離開了。

見她真的拋下他們走了，司鷲氣急敗壞，一指阿南與朱聿恆的背影，對竺星河急道：「公子，你快去把阿南拉回來啊，她最聽您的話了！」

竺星河佇立在道旁望著阿南，身軀繃得筆直，一言不發。

司鷲催促道：「公子！」

旁邊的方碧眠拉住他，道：「司鷲，你與南姑娘多年情誼，何必為了一點小事而傷了和氣呢？」

「難道、難道我們就這樣眼睜睜看著阿南跟別人走掉？」司鷲聞言，心下更加氣惱，抬手一扯衣服。「妳看，我衣服都被弄破了！這還是妳熬夜給我縫的呢！」

「多大點事呀，我再給你做一件不就行了。這樣吧，你把解藥給我，我替你送過去，再勸勸南姑娘。」方碧眠說著，接過他的解藥朝竺星河嫣然一笑。「放心吧，我也是姑娘家，和南姑娘總好說話些，盡量將她勸回來。」

阿南與朱聿恆尚未走出多遠，聽到後面傳來急促的馬蹄和呼喚聲，回頭一看，方碧眠騎馬追了上來。

她笑意盈盈道：「南姑娘，司鷲知錯啦。他剛剛沒看到殿下是在幫他，現在拉不下臉來道歉，因此我替他把藥送過來。」

阿南接過藥，打開瓶口便聞見了一股極為怪異的氣味，十分衝腦門。

她熟知司鷲的東西，見氣味不差，便撥馬靠近朱聿恆的身邊，臂環中小鉤彈出，將馬身上幾根細細的針起了出來。

那針一脫離馬身，當即出現了幾個極小的血洞，鮮血直飆。

這匹被動手腳後一直沒什麼反應的馬，此時似是終於感覺到了疼痛，當即彈跳了起來。

朱聿恆反應迅速，一扯韁繩立即控制住了馬匹，而阿南也下手極快，將藥立即往馬身上一倒，讓牠鎮定下來。

方碧眠見兩人配合無間，笑靨如花地讚嘆道：「南姑娘的身手真真令人嘆服，難怪兄弟們都好生想念南姑娘，亟待妳早日重歸呢。」

阿南一揚手將藥瓶丟還給她：「拿回去還給司鷲吧，讓他別太介意，阿南還是阿南，只是該走該留，我自己心中有桿秤。」

方碧眠接住了藥瓶，柔聲道：「南姑娘，其實……其實自妳走後，公子一直都很想念妳。」

阿南斜斜瞄了她一眼，笑道：「是麼？那可真難得，有了妳這朵解語花隨身相伴，他還會想起我這個粗野丫頭？」

「南姑娘！」方碧眠臉頰泛起淡淡紅暈。「我一心敬愛公子，願付出性命報答恩情，但我蒲柳之姿，怎敢獨占公子？公子他……心裡有妳。」

阿南大感興趣：「是麼？他跟妳說的？」

方碧眠見她笑容嘲譏，忙道：「公子當然不會這樣說，只是我日常陪伴在他身邊，看也看得出來……」

「妳看不出來的。」阿南語氣淡淡的，並不想多理會她，一催胯下馬便要走。

方碧眠還想去攔她：「南姑娘……」

只聽得「嗖」的一聲，幾根寒芒自她的肩膀擦過。方碧眠只覺臂膊一痛，而對面的阿南一揚手，朝她冷冷一笑，原來她把剛剛從馬身上起出的鋼針，射了回來。

「少來煩我，我不待見妳。」阿南彈了彈手中剩餘的針，示意她止步。「畢竟，妳去殺綺霞時的狠勁兒，我至今難忘呢。所以妳現在這般溫柔賢淑，我看到了只會膈應。」

方碧眠的臂膊傳來微熱的麻癢，她低頭一看，原來那附著麻藥的鋼針已經劃破了她的衣袖和皮膚，手臂上正有血珠一串串沁出。

阿南將手中的針丟在地上，衝朱聿恆一揚下巴，兩人打馬絕塵而去。

身後韋杭之等人呼啦啦趕上，隨扈其後。

方碧眠捂著傷處，看著他們遠去的身影，脣角微微一撇。

隨即，她撥馬轉身，眼淚大顆湧出，帶著無限的委屈與痛苦，奔回竺星河的方向。

前方山道旁，梁家小院的柿子樹上掛滿了豔紅果子，探出院牆，似在迎接他們。

阿南憋著氣一路行來，此時終於放慢了馬步，仰頭聞著樹上果香，慢慢平緩呼吸。

朱聿恆勒馬靜靜望著她，不言亦不語。

阿南握著柿子聞了片刻，轉頭問他：「看得出來嗎？」

「有一點。」朱聿恆自然知道她的意思。

「唉，口口聲聲江湖兒女快意恩仇，可我終究還是做不到。」阿南自嘲著，仰頭閉上眼，任由日光透過葉片投在她的面容上，將她眼前的黑暗渲染成金燦燦的顏色，照亮她不願敞開的所有角角落落。

「妳會的。」朱聿恆靜靜凝望著她，輕聲道：「人生廣袤，世事歡欣，妳若活一百歲，到現在才五分之一呢。所以，我們都要努力積極地過好每一天，不要讓這五分之一的痛苦，籠罩未來的五分之四。」

他低沉溫柔的話，在阿南的心口，卻如一道利刃滑過。

阿琰，勸解著她歡喜面對未來的人，很可能卻沒有未來了。

他又是懷著何種心情，來安慰她的呢……

她緊閉眼睛，將眼中即將湧出的淚水湮沒在眼睫之中。

朱聿恆勒馬站在她的身後，等待她轉身睜開眼，看到身後的自己。

而她在冬日溫柔的日光下轉過頭，真的看向了他。

「阿琰，你說得對，我的人生，以後的歡喜，還長著呢。」眼中溼潤的潮氣很快消失，她深深呼吸著，朝他露出勉強卻切切實實的笑意。「走吧，還有正事要做呢，先去蹭一頓飯再說！」

阿南摸了兩次梁家，儼然已熟門熟路，下馬帶朱聿恆一起進了柴扉。

小院中香氣撲鼻而來。

「哇，好香，這大雁燉得不尋常啊。」阿南跟隻饞貓似的，翕動著鼻翼就尋到了灶間。

只見唐月娘正在灶頭忙碌，而金璧兒已摘了帷帽，正在灶下幫忙燒火。

她臉上抹了這些天的藥膏，已經恢復了不少，雖然疤痕還未徹底消退，但凹凸紅紫的可怕傷疤已淡去，顯露出了清秀的輪廓。

「梁舅母，金姊姊，我來蹭飯啦！」阿南邁進廚房，將手中提的兩小罈酒擱在桌上，就去幫金璧兒抱柴火。

「哎呀，妳這孩子，該說妳太客氣呢，還是不客氣呢！」唐月娘忙去攔她。「帶東西就太見外了，幫忙燒火也太不見外了！」

阿南和金璧兒都笑了。

阿南在灶上幫唐月娘料理配菜，耳聽得答答聲連響，抬眼看見唐月娘手中的菜刀爽利起落，洗淨的青蘿蔔被切成大小均勻的滾刀塊，塊塊落入鍋中，令燉到滾沸的大塊雁肉又平添一股清香。

阿南的目光，在她的手上頓了片刻。

一雙做慣了家務的手，皮膚因常年勞作而顯得粗糙，但她握刀極有力度，下切與提拉都控制得分毫不差，那把刀在她手中如她延伸出的手指般掌控自如，遊刃有餘。

這麼賢慧能幹的女人，居然會與外面的男人有私情嗎……

那個男人是誰，梁輝和梁壘要是知道了，又會是什麼反應？

唐月娘說著笑，目光不在砧板上，手下卻毫無阻滯，嚓嚓嚓幾下切完了蘿蔔，往鍋裡一撥，俐落地蓋上鍋蓋。

「舅媽這手藝真是一絕啊！」阿南聞著香味，臉上寫滿垂涎欲滴。

「姑娘想吃儘管日日來，只是我們鄉野人家，沒有什麼好東西招待貴客。」唐月娘臉上堆滿笑容，又指指外面院中的朱聿恆，詢問地看向阿南。「對了，南姑娘，那位是？」

「真不好意思啊，我不光自己來蹭飯，還帶了阿琰來了。」阿南揮揮手示意朱聿恆自己去樹蔭下休息，笑道：「我朋友，金姊姊和楚大哥也認識的。」

「這是好事，來的都是客，我再添個菜。」

阿南完全不把自己當外人，取了簷下掛著的竹籃便說：「我看園中菜蔬長得挺好，我去拔兩棵？」

「好好，都是我平時種的，妳看到可心的，隨便摘！」

阿南朝朱聿恆一招手，帶著他就進了菜園子。

梁母是能幹的女人，菜園子一畦畦打理得整整齊齊。前段時間下過一場小雪，阿南見菘菜葉子已軟，顯見甜爛口感，便雙手攬住及膝高的菜乾脆俐落便是一扭，轉眼斷了它的根，抱起就走。

兩棵菘菜就裝了一籃子，阿南卻不回廚房，提著籃子神祕兮兮地招呼朱聿恆去旁邊柴房。

果不其然，朱聿恆看見那間整齊得過分的工具房，目光在列隊似的斧、鑿、錛、鋸上滑過，也露出了讚嘆神情。

「還有下面呢，你看。」阿南抬手撫過櫃中各式礦石，嘖嘖稱讚：「收拾得真好，簡直完美。」

朱聿恆仔細打量著，說道：「回去後，咱們也弄一間相同的。」

「咱們」，阿南似笑非笑斜他一眼，因為他這隨意又親暱的語氣，心道：真是給你三分顏色，你就開染坊。

她才走一步，他就走了九十九步，自顧自把距離拉到了這麼近。

可……她忽然又想，公子這麼多年來，一步也未曾朝她走過。

不願被莫名的感傷籠罩，她別開頭，說道：「算了吧，我這四海為家的人，就算有，又該放在哪兒呢？」

「那也很巧，剛好天下人都說，我是要讓四海承平的人。」朱聿恆緩緩道：「或許無論妳怎麼走，我都放得下。」

阿南心口微動，朝他一笑：「好呀，遇到阿琰你，我真是撿大便宜了。」

口中說著，她手上已經打開櫃門，催促朱聿恆查構造，她查裡面物事。

朱聿恆四下觀察著，抬頭望向上方的翻板，問：「那是什麼？」

阿南抄起立在牆角的桿子，敲了敲翻板，猜測道：「裡面應該是沙子。這樣一旦下方有什麼爆燃爆炸的動靜，一拉翻板沙子便可傾瀉而下，徹底覆蓋阻燃。」

聽她這般說，朱聿恆忽然想起自己第一次與她見面時，她曾在暗室中拉下翻板，用水澆了他一頭。

現在想來，那應該就是她布置在上方以備發生事故時使用的。南方多水，北方多沙，因此他們用來應對的東西，也並不相同。

「但既有這種陳設，這便說明了，這邊常有易燃易爆的事兒啊，他一個銅礦工頭，似無必要吧……」阿南丟開桿子，壓低聲音：「看看桌面痕跡。」

朱聿恆觀察著桌面縫隙，屈起手指輕敲，讓裡面碎屑跳出來，妥善收集到紙上包好。

「像是石灰沙土。」阿南聞了聞。

朱聿恆確定道：「王女身上，也有這樣的沙土。」

阿南示意他放好：「帶回去讓楚元知瞧瞧。」

說著，她目光掠過櫃子下方，看到裡面是一塊塊擺放整齊的礦石。

「水晶、雲母、孔雀石……咦？」她拿起一塊青黑色的暗沉石頭，對著窗口看了看。

這石頭略呈橢圓，微有光澤，表面滿是微小的圓形坑窪，如一個個小泡沫聚集。但翻過來看側面，卻又是菊花狀的一條條絲狀線痕。

暗沉沉的一塊黑石頭，在她掌心並不起眼，阿南自言自語：「是黑曜石嗎？不像……天然的黑曜石沒有這樣的紋理。」

朱聿恆道：「這東西我見過，叫雷公墨。」

「雷公墨？」阿南玩弄著這塊石頭，讓它順著自己手指一根根翻過又爬回來。「與雷有關嗎？」

「以前梧州進貢過，說是某日天雷暴擊所結，因那一塊光澤極好近乎玻璃，被當成希罕物事上供進京。」

阿南讚嘆：「你記性真好，這麼點事都記得住？」

「本來是記不住的。」朱聿恆輕咳了一聲，略帶尷尬道：「因為，不久後有人彈劾梧州知州，說這東西又稱『星屎』，不是什麼好東西。」

阿南頓時笑了出來，將手中雷公墨拋了拋，道：「原來是這玩意兒！師父跟我提過的，是在星辰墜落之地，融化了周圍砂石凝結而成，與雷擊並無關係，星屎倒是正確點。」

朱聿恆點頭，又若有所思地重複了一遍她的話：「星辰墜落之地……」

「融化了周圍砂石凝結而成……」阿南隨他說到這裡，腦中忽然閃過一個念頭，脫口而出：「自天而降的青蓮？」

話音未落，一陣腳步聲從外面傳來，兩人立即住了嘴。

出現在門口的正是梁鷺，審視他們的目光頗有些寒意：「你們在這兒幹什麼？」

她回家穿得樸素，一身青布衣裙，頭髮也只用一條手絹繫好，但金釵布裙難掩豔麗之色，與這個普通的家格格不入。

阿南將雷公墨放回原處，拎起地上的籃子對著她一晃：「妳娘讓我隨便摘，我就拔了兩棵菜。」

梁鷺的目光在朱聿恆的身上掃了掃，語氣總算放緩了些：「那怎麼拔到柴房來了？」

「我看這柴房沒關門，又見妳娘整理東西井井有條，就進來看看。」阿南笑吟吟道：「妳看，東西還是這麼齊整，我也沒弄亂呀。」

梁鷺掃了屋內一眼，雖沒看到什麼亂翻痕跡，口氣還是硬邦邦的：「那趕緊把菜拿過來吧。」

被她堵截面斥了，阿南只能隨她從柴房出來，無法再賴在其中。

雁肉已經燉得香酥熟爛，滿屋飄香。

阿南接了水在簷下洗菘菜，金璧兒見外面天色陰下來了，便去院中收了衣服，抱到簷下一件件細緻折好。

她疊衣服平整順直，將衣袖攏在衣襟前，門襟朝下折好，背面朝上，整齊方正的布面一件件疊在一起，看著無比舒適。

「表妹，這是妳的衣服。」抬頭看見梁鷺，金璧兒笑著將疊好的衣服遞給她。

誰知梁鷺一看見這幾件疊得齊整的衣服，臉色頓時大變，抬手便將她手中的衣服打落在地，質問：「妳幹什麼？」

金璧兒被她突然的暴怒嚇到，看看地上的衣服又看看失控的梁鷺，一時呆住了。

阿南將地上衣服撿起丟給梁鷺，道：「金姊姊幫妳收衣服呢，妳不謝也就算了，這麼大聲幹麼？」

梁鷺的聲音卻更尖銳了：「誰要妳們替我疊衣服！疊什麼疊？」

金璧兒被她這暴怒的神情嚇到，緊緊抱住阿南的胳膊，眼圈都紅了。而阿南對梁鷺這匪夷所思的舉動也是無語，只能輕拍著金璧兒的背撫慰她。

唐月娘聽到外邊動靜，趕緊從屋內出來，一把拉住梁鷺，小聲訓斥她：「鷺兒，怎麼跟妳表姊說話呢？她是好意幫妳疊衣服……」

梁鷺脫口而出：「好意？衣服是這樣疊的？她們是在咒我！」

唐月娘眼睛微瞇，飛快地橫了她一眼。

梁鷺被她這一掃，才意識到了自己的失控。但她的性子素來囂張，從不對人服軟道歉，只是一咬牙，匆匆將衣襟朝上衣袖反折，胡亂疊了兩下，抱著一團糟的衣服轉身就走。

唐月娘嘆了一口氣，回頭對她們陪笑：「真是對不住，這孩子從小不在身邊，性子有些古怪。」
何止古怪啊，簡直是不可理喻。
阿南看著梁鷺的背影，心道這囂張的性子，哪像個樂伎啊，簡直是公主娘娘了，真是伺候不起。

司南

乾坤卷

司南乾坤卷 上

作　　者／側側輕寒
執 行 長／陳君平
榮譽發行人／黃鎮隆
協　　理／洪琇菁
執 行 編 輯／陳昭燕
美 術 監 製／沙雲佩
美 術 編 輯／陳聖義
國 際 版 權／黃令歡、高子甯、賴瑜妗
內 文 校 對／施亞蒨
內 文 排 版／謝青秀

國家圖書館出版品預行編目資料

司南．乾坤卷 / 側側輕寒作 . -- 1 版 . -- 臺北市：城邦文化事業股份有限公司尖端出版：英屬蓋曼群島商家庭傳媒股份有限公司城邦分公司尖端出版發行，2024.01
冊；　公分
ISBN 978-626-377-499-5（上冊：平裝）

857.7　　112019448

出版／城邦文化事業股份有限公司　尖端出版
台北市 104 中山區民生東路二段 141 號 10 樓
電話：（02）2500-7600　傳真：（02）2500-2683
讀者服務信箱：7novels@mail2.spp.com.tw
發行／英屬蓋曼群島商家庭傳媒股份有限公司城邦分公司　尖端出版
台北市 104 中山區民生東路二段 141 號 10 樓
電話：（02）2500-7600　傳真：（02）2500-1979
劃撥專線：（03）312-4212
戶名：英屬蓋曼群島商家庭傳媒（股）公司城邦分公司
劃撥帳號：50003021
※ 劃撥金額未滿 500 元，請加付掛號郵資 50 元
法律顧問／王子文律師　元禾法律事務所　台北市羅斯福路三段 37 號 15 樓

台灣地區總經銷／中彰投以北（含宜花東）　楨彥有限公司
電話：（02）8919-3369　　傳真：（02）8914-5524
雲嘉以南　威信圖書有限公司
（嘉義公司）電話：（05）233-3852　　傳真：（05）233-3863
（高雄公司）電話：（07）373-0079　　傳真：（07）373-0087
馬新地區總經銷／城邦（馬新）出版集團 Cite（M）Sdn Bhd
電話：603-9057-8822　　傳真：603-9057-6622
E-mail：cite@cite.com.my
香港地區總經銷／城邦（香港）出版集團 Cite（H.K.）Publishing Group Limited
電話：852-2508-6231　　傳真：852-2578-9337
E-mail：hkcite@biznetvigator.com

版　次／2024 年 1 月 1 版 1 刷

版權聲明
本書原名為《司南．乾坤卷》，作者：側側輕寒。
本著作物中文繁體版通過成都天鳶文化傳播有限公司代理，經著作權人授予城邦文化事業股份有限公司尖端出版獨家發行，非經書面同意，不得以任何形式，任意重製轉載。

版權所有．侵權必究
本書若有破損或缺頁，請寄回本公司更換